恩古吉·瓦·提安哥
文集

战时梦 自传三部曲之一

[肯尼亚] 恩古吉·瓦·提安哥 著

金琳 译

人民文学出版社

DREAMS IN A TIME OF WAR: A CHILDHOOD MEMOIR
Copyright © 2010 BY NGŨGĨ WA THIONG'O
This edition arranged with THE MARSH AGENCY LTD
through BIG APPLE AGENCY, LABUAN, MALAYSIA.
Simplified Chinese edition copyright © 2021 People's Literature Publishing House
All rights reserved.

图书在版编目(CIP)数据

战时梦:自传三部曲之一/(肯尼亚)恩古吉·瓦·提安哥著;金琳译.—北京:人民文学出版社,2021
(恩古吉·瓦·提安哥文集)
ISBN 978-7-02-012125-0

Ⅰ.①战… Ⅱ.①恩…②金… Ⅲ.①自传体小说—肯尼亚—现代 Ⅳ.①I424.45

中国版本图书馆 CIP 数据核字(2016)第 248214 号

责任编辑	张海香　冯　娅
装帧设计	李思安
责任印制	任　祎

出版发行	人民文学出版社
社　　址	北京市朝内大街 166 号
邮政编码	100705
印　　刷	三河市宏盛印务有限公司
经　　销	全国新华书店等
字　　数	147 千字
开　　本	880 毫米×1230 毫米　1/32
印　　张	6.375　插页 3
印　　数	1—5000
版　　次	2021 年 5 月北京第 1 版
印　　次	2021 年 5 月第 1 次印刷
书　　号	978-7-02-012125-0
定　　价	36.00 元

如有印装质量问题,请与本社图书销售中心调换。电话:010-65233595

没有什么能像梦想一样创造未来。

——维克多·雨果《悲惨世界》

多年以后,当我读到 T. S. 艾略特的"四月是最残忍的月份"的这句诗时,我的思绪飘回到了一九五四年四月的某一天。那天我在寒冷的利穆鲁①——白人高地的主要住宅区。这块白人高地是被当时肯尼亚的殖民总督,另一位艾略特——查尔斯·艾略特爵士,特别划分出来供欧洲人居住的地区。如今,那个四月的日子仍历历在目。

那天我没有吃午饭,虽然我在早上囫囵吞下了一碗燕麦粥,但是经过从家到肯约格里中学的长达六英里的狂奔和一整天的学习,我的肚子早已忘记了那碗燕麦粥的存在感。现在我要面对的是同样漫长的六英里的回家之路。我尽力不去想象晚上的那一小份口粮。我的母亲很擅长东拼西凑地整出一顿像样的晚餐,但是当一个人饥饿的时候,最理智的应对方法是找些东西,任何东西,来驱散对食物的幻象。在午餐时间,当别的孩子拿出他们从家里带来的食物时,当那些住在学校附近的孩子回家吃饭时,我就会常常这么做。我会假装要去某个地方,但其实不过是树荫下或灌木丛下,尽量远离其他的孩子,然后我会看书,看任何我能找到的书。

---

① 利穆鲁位于肯尼亚西部。

但是那时的书也和食物一样紧缺,所以即使课堂笔记也能帮我分散注意力。那天,我看的是一本《雾都孤儿》的缩减版。书中有一幅奥利弗的素描画,他拿着一个碗,仰头望着一个高塔似的人影,旁边有一句话:"求您了,先生,能再给我一些吗?"我从这句话中看到了我自己,只不过我央求的人是我的母亲,她是唯一一个向我供给食物的人,而且她总是尽可能地答应我的恳求。

另一个抑制对食物的渴望的方法是听别的孩子讲各式各样的故事和奇闻逸事,尤其是在放学回家的路上。相比于上学的路,回家的路并没有那么折磨人,因为我们不用赤脚狂奔到学校,不必感受汗渍沿着脸颊淌下,不用担心迟到以及迟到带来的惩罚:被老师鞭打手掌心。那些从尼德亚或尼格卡来的孩子们必须走十英里或者更远才能到家,但除了他们,总的来说回家的路并不怎么糟糕。事实上,它甚至还能给我们带来欢愉。回家后等待我的是时多时少的晚餐和繁杂无聊的家务活,在此之前,能漫无目的地消磨时光也算是一种幸福。

那时候,我的同学肯尼斯和我对"消磨时光"很有一套,特别是当我们在爬到回家前的最后一座山坡的时候。我们会在斜坡上各自踢着一个"球",通常是索多姆果①。不过我们会面向下坡朝脑后踢,一直将果子踢上山头。每一次踢球都必须从上一次果子停下的地方开始,就这么不停地重复。我们会互相比赛,比谁能先把果子踢到山顶。这并不是最省力或最快捷的爬坡方式,但是这项活动让我们暂时忘记我们身处的那个艰辛繁杂的世界。可惜如今我们年龄渐长,不再能从这般幼稚的游戏中获得安慰了。再说,没有哪个游戏能比故事更能吸引我们的注意力。

---

① 一种直径 2.5cm 到 3cm 的球状浆果。

我们常常会聚集到说故事的那个人的身边,而那些说得最精彩的人会像英雄一般受到人们的欢呼。有时候,为了能占到离说故事的人更近的位置,这一边的人们会将他慢慢地从路中央推到路边,而另一边的人也不甘示弱,又将他从路的这边慢慢地挤到路的那边,所以人群会像绵羊群一样呈之字形在路上运动。

那天晚上我们选择了一条不同的路径回家,除此之外那只不过是一个普通的夜晚。从肯约格里到我住的村子、卡旺古吉、尼干巴,以及村庄的周边地区,我们通常要走过许多山脊和山谷。但是当我们听故事的时候,没有人注意到山脊上的一片片玉米地、土豆地、豌豆地和大豆地。每一片作物都被金合欢树或醋栗篱笆和灰色荆棘丛围绕着。我们走的这条小道最终接通到基因格地区,一路上会经过我的小学——曼果小学,然后走进山谷,接着攀上一座长满青草和黑合欢树的小山丘。但是今天,我们像绵羊一样跟着说故事的人,被带上了一条不同的路径。这条路更长些,我们沿着利穆鲁巴塔鞋厂的栅栏走,路过鞋厂臭气熏天的废料堆,那里全是橡胶碎渣和腐烂的动物皮毛,然后我们走到铁路和公路的会合点,其中的一条岔路通向市场。在十字路口,一群男人女人站在那儿聊得热火朝天,他们大概刚从市场上过来。随着下班的鞋厂工人驻足加入讨论,人群逐渐变得庞大起来。我们之中的一两个男孩看到自己的亲戚也在人群中,我便跟着他们挤入了人群,想一探究竟。

"他当场被逮了个正着儿。"一些人在说。

"想想看,子弹就在他的手中。在这光天化日之下。"

每个人,甚至我们这些孩子,也知道要是一个非洲人被发现携带就算一颗子弹,甚至一个空弹壳,也会被判谋反罪。他会被扣上恐怖分子的帽子,绞刑是他唯一的结局。

"我们听到了枪声。"一些人在说。

"我亲眼看见他们朝他开枪了。"

"但是他没死!"

"死?哼!子弹朝那些开枪的人飞了过去。"

"不对,他飞上了天然后消失在云里了。"

这些说故事的人之间产生的分歧将这一大群人分成了由三五个人组成的小团体。每一个小团体中的那个叙事者都对那天下午发生的事有独到的见解。我意识到自己从这个团体走到那个团体,从不同的地方收集到关于这个事件的信息。渐渐地,我将这些碎片拼成了一个完整的故事,琢磨出了将这么多人聚集起来的前因后果,这是一个关于一位无名大侠在印度商铺旁边被逮捕的引人遐想的神话。

这里的商铺都被建在山脊上,一排排的楼房面对面地站成一个巨大矩形方阵,中间的矩形空地留给了马车和顾客,市场的出入口则设在方阵的四角。山脊下有一块平原,那里是非洲人的地盘,那些楼房也同样被建成一个矩形方阵,中间的空地通常被用作周三和周六的集市。商人们把用于在集市日上交易的山羊和绵羊拴在两个市场之间的大斜坡上。这块区域显然已经变成了新闻交汇处,不断地振奋着这群说书人和听书人的神经。他们一致认为在警方铐住那个无名男人后,他们将他推进了卡车的车斗。

突然,那个男人从车斗里跳了出来然后撒腿就跑。这一出让警察们始料不及,他们赶紧将卡车掉头,开始追赶那个男人,警察们都拔出了枪对准那个逃犯。其中一些警察跳下了卡车,跑着追赶那个男人。但是那个男人在买东西的人群中东窜西窜,然后穿过两个店铺间的狭小缝隙逃入了印度市场和非洲市场之间的开阔场地。就在这里,警察向他开了枪。那个男人倒了下去,不过一会儿又站了起来,继续沿之字形向前跑。警察一次次地开枪,但是他一次次地站了起来,最后他如鱼入大海般地穿过羊群,跑下斜坡,穿过非洲市场,跨过铁轨到路的另一边,跑过利穆鲁巴塔鞋厂的拥挤的工人驻扎区,爬上山脊,直到毫发无损地消失在欧洲人繁茂的绿茶种植园里。这次追捕行动很快将这个无名通缉犯捧成了一位传奇人物。无数英雄主义的神话和关于魔法的传说在目击这个大事件的人们和从别处听说这件事的人们口中如雨后春笋般冒了出来。

我之前听说过很多关于茅茅党游击队①战士的相似传说,尤其是关于德丹·基马蒂②的。不过直到那时,所有的魔幻故事都发生在遥远的尼亚达瓦和肯尼亚山中,从未有目击者亲口向我们讲述过这些事。就连我的朋友尼干迪,最见多识广的说书人,也没有说过他亲眼见证过那些他描述得栩栩如生的场景。我通常喜欢听故事而不是讲故事,但是这次,我却满心渴望向他人讲述这个无名大侠的奇事,不管是在饭前还是饭后。等下一次见到尼干迪的时候,我或许也可以成为一个说书人。

铁路道口上的 X 形栏杆缓缓地抬了起来。警铃呜呜作响,一辆列车呼啸而过。这提醒了兴奋的人群他们还有很长一段路要赶。肯尼斯和我随着人群离开了,当我们独处的时候,他便即刻打破了一直萦绕着我们的神秘刺激的氛围。他置疑那个故事的准确性,他不喜欢人们传播和讨论那个故事的方式。肯尼斯认为事实和虚幻之间有一条清晰的界线,他不认同将两者混合。当我们走到他家的时候,我们仍没有对这个故事的夸张程度达成一致意见。

---

① 肯尼亚 1951 年出现的反对英国殖民统治的武装组织。
② 茅茅党游击队主要领导人。

最后我终于回到了家里。回到我的母亲万吉库、小弟弟恩津居、姐姐尼卓琪和嫂子查丽提的身旁。他们全都挤在火堆边。虽然肯尼斯对我泼了冷水,但我仍旧因为那个无名大侠而兴奋得有些晕头转向,他就像某个书中的人物一样。不过突如其来的饥饿感将我拉回到了现实世界。此时已过黄昏,晚餐应该很快就会被准备好。

食物很快就来了,母亲将晚餐盛在一个瓢碗中递给我,其间没有人说一句话。就连我那喜欢打小报告的弟弟也不吱声,闭口不提我日落后才回到家中的事。我想要解释我为什么这么晚才回家,但是我得先平息肚子咕咕的抱怨。

最后,并没有人要求我为我的行为作出解释。我的母亲打破了沉默:哥哥华莱士·姆万吉,人们通常叫他好人华莱士,那天下午早些的时候经历九死一生。我们祈祷他在山中平平安安。全是因为这场战争,母亲说。

我出生于一九三八年,当时世界被笼罩在又一场战争的阴影之下——第二次世界大战。我的父亲是提安哥·瓦·恩杜库,我的母亲是万吉库·瓦·恩古吉。我并不知道自己在家中二十四个孩子中的排行是多少。我的父亲有四个妻子,我知道我在我母亲的家中排行老五。在我之前我有大姐加冬妮,大哥华莱士·姆万吉,二姐尼卓琪和三姐加西露。我还有一个小弟,恩津居,我母亲的第六个孩子,也是最小的孩子。

我对家的最早的记忆是那个宽广的庭院里连成一个半圆形的五座小屋。其中一座是我的父亲的,那里也是晚上山羊睡觉的地方。它是主屋,但并不是因为它比别的屋子大,而是因为它坐落在半圆形的直径轴的中央,与其他四间屋子相隔同等的距离。这间主屋叫做幸吉楼。我父亲的妻子们,也就是我口中的母亲们,轮流将食物送到我父亲的小屋中。

每座女人的小屋都根据不同的用途被划分出不同的区域:屋子中央是一个由三块石头堆砌起来的火炉,然后还有卧室和类似食品室的地方,一大块空间被用作羊圈,通常还有一块地是用于催肥那些为特殊场合准备的绵羊或山羊。每座小屋还有一个谷仓,那是一个建在桩柱上的小圆屋,墙壁都是用细树枝编起来的。谷仓是用于衡量富庶和饥馑的工具。在丰收之后,谷仓中会堆满玉米、土豆、大豆和豌豆。我们能通过谷仓中粮食的多少来知晓饥饿的日子是否即将来临。与庭院毗邻的是一个巨大的奶牛牛栏,旁边还有一些为牛犊搭的小牛棚。女人们收集牛粪和羊粪,把它们一齐倒在庭院入口旁边的垃圾堆里。历经多年后,这个垃圾堆逐渐变成了一座长满鲜绿的刺荨麻的小山。对那时的我来说这座小山丘巨大无比,每当看到成年人轻松地爬上爬下时,我都觉得这简直不可思议。山坡下面则一片草木葱茏。当我还在蹒跚学步的时候,我常常看着我的母亲们和年长的手足们穿过大门走进庭院。在我的心中,好像是这片森林具有神奇的力量,它能在早晨将人们吞进深处,而又在晚上毫发无损地将他们吐出来。一直到我能从庭院走到外面的时候,我才意识到这片树林里有许多小径。人们告诉我树林的另一端是利穆鲁镇区,而再跨过铁路线,则是白人们的种植园,我年长的手足们在那里采摘茶叶以维持生计。

接着,这一切都变了。我不记得这些变化是循序渐进的还是突如其来的,但的确,一切都变了。奶牛和山羊是首先消失的,留下空荡荡的棚屋。垃圾堆不再是倾倒牛羊的排泄物的地方,却单单堆放生活垃圾。最后,它的高度不再像从前那么骇人,连我也可以毫不费力地跑上跑下了。还有,我们的母亲们不再去庭院附近的田地里做农活了,而是到离住宅区很远的地里去。我的父亲遗弃了幸吉楼,于是母亲们得历经长途跋涉才能将食物带给他。我还记得树木被砍倒,只留下光秃秃的树桩,土地被重新翻过,然后被种上了除虫菊。看着树林在除虫菊的侵蚀下慢慢消退让我产生一种不可名状的感受。更加不寻常的是,我的长兄长姐们按季节需求,开始在逐渐吞噬树林的菊地里工作,而之前他们不过在铁路另一边的欧洲茶园里干活。

这些地理上和社会形态上的变化并非有条有理地进行的,它们彼此之间有重叠,有穿插,让人一时无法理解。但是一段时间后,我还是理清并串联起了一些线头,就如我从迷雾中慢慢现身一般,事情的因果变得清晰起来。我了解到我们的土地并不完全属于我们;我们的住宅群其实属于一位非洲地主——地主教士斯坦利·卡华乎,也就是我们口中的斯坦利老爷;而我们则是"阿何伊",意思是自由租户。我们是怎么成为自己土地上的"阿何伊"的?我们世世代代的土地被欧洲人夺走了吗?迷雾并未完全散开。

我的父亲是一个性情冷淡的人,他很少提起他的过去。母亲们是我们生活的中心,但她们似乎并不情愿泄露任何她们知道的关于父亲的细节。然而,我从人们的悄悄话、暗示以及偶尔的奇闻逸事中收集到的一点一滴,逐渐拼成了一幅描绘我父亲的人生和他那边的家人的简易图。

我的爷爷原本是个马赛族孩子。他为了逃避某种灾难,可能是饥荒,而作为战争赎金、一名囚犯或孤儿流浪到一片位于木兰格的吉库尤宅地。一开始,他并不会说吉库尤话,而他常常念叨的一些马赛词汇在吉库尤人的耳朵里听起来像是"图库"或"图库卡",于是他们给他起名叫恩杜库,意思是经常说图库的孩子。他甚至还被给予令人尊敬的氏族名:姆万吉。他们说,爷爷恩杜库最后娶了两位妻子,她们都叫万格茜。他与其中一位万格茜生育了两个儿子,恩津居,也就是我们经常称呼的木库鲁伯伯,以及我的父亲提安哥。他们还育有三个女儿,万吉鲁、恩吉瑞和瓦利姆。他的第二个万格茜也为他生了两个儿子:卡利琪和姆万吉·卡鲁提亚,他也就是人们常说的医生姆万吉,这是因为他日后成为了一名包皮切割手术的专家,并且在整个吉库尤和马赛地区行医。

命运并没有给我见恩杜库爷爷和万格茜奶奶的机会。一种神秘的疾病肆虐了整个地区。我的爷爷是最早离世的人之一,他的两个妻子和女儿万吉鲁紧随其后。临终前,我的奶奶深信这个家族被某个历史久远的致命诅咒或某个嫉妒的邻居施展的妖术笼罩——不然人怎么可能发一次高烧就撒手人寰呢?她要求我的父亲和他的哥哥去寻求那些早先逃离到卡贝特的亲戚们的庇护,那些远在千里之外的亲戚中包括他们的姐妹恩吉瑞和瓦利姆。奶奶还要求他们发誓此生不回木兰格,并且向他们的后代保守对祖籍的秘密,这样他们的子孙就不会心生回到家族土地的念头,也就不会面临同样的厄运。这两个男孩并未辜负他们的母亲:他们逃出了木兰格。

多年后当我读到《旧约》中关于大规模的灾难的故事时,我才开始慢慢理解这种杀死我的祖父母并且让我父亲背井离乡的神秘疾病。那时候,我会想象我的父亲和他的哥哥像《圣经》里的人物那样加入某个远离瘟疫的大逃亡,去寻找乐土。但是当我读到阿拉伯奴隶贸易、传教士探险家,甚至一些更伟大的人物,比如一九〇七年的年轻气盛的丘吉尔、一九一〇年的 T. D. 罗斯福以及一连串的后来者,我又重新想象我的父亲和叔父是两位身配弓箭的冒险家,在同一条路径上反复探索,躲避猎人的追杀,与潜行捕食的狮子打斗,从滑溜的毒蛇口中九死一生、从覆盖了无数山谷和山脊的原始森林中勇敢地劈开野荆棘丛,杀出一条血路,直到他们突然站在辽阔的平原上。他们心怀敬畏和恐惧。在他们眼前呈现的是高高低低的石头建筑、被不同形状的马车和不同种族的人——有黑人也有白人——挤得水泄不通的道路。一些白人坐在马车里,由黑人们前拉后推地让马车行进。这些一定就是白鬼,我们叫他们"秘诅蛊",而这个地方,内罗毕,他们之前听人说过是从地球的肠子里跳出来的。但是他们怎么也无法想象到这一条条的铁轨和那些吐出火焰且偶尔还发出令人血液倒流的叫喊声的怪物们。

内罗毕就是被怪物创造的。一开始,它还只是个因为建造铁路而形成的原材料集散中心和周边行业的聚集地,但它很快便扩展成一个拥有上千非洲人、上百亚洲人以及一小部分脾气暴躁的欧洲人(他们才是这里的主子)的城镇。到一九〇七年,当温斯顿·丘吉尔作为亨利·坎贝尔·班纳曼[①]的议会副部长掌管英属殖民地时,他来到年仅九岁的内罗毕,他写道,所有在内罗毕的白人"都是政治家,而且大部分是政治党派的领袖人物"。此外,他还表示对"一个如此年轻的贸易中心能够引起那么多各不相同且互相矛盾的利益关系,以及一个如此小规模的社区能够表达出如

---

① 亨利·坎贝尔·班纳曼(1836—1908):1905—1908 年担任英国首相。

此有活力,甚至激烈的意见"①的怀疑。

平原上的这些现代楼房对兄弟俩的影响大相径庭。当时他们寄居于在乌苏鲁的阿姨的屋檐下。一段时间后,我的叔父离开了城镇的喧嚣,去尼德亚和利穆鲁的偏远地区寻找发迹的机会,并以卡拉乌家族作为他的基地。而我的父亲则深深地被城镇中心的生活和其中肤色迥异的居民迷住了,于是选择留了下来。最后,他找到了一份在一幢欧洲住宅里当家仆的差事。同样的,关于这段在白人房子里的人生经历我知道的并不多,我只听人说过他是如何逃脱被卷入第一次世界大战的命运的。

一八八五年的柏林会议将非洲按照欧洲各国的实力强弱划分给了不同国家,自从那时起,德国和英国就一直在东非的殖民地问题上处于互相敌对状态。这一点由两个冒险家很好地证实:一位是卡尔·彼得斯,一八八五年建立了德国东非公司;另一位是在由威廉姆·麦金农爵士②于一八八八年创建的英国皇家东非公司工作的弗雷德里克·卢加德。这两个私立公司为自己的利益开拓出大片领地,并声称他们各自令人尊敬的领袖俾斯麦③和格莱斯顿④只提供了"微不足道"的支援。这些领地后来被建成不同的国家,也就是说,被殖民化了。而当母国咳嗽时,这些殖民体系的产儿相继感染了不可抑制的流感。所以当一九一四年六月二十八日

---

① 作者注释:参阅温斯顿·S.丘吉尔《我的非洲之旅》(里奥·库伯著,1968),第18页。
② 威廉姆·麦金农爵士(1823—1893):英国商人,在印度和东非地区,有雄厚的商业实力。
③ 俾斯麦(1815—1898):1871—1890年间任德意志帝国宰相,人称"铁血宰相"。
④ 格莱斯顿(1809—1898):1868—1874、1880—1885、1886以及1892—1894年间任英国首相。

一名名叫加夫里洛·普林西普的塞尔维亚学生在萨拉热窝刺杀弗兰兹·菲尔迪南,当时奥匈帝国的继承人后,一场在剑拔弩张的帝国之间的欧洲战争最终爆发了。坦噶尼喀①和肯尼亚这两个殖民国家站在他们各自的母亲的那一边,向对方宣战。德国军队由封·莱托-福尔贝克将军率领,他们与由扬·史末资将军带领的英军对抗。但这不仅仅是欧洲殖民者之间的战争——毕竟他们占总人口的百分之一都不到。他们征用了大量非洲人作为他们的士兵或英国工程兵团的成员。非洲士兵的死亡人数——不管是在战场上牺牲还是由于染上疾病和其他生理问题——远远超过欧洲士兵的死亡人数。他们在战争中的牺牲几乎无人记得,除了在那些他们安营扎寨的地方,内罗毕和达累斯萨拉姆②,卡里奥库(斯瓦希里语中对英国工程兵团的称呼)这个名字永远被人铭记。由于非洲人被强迫加入一场他们不明缘由的战争,许多人像我父亲一样都想尽办法不被卷入其中。每次我父亲知道自己要去体检时,他就会嚼一种特别的树叶,这种树叶能将他的体温提升到警戒水平。但是,也有其他的故事证明他的白人雇主因为不愿失去父亲这个家仆而故意对他的行为睁一只眼闭一只眼。

从这个历史事件以及我父亲的同辈人来看,我推测出他是在一八九〇到一八九六年之间出生的,这正是维多利亚女王在她的首相——罗伯特·塞西尔,索尔兹伯里的第三任侯爵——的帮助下,接管了当时的公司"财产",并将它命名为东非保护国,并在一九二〇年更名为肯尼亚殖民地和保护地。对英国殖民权的高效性的最好证明则是从基林迪尼到蒙巴萨的乌干达铁路的建成——那

---

① 现坦桑尼亚的大陆部分。
② 曾为坦桑尼亚首都。

条承载着我父亲看到的口吐烈焰、声嘶力竭的怪物的高速通道。

提供我父亲工作的那个内罗毕是归属权的转移以及铁路完工的共同结果,这条铁路从一九〇二年起就承担着减轻白人们向内陆转移的交通压力的任务。在第一次世界大战结束后,也就是一九一九年六月签订《凡尔赛条约》之后,当年的白人士兵们被授予非洲土地,即使其中一些土地实际属于幸存的非洲士兵。这一举动加剧了强制征用不动产的恶行,增加了强制性劳工的数量并且创造出一批"自由租客",这样的租客其实就是寄居者。作为对栖身地的交换,寄居者们被迫成为廉价劳动力,并且将粮食卖给白人地主,价格由地主决定。这种由白种外来人主导的社会构架自然引来了非洲人民的反抗,当时最著名的反抗组织是东非联盟。联盟成立于一九二一年,它是历史上第一个全国性的非洲政治组织。它的领导人哈里·图库让所有非洲劳动人民看到了未来,其中包括我的父亲。从他身上,非洲工人阶级这股在肯尼亚历史舞台上新兴的社会力量发出了第一声呐喊。自然的,我的父亲是这支正在崛起的队伍中的一员。图库为联合西方力量,主要是美国,与马库斯·加维的全球黑人促进协会建立联系;而在东方,他与甘地的印度民族主义达成联盟。后者联系的建立是通过一位当地印度领袖马尼拉尔·A.德赛实现的。他的一举一动被当时的殖民地秘密警察严格监控,并且在经过伦敦殖民办公室的讨论后被定论为对白人权力的极大威胁。甘地和图库几乎同时在他们各自所在的国家里发起非暴力反抗。为了切断肯尼亚与甘地的民族主义及加维的黑人自治主义间的联络,英方在一九二二年三月逮捕了图库并将他驱逐至基斯马尤,今天的索马里境内,他在那里度过了七年时光后抑郁而终。这或许只是个巧合,但令人回味的是仅仅在图库被捕后的几天内,甘地于三月十日也遭到逮捕。工人们对图库被捕的消息做出激烈反应,在内罗毕中央警察局的外面发起了大规模抗议。在一些当时正在诺福克酒店的露台上喝酒的殖民者的起哄下,警方射杀了一百五十名抗议者,其中包括一名女性领袖——念吉鲁·穆托妮。我并不知晓我的父亲是否在这场大游行、大屠杀现场,但是他毫无疑问地受到了接下来当地工人发起的大规模罢工的影响。这些工人是白人统治者所依赖的唯一劳动力来源。我的父亲干脆逃离了内罗毕,远离这些蠢蠢欲动的政治骚乱,就像当年他逃离瘟疫、逃离一战的魔爪。他最终追随他的兄长来到了利穆鲁偏远的安全地带。

但是内罗毕在他身上留下了深刻的印记。我父亲从他的白人雇主那里学到了几个有意思的英语词汇和短语——"bloody fool"①"nigger"②和"bugger"③。他将它们编进了吉库尤话,于是就变成了"布拉迪布""尼格"和"巴哥",不仅如此他还毫不忌惮地在任何一个惹他生气的孩子面前使用这些词。他从先前的工作中积攒下了足够的钱去买几头山羊和奶牛,它们后来又繁育出了更多的山羊和奶牛。所以当他离开首都的时候,他已经有一个由他的哥哥照料的成规模的牧群了。最终,我的父亲从恩加姆巴·齐布库手中买下了一块利穆鲁的土地。他按照传统在见证人的见证下用几头山羊和恩加姆巴达成了口头协议。之后,恩加姆巴将同一块地又卖给了斯坦利·卡哈乎教士和他的兄弟爱德华·玛屯毕。斯坦利是最早一批改信基督教的人之一,也是位于吉库尤的苏格兰福音会教堂的毕业生之一。爱德华则发迹于莫洛,他靠伐木、锯木材,以及为欧洲客人制作屋顶木瓦赚了不少钱。虔诚的卡

---

① 该死的笨蛋。
② 黑鬼。
③ 破事儿。

哈乎是否知道恩加姆巴将同一块土地卖给两个人：第一次以山羊作为交换卖给我的父亲，另一次以现金卖给他？不管他是否知晓此事，两次转卖土地的行为在我父亲和卡哈乎两位买主之间形成了长久的对峙关系。

他们决定让库拉的当地仲裁法庭决定谁是土地的真正主人，然而这样的庭审是一件"剪不断、理还乱"的事。虽然断断续续地持续了好多年，但是每一次庭审都是围绕着接受合法的书面文书还是口头证词展开。最终言语和传统输给了文字和现代。一张纸质的土地契约，不管它是如何得来的，都胜过了口头约定。卡哈乎成为了合法的主人；我的父亲则仍旧拥有对住宅区的非世袭永久居住权，他就是在这上面建造了五座小屋。胜利者立即行使他的权利，禁止我的父亲在土地的其余范围放牧或耕种。

我的父亲是否有细细想过这整件事的讽刺意味：他输给了一位黑人地主，一件白人传教中心的产物，而做出这个判决的法律体制却在非洲人的高地上割划出一块白人高地？他当时有比历史上的讽刺事件更紧要的事去担心：拿什么去喂饱他的孩子和一大群牛羊。

我母亲那边的祖父，恩古吉·瓦·吉空悠，帮助我的父亲脱离了困境。他给了他在自己名下的土地上放牧和耕种的权利，这片土地一直延伸到印度商铺、非洲商铺及更远处，当然仍是在铁轨的非洲这一边的范畴。我父亲新的幸吉楼和牲畜棚位于恩古吉外公的蓝桉树和桉树林的边缘与非洲市场外围之间①。父亲的妻子们和孩子们仍留在原来的住处。

---

① 这片树林如今已经不存在了。在原来的印度商铺搬走之后，它现在是扩大后的利穆鲁镇区的一部分。

所以，尽管要服从不公正的法律判决并承担其后果，我父亲仍保持着拥有最多的牛羊的名声，同样保持的名声还有拥有一个纪律严明的家和从迎娶第一位妻子起就有的发现美丽女子的慧眼。

对万格里的美貌和性情的评论一直在利穆鲁和日奇地区的山川河谷间不绝于耳。事实上这两个地区彼此挨着对方，但在那个交通落后的年代它们似乎相隔万里。叔父恩津居，我父亲的哥哥，首先被她的美貌迷得神魂颠倒，他发誓要娶她为他的第二位妻子。我并不知晓叔父恩津居，也就是我们称呼的木库鲁伯伯，是从哪里听说到她的，又是如何与她和她的家人建立起联系的。就连他当时是否见过她我也不确定。很有可能他只是发动了一场由第三方为媒介的家族联姻行动而已。财产，也就是牛羊的数目，以及温顺的脾气通常比外貌来得有说服力得多。由此想来，这两个孤儿白手起家，成功将他们自己的竞争力提升到和同龄青年们相当的水平实在不易。他们的财富和山羊数量证明了他们并没有靠外表吃饭，他们靠的是勤劳的双手和聪慧的心灵。

自从他们从木兰格逃脱以来，我的父亲和木库鲁伯伯走上了略微不同的生活道路，也因此树立了不同的生活态度。我的父亲在衣着品位和世俗观念上受到了城镇风气的影响；比如他对传统礼节和行为规范抱有漫不经心的态度。相反我的叔父在乡郊野外的耕种放牧生活中逐渐成长，对传统价值和礼节耳濡目染，就像他在与第一位妻子的婚姻中表现出来的那样。然而不管怎样，木库鲁伯伯正在张罗娶第二位妻子而我的父亲却仍旧未婚的事实是对我叔父的成就的肯定，同时也证明了他当年做出的远离城镇投抱乡村的决定是正确的。

在我父亲的陪伴下，木库鲁伯伯带着一个包括非家庭成员的代表团——在求婚这件事上男方是不能为自己说话的——去万格里的父亲伊库古那里游说。一切都进行得很顺利，酒水和各种前期准备工作都让双方非常满意。然而当新娘被叫进屋来与求婚者见面时，局面发生了巨大变化。他们本该在她身上做更多的准备工作，因为她一进屋，目光就被两个男人中年轻的那个，也就是我父亲，深深吸引住了。这位年轻的女子并不理会旁人对真正的求婚者的纠正，她心里明白在成为年长男人的第二位妻子和成为一位正直的年轻人的第一位妻子的两种命运间她更偏向于哪一种。

当他们动身回家的时候，两兄弟的命运完全改变了；万格里爱上了年轻的城镇人我的父亲，并最终成为了他的第一位妻子。兄弟间的情感虽然没有破裂，却被染上了污点，直到最后也没有被清理干净。爱情在这对曾经在追寻离家万里之外的新生活的道路上相互扶持的兄弟间建立起了隔阂。

我并不知道父亲后来是怎么娶到第二位妻子佳克吉的。谣言说他的第一位妻子万格里需要一位助手来帮她管理他们日渐庞大的牛羊群，于是佳克吉便来到了家中。但更现实的猜测是，早在我父亲正式求婚前，关于万格里和我父亲之间这段如诗歌般充满浪漫情怀的佳话就深深吸引了佳克吉，吉瑟亚的美丽女儿。我的生身母亲，父亲的第三位妻子，所经历的事证明了我父亲的求爱方式。

我的母亲万吉库是个沉默寡言的人。但是只言片语中所包含的沉默比叽喳的言语来得更有权威。时不时地，这些只言片语会从她的嘴里涌出，打开一扇通往她的灵魂的小小窗户。我曾经在某个大家享受了一顿热腾腾的美味晚餐后的惬意时光问她，为什么你赞成一夫多妻制度？为什么你答应成为父亲的第三个妻子，况且那时他已经有几个年纪不小的孩子了——万格里的万格茜和汤博，以及佳克吉的吉屯渡？

这都是因为他的前两个妻子万格里和佳克吉，和她们的孩子，她回答道，炉火映出的光影在她脸上舞动着。他们总是在一起，那么和谐，那时我常常想象和他们做伴是什么感觉。你父亲？当然他也是其中一个原因。我不知道他是怎么打听到我在我父亲，也就是你祖父的农田里的哪个地方工作的，但他就会变魔术般地出现在我眼前，带着他那微笑和我闲聊。像你这样勤劳美丽的女孩要是许配给一个懒惰的粗汉子那可就真是暴殄天物了，他这么开玩笑地对我说。这些话从一个拥有大量牛羊，况且还是靠自己的辛勤劳动挣得如此庞大的财富的人口中说出来，分量实在不轻。但是我不想让他以为我会仅仅因为他的财富和名声就屈从，所以我向他发出了挑战。我怎么知道你不是那种将妻子们当牛做马却对外宣称所有的财富都是自己创造的男人？下一天他又来了，肩上扛了一把锄头。似乎想要证明他并不是懒汉中的一员，他甚至不等我开口就开始干起活来。于是这演变成了一场充满趣味却又严肃认真的耐力考验。我并没有被他打败，她说道，声音中带着对她体力的骄傲。我只在生火烤土豆的时候休息了一会。你难道不觉得你我应该将我们的力量合并到一个屋檐下吗？他问我。我说，你不会因为仅仅一天的耕地劳作就累垮了吧？过了几天，他看到我在为扩大农场而清理荆棘丛，于是他帮我一起做清理工作。收工的时候，我们俩都累得精疲力竭但是谁都不愿意承认。他离开了我的农场，我以为他再也不会来了。但是隔了几天，他却又来了，这次没有带锄头，不过脸上带着谜一般的微笑。哦，天，那真是个非同寻常的日子！粮食正处在花期，整块田地都被五颜六色的豌豆花笼罩着。我一直记得那些蝴蝶,多得数不清;我也丝毫不害怕那些和蝴蝶争奇斗艳的蜜蜂。他掏出一串珠子项链,说:你愿意为我戴上这串项链吗?我没有说愿意也没有说不愿意,但是我从他手中接过项链,戴在了我的脖颈上,她说道,轻轻叹了一口气。

我的母亲不愿回答我接下来的问题,但她所说的足以让我明白她是如何成为我父亲的第三个妻子的,但我仍旧不知道她是怎样输掉了她作为最年轻、最晚进门的妻子的地位,让第四位妻子恩吉瑞进入了家门;我也不知道她对这位额外的家庭成员有何想法。

当我出生的时候,这个建成已久的大家庭中有好几个妻子、成年的哥哥姐姐、和我年龄相仿的孩子,以及唯一的一位族长,所有人都已经承认自己和他人在家庭中的地位以及彼此间的关系。但是这些关系仍旧会让人犯糊涂,而我必须要适应这个制度。妻子们绝对不会以对方的名字称呼彼此;在她们眼里,对方永远是某个父亲的女儿:姆瓦里·瓦·伊库古(伊库古之女)是万格里,姆瓦里·瓦·吉瑟亚(吉瑟亚之女)是佳克吉,姆瓦里·瓦·恩古吉(恩古吉之女)是万吉库,最后,姆瓦里·瓦·卡比库利亚(卡比利亚库之女)是恩吉瑞,她是最年轻的妻子。我渐渐学到,当我向第三方谈起这些妻子的时候,我必须称呼第一位妻子,万格里,为我的长母,斯瓦希里语中叫"迈伊图①·木库鲁";称第二位和最年轻的妻子为少母,也就是"迈伊图·穆恩银伊"。不受名字限制的"迈伊图"则是专门用来称呼生母的。当直接与她们交谈的时候,

---

① 迈伊图即母亲。

我则全称呼她们为母亲,比如"是,母亲"或"谢谢,母亲"。但是,你也可以通过她们的亲生孩子来区别她们,称呼她们为某某的母亲。比如,当我的同父异母兄弟姐妹们与第三方谈起我的母亲时,他们可以称她为恩古吉的母亲。

但是当对一个外人谈起自己的几个兄弟姐妹时,情况就会更复杂些。我们的命名制度建立在象征性的轮回信仰上,这意味着每个母亲可以按她这一边的家族给孩子命名,也可以按孩子父亲那一边的家族给孩子命名,于是我的很多兄弟姐妹都有从我父亲家族中借鉴来的同样的名字。将自己的亲兄弟姐妹和同母异父兄弟姐妹介绍给第三者时,并不需要将他们分别对待。当我们彼此区分对方时,我们便用自己的生身母亲作为参考,比如,我一直都是恩古吉·瓦·万吉库(万吉库的恩古吉)。另外我的很多兄弟姐妹都有绰号,要么是他们给自己取的,要么是别人给他们的。这些名字都只和他们自己相关联。绰号五花八门,比如说加坤格瓦,意思是小橘子;加屯达,小水果;卡哈布,半分钱;齐毕鲁里,抽陀螺玩手;瓦比亚,卢比①;姆博凯,钞票;还有恩吉利,灰灰;古瑟拉,清洁小姐;汤博,大肚子。我从小都是记着这些名字长大的,所以当我后来知道他们的真名时我简直吃了一惊。不过他们的真名对我来说反而显得不那么真实。我渐渐接受了在提安哥家族里,有好几种称呼自己和称呼他人的方式的事实。

四个女人针对外界、她们的丈夫甚至她们的孩子共同建立起了坚不可摧的联盟。她们中的任何一个人都可以训斥和惩罚我们孩子中的任何一个,如果她向犯错的孩子的生母抱怨的话那他/她有可能会受到额外的惩罚。我们可以从她们中任何一个人那里得

---

① 肯尼亚货币。

到食物。她们通过讨论解决了许多严重的紧张局势。她们其中一人,通常是最年长的万格里,充当仲裁者的角色。她们之间也有一些暗地里的、不断变动的小联盟,但是这些联盟时刻被她们对作为父亲的配偶这一共同身份的认同受到制约。她们每个人都有自己的特征。恩吉瑞,最年轻的妻子,是个身体结实、说话犀利、毫不留情的人。她无法忍受任何人的荒谬行为。她会为家里的任何一个女人站出来说话,对抗外人的攻击,即使这个外人是个男人;她也因此赢得了她的名声。她会公然挑战父亲但她也知道何时应该让步以及怎样收敛脾气。她是宅中未挂名的国防部长。我的母亲善于思考和倾听,她因为她的慷慨而受人爱戴,因为她传奇般的工作能力而受人尊敬。虽然她不会公开对抗我的父亲,但她性格倔强,并常常用行动来替她说话。她就像劳动部部长一样。佳克吉,羞涩、善良、不爱争端,抱着和平共处的处事态度,即使当她被误解的时候也是如此。她是家中的和平部长,也是最害怕父亲的一位妻子。万格里,最年长的女人,总是一副淡定如白云、从容如流水的模样,就好像看遍了世上所有的喜怒哀乐。她对我父亲的威力往往通过一个否定的眼神、一个否定的词,或一个否定的手势就能实现,似乎是在提醒他当初是她在他和他的哥哥之间做出了选择。她是个实打实的文化部部长,一位从经验中、从谚语中阐述观点的哲学家。

她还是位极好的说书人。每个晚上,我们这些孩子就会聚集到她的小木屋的炉火边,然后演出就会开始。有时候,通常是周末,年纪大些的孩子会把他们的朋友带来,于是这就演变成了一场颇具规模的故事大会。一个人首先说一个故事。结束后,听众中的某个人会说"这让我想起……"之类的话,这就表明他/她将要讲述另一个故事,即使大多数时候,这个新故事和挑起这个故事的旧故事丝毫没有联系。但是这个评论并不一定意味着另一个故事的开始。它也有可能带来对某个故事真实的一面的描绘或意见表述。有时候这样的观点或描述会激起一场没有赢家的热烈辩论，而且它们常常又引出更多的故事。或者有时候它们会让人们讲述一些发生在我们生活的土地及整个世界上的故事。比如有一次他们谈起年龄和时间的变化，并以哈里·图库①作为例证，他经历七年的流放之苦后终于被释放，可是他在二十世纪二十年代挑起的政治火焰却在一九二九年灰飞烟灭。三字社团，也就是吉库尤中心协会（简称KCA，其前身是哈里·图库创建的东非协会）应民意而崛起，但是之后在一九四一年也被殖民政府禁止了。重获自由后的图库主张用游说的形式以及用非暴力斗争而不是暴力斗争来争取权益，这一点使三字社团对这个新图库充满不满情绪。那时候，关于这两种政治手段的利弊的讨论对我来说简直是对牛弹琴，因此我觉得这个话题无聊至极。但是我能接受历史奇闻，因为对我来说它们仍旧属于口耳相传的故事的范畴。其中一些甚至比小说还要古怪：比如一个叫希特勒的白人，在1936年的时候拒绝和当时跑得最快的人，杰西·欧文斯握手，仅仅因为他是个黑人。

我那时总是盼望着故事之夜的到来；对我来说，听到如此美妙却时而可怕的故事从人们的嘴中说出是一件不可思议的奇事。我最享受的那些故事是能引起听众们齐声合唱的故事。歌曲的旋律永远是那么令人着迷；它们让我感到自己被带入了另一个世界，一个即使在悲伤中也有无尽的和谐的世界。这一点加强了我对接下来要发生的事的预测能力。

我讨厌有些听众中途打断讲故事的人，对事件发生的前后顺

---

① 肯尼亚政治家，建立现代非洲民族主义的先驱之一。

序的准确性提出怀疑。他们为什么不等到轮到他们的时候再发言呢？我总是期待听到接下来会发生什么，即使我早就听过这个故事了。

有时候，我们的故事会会转移到其他女人的小屋中，但是那种节日气氛总是不够浓烈。佳克吉和恩吉瑞并不是说书能手，她们很少参与进来。我的母亲也不善于讲故事，但如果抵不住他人的央求，她总是会讲述两个她熟知的故事。一个讲的是一名铁匠离开他怀孕的妻子去遥远的铁匠铺，一个妖怪帮助妻子生产下了婴儿，但当她进入哺乳期时，这个妖怪吃光喝光了所有为这位母亲准备的食物和粥。一只鸽子从这位母亲那里得到一些蓖麻籽后，同意为远方的铁匠带去她的消息。于是铁匠回到家中，杀死了怪物，与他的妻子和家人欢乐地团聚在一起。另一个是简单、几乎没有故事情节的传说。讲的是一个带有无法治愈的伤痛的人不愿放弃希望，并且踏上寻找秘方的征程。他并不知道那个著名的药师的住处，他只知道药师名叫恩迪罗。当他向陌生人问路的时候，他形容药师走路的姿态、舞步以及他脚踝处铃铛发出的带有节奏感的叮当声，听起来像是他的名字，恩迪罗。这个故事在我们孩子之间非常受欢迎。我们能想象出这个药师的模样，一齐放声歌唱，有时候甚至站起身来齐声叫喊"恩迪罗"的名字。我的一个同父异母姐妹对这个故事情有独钟，以至于每次轮到她讲故事的时候，她就会把这个故事当做自己的故事来讲。

白天的时候，我们会试着互相复述我们听到的故事，但是这些故事产生的效果没有围在火炉边时来得强烈，那时整个屋子里挤满了专心致志、翘首企盼的听众。母亲们总是对我们说，日光能赶走故事。看来这是真的。

但有一件反常的事完全不符合白天和黑夜的规则。瓦比亚是排行第五的孩子,万格里七个孩子中第二个女儿。她的其中四个孩子都有这样或那样的生理缺陷,瓦比亚和吉托格这对姐弟的情况尤为严重。吉托格在他的姐姐瓦比亚失去视觉和行动能力的同一天,失去了语言功能。他们出生时听觉和视觉都是正常的,但是有一天当瓦比亚背着她的小弟弟吉托格时,闪电打在了他们身上。瓦比亚哭喊说某个人将太阳遮住了,而吉托格则抱怨这个人还冻结了所有的声音。之后,他学会了用手语以及混淆不清的喉音与人们交流。吉托格长成了一个相貌英俊、身体强壮的男人,并没有其他什么生理缺陷。但是瓦比亚丧失了腿部关节的力量。她必须依靠两根拐杖才能站立或者行走。

她总是坐在或躺在庭院里,就在她母亲的小屋的屋檐下。有时候她会走出几步,然后躺在阳光下。但稀奇的是,她的嗓音和记忆力变得更好了。她常常唱歌,当她放声歌唱的时候,她的嗓音在很远的地方都能被听到。她从未去过教堂,但是通过听常去教堂的人们唱歌,她逐渐学会了这些宗教歌曲,后来她简直成为了不同教堂里唱的歌曲的歌词和旋律的储藏库。但是她也会唱许多其他的歌,尤其是那些她在她母亲的炉火边听到的故事中的歌曲。对她来说,故事并不会在白天失去魔力,我们这些孩子成为了对她强大的记忆力感激不尽的受益者。在夜晚,她从来不会和大家分享故事,她只是静静地倾听,但是下一天,她能准确地重新讲述前一晚听到的这些故事,并且以她强大的想象力为故事润色,使它们变得更加生动有趣。通过她变幻无穷的嗓音,她能够使诗歌和戏剧重生。这些是属于她的故事。当然我们必须友善地对待她,互相关爱,并且听父母的话,她才会答应在白天讲故事给我们听。如果我们互相吵架或不听从我们的母亲的话,她就会说,故事们因为悲伤而逃跑了。于是我们必须要用甜言蜜语向她撒娇并保证做个好孩子。但是有些孩子会强硬地要求她讲故事,如果她不愿意的话,他们就会抢走她的拐杖,作为报复。但她从来不会屈服。我是最听话的孩子中的一个,至少对她如此。我会为她端茶倒水,找回被抢走的拐杖。同时我还是她的讲故事表演最忠实的追随者之一,这一点让她很高兴。瓦比亚拥有的想象力比她的母亲和其他说书者的想象力更加狂野,它将我带入我未曾涉足的世界,多年后我只有在阅读小说时才能瞥到这个世界的一个角落。每当我想起这一段童年时光,跃入脑中的总是那些在万格里的小屋中听故事的夜晚和白天在万格里女儿嗓音中重生的故事。

虽然当时我并未意识到,但是万格里的另外两个孩子后来将我与在殖民地和整个世界中不断变化的历史联系起来的。第一个人是父亲宅中最年长的男性子嗣,大肚子汤博,这是一个奇怪的绰号,因为他并没有明显的肚子。他看上去也没有正经的工作,人们传言说他是个"吉赛鲁"。被称为"吉赛鲁"的人并不少,但这只是对肤色较浅的人们的称呼。对他们而言,这个称呼只是个名字,而不是工作。一个人怎么可能有一份被叫做白人的工作呢?直到后来我才了解到"吉赛鲁"这个词源自斯瓦希里语的"卡彻鲁"一词,意思是"告密者",我这才知道他是情报部门的低层便衣警察。

万格里的三儿子,约瑟夫·卡巴依同样也是个神秘人物,他在我心中永远是一个谜团的形象。因为我从未亲见过他,对他的描绘只基于流言和奇怪的传说。当他还是个孩子的时候,他在一次放牧过程中和一个比他大的男孩打架,那是一个经常在他给父亲的奶牛挤奶时骚扰他的恶霸。这个恶霸总是强行喝他挤出的牛奶,于是卡巴依就会被父亲责难。一天,出于愤怒和自我防卫,卡巴依一刀刺死了那个男孩。他随即遭到逮捕,但是因为未成年,他被带到了瓦穆予,一个少年管教所,在那里他能受到一些正式教育。在这之后——我不知道是出于自愿还是被迫——他加入了英皇非洲步枪队，为乔治六世在第二次世界大战中作战。

英皇非洲步枪队，也叫作 KAR，成立于一九〇二年。它是在东非步枪队和中非军团的基础上由卢加德队长发展起来的。卢加德作为英国间接统治制度的创始者而闻名于世，这是一种利用一个地区的原住民来攻打另一个地区的原住民，并且利用每个部落的长老，无论是由民众选出还是英方指派的，来代表英国政府镇压人民的政治制度。这个军团之前在一战期间追捕狡猾的德国将军封·莱托-福尔贝克以及在阿散蒂①战争期间对抗阿散蒂国王阿桑塔何因②中发挥了重要作用。军团中的士兵们为自己谱写了作为国王的手下行使皇命的歌曲。

我们踏上征途

我们踏上征途

奉何人之命？

国王的皇命

让我们踏上征途

卡巴依并非我们的旁支家族中唯一参加第二次世界大战的人。表兄姆万吉，也就是木库鲁伯伯最年长的儿子，同样也加入了军队。许多陌生人的名字——墨索里尼、希特勒、弗朗哥、斯大林、丘吉尔和罗斯福——还有地名——美国、德国、意大利和俄罗斯、日本、马达加斯加和缅甸——时不时地会在万格里炉火边的故事会上冒出来。这些人名和地名对我们来说模糊不清，而且就像之前提到的哈里·图库的故事一样，真的只是迷雾中的阴影。比如

---

① 非洲西部地区，如今位于加纳中部，曾经为一王国。
② 阿散蒂王国首领的称谓。

说,这个希特勒,是不是和拒绝与杰西·欧文斯握手的希特勒是同一个人?我只有将这些人物放在口耳相传的童话故事中和有可怖的怪兽与英雄们斗争的环境下才能对他们有所理解。希特勒和墨索里尼扬言要奴隶非洲,所以他们是可怕、丑陋的怪物,他们邪恶的目的一目了然。甚至在我出生之前,贝尼托·墨索里尼就已经在一九三六年入侵埃塞俄比亚了,并且强行流放了海尔·塞拉西皇帝。他还像在伤口上撒盐一般地在埃塞俄比亚及周边地区建立起了意属东非。"我们的今日就是你们的明日",海尔·塞拉西这样警告对意大利的侵略行为袖手旁观的国际联盟,而埃塞俄比亚甚至还是国际联盟的成员。人们谈起这些事件就如它们是日常生活的一部分一样。这些青年男女,其中部分还只是附近利穆鲁巴塔鞋厂的工人,是怎么知道这些发生在许久以前,遥远的土地上的故事的?年轻的舞者们唱着坏人希特勒向肯尼亚进发,在非洲人的脖子上套上牛轭的歌曲。这样的画面进一步强化了希特勒是一头挣脱囚笼、威胁整个世界的恐怖野兽的形象。但是与这头野兽和它致命的计划相抗争的是一些勇猛的人,英军就是这支救世主队伍中的一员,而在其中就有姆万吉表兄和卡巴依哥哥。我们听说了他们在阿比西尼亚①对抗墨索里尼的意属东非行动中的英勇事迹,还有其他新的地名,比如亚的斯亚贝巴②、厄立特里亚国③、摩加迪沙④、意属和英属索马里兰⑤,也不时会出现在这些对话中。当然,战争的复杂性完全超出了我的理解能力。后来,点点滴

---

① 埃塞俄比亚的旧称。
② 今埃塞俄比亚首都。
③ 东非国家。
④ 今索马里首都。
⑤ 意大利控制的索马里地区和英国控制的索马里地区。

滴的故事逐渐结合成关于墨索里尼的士兵宣布投降的传言。对我来说，一切都很简单。英雄战胜了怪物，至少是那些威胁我们的怪物，我们的兄长和表兄为这次胜利出了一份力。在我心中，素未谋面的约瑟夫·卡巴依是最带有英雄色彩的人物，墨索里尼的士兵一定是向他投降的。他和我之间因血缘——我们父亲的血缘——相连，但是他仍旧是遥远的童话世界中的人物。

但是战争的痕迹不仅仅出现在故事中；它就在我们的身边。农民们只能在政府市场兜售他们的农产品。若没有政府许可，各地区的食物是禁止流通的，这就在某些地方引起了食物短缺和饥荒。虽然当时我并不知道这背后的原因，但这项食物生产和分配政策实际上是在为英国的战争经济做贡献。在利穆鲁，禁令催生出一位著名的走私犯，卡鲁果。他开卡车时速度极快，所以他常常能摆脱警察的追捕。最终他还是被逮捕并关进了监狱，但是他成为人们无边的想象力中的传奇人物，并由此诞生了"卡鲁果的里程计"这一说法，意思是"快速离开"或"别管什么限速"。

当然我们也见到士兵穿过利穆鲁的景象，他们常常会被困在用作公路的乡间泥路上。为了让士兵能顺利地通过泥路，政府将它们改建成了宽阔的红土路。在开挖红土的过程中，这项政府工程在曼果沼泽附近，也就是奇穆雅的转角处，卡哈乎庄园外留下了一块足球场大小的长方形采石场。由于路况的改善，士兵们有时会将他们的车子停在路边，到附近灌木丛中的空地上吃午餐。他们会把饼干和罐头肉送给放牧的男孩们。我的一个同父异母兄弟，恩津居·瓦·恩吉瑞，当时是我父亲放牧队伍中的主要助手，他常常会带这类食品回家，并且谈起这些士兵，但是他从未提起见到约瑟夫·卡巴依。他，无论身处何方，也会将车停在路边，吃着饼干和罐头肉，并把它们分给放羊的孩子们吗？

一天,两辆满载士兵的护卫军车滚下了红土路掉进了洞穴似的采石场。其余的护卫军车停在了路边。营救者和被营救者们立即陷入了一场大混乱。消息很快便传开了。差不多整个村子的人都在现场看死伤者被抬走。在我们这些孩子们的耳中听来,一阵阵的呻吟声尤其让人毛骨悚然。对提安哥家族来说这件事更为揪心,因为人们开始传言卡巴依可能就在这支护卫队中。但是没有人能给我们答案。关于他在遥远的阿比西尼亚①的说法并没能减轻我们的担忧。政府的沉默反而激发了我们的恐惧。我感到一位战争英雄,一个我从未谋面的同父异母兄弟就这么被夺走了。

但是一天晚上,他突然开着一辆军用卡车回家了,车前的两个探照灯劈开了黑夜的沉重幕布。我们的住宅周围并没有像样的公路。卡巴依的卡车笨拙地直接轧过卡哈乎教士的果园,留下两道车印,开到了我们的庭院。不幸的是,天一直在下雨。卡车陷入了泥泞中,当司机猛踩油门,试图要摆脱困境的时候,卡车撞到了我的母亲的小屋,陷入更深的泥沼中。这些穿着绿色卡其布军装、戴着军帽的士兵将他们那个晚上大部分的探亲时间花在用手电筒东探西照,想办法将卡车拖出来上。我们围在士兵周围。我甚至不认识卡巴依。直到他放下手中将车拉出泥沼的活儿,匆匆忙忙向家人问候时,我才看清他的模样。原来他刚从东非战役②上回来,正在内罗毕修整,之后他将会被调遣到马达加斯加甚至是缅甸的前线作战。据他所说,他和他的战友们这次是未经允许擅自开卡车过来的,他们原本打算只溜出来几个小时,为了减轻卡巴依离家多年的思乡之苦。这也为他和他那些非吉库尤出生的共同出生入

---

① 今埃塞俄比亚。
② 1940年6月到1941年11月期间盟军(主要是英军力量)在非洲之角打击轴心国(主要是意军)的战役。

死的兄弟们(他们的家乡一定离内罗毕更远)提供一个摆脱一成不变的饼干和罐头肉、尝尝家常菜的机会。他提到了某些士兵的家乡——乌干达、坦噶尼喀和尼亚萨兰①。皇家非洲步枪队中有来自非洲各地的人,他说道。当他们总算将卡车拖出来的时候,他们只有一小会时间供他们匆匆忙忙地吃一顿晚餐。因为他们着急着要赶回内罗毕的营地,我们并没有和他有太多时间相处,但是我仍旧兴奋得无法入眠,一遍遍地回顾刚才发生的戏剧般的事情。这就好像卡巴依从故事中跳了出来,向我们说了声你好和再见,然后又跳回到故事中了。在黑夜里撞坏我母亲的屋子以及将陷入泥沼的卡车挖出来对一个在满世界消灭妖怪的人来说,并非是什么带有英雄色彩的返乡经历,但是他是第一个开着卡车来我们家的人。当我们的地主并没有因为卡车在他的土地上留下的痕迹以及折断的果树向我们抱怨时,我们意识到自己的大哥哥是多么有威信。

这次探亲事件永久性地铭刻在我的心上,关于这场大战的谈论让我又记起那辆陷在我母亲小屋边的泥潭中的卡车。

我不知道距离卡巴依的拜访过了多久,不过更多奇妙的事发生在后头。一个白人来到了我们的住宅区。虽然铁路另一边的茶园是属于白人的,而且我听说利穆鲁巴塔鞋厂部分属于白人,但是我真正近距离见到的近似于白人的人只有那些印度店铺的店员。但是这次,一个真正的白人站在我们的庭院里,我们朝他的身边跑去大声叫喊着"穆屯古②、穆屯古"。他说了一些听起来像"波诺"或"布厄娜"的词,还问我们有没有鸡蛋。我的母亲给了他几个鸡

---

① 马拉维的旧称。
② 吉库尤地区的黑人对白人的称呼。

蛋,甚至没有接受他掏出的钱,于是他说了像是"格拉谢"的话,临走时又说了声"朝",我们把它理解为"谢谢"。我们这一群孩子紧跟在他身后,仍旧大声朝他喊"穆屯古"。接着,让人震惊的事发生了。

我们看到白人在修路。白人亲手捣碎石块在铺路而不是监督黑人干活。后来,更多的人来我们家里要鸡蛋,当地话叫"玛雅依"。他们嘴里说着"布厄娜瑟拉""布厄吉厄诺""普朗托""格拉谢"这些词,但是他们最常用到的词、给我留下的印象最深刻的词是"波诺"。于是我们就叫他们"波诺"。我后来知道他们是意大利战犯,他们于一九四一年五月和十一月期间被捕,当时意军在阿姆巴阿拉吉①和贡德尔②投降,结束了东非战役。这些战犯被迫成为劳力,修建从内罗毕通往内陆的公路以作为惩罚。这条公路和由输入的印度劳工修建的铁路平行。这些战犯成为了我们村庄的一部分,每户人家都有个关于意大利人的故事。

我们家的故事和瓦比亚,卡巴依的姐姐有关。若没有两根拐杖,她无法挪动,更不要说行走了。几个月后,甚至可能是一年后,第一次出现在我们庭院的那个波诺回来了。这次,在买下了一些鸡蛋和一只鸡后,他立即被瓦比亚吸引了,他用他生硬的斯瓦稀里语问了许多关于瓦比亚的问题。我记不得他确切说了些什么,但是我的一个同父异母兄弟说他说他能为瓦比亚带来治愈她的双腿和眼睛的药。我爱瓦比亚。如果她能找回视力和独立行走的能力,那真是太好了。这也意味着白人的药比我们想象中的更为神奇,甚至比瓦比亚的故事中对它的描述还传奇。

---

① 埃塞俄比亚北部的山脉。
② 埃塞俄比亚的一个城市。

我们等着那个意大利人回来。在我们的想象中,他似乎化身为白皮肤的恩迪罗,那个我母亲故事中的神医,虽然他带有意大利口音,而且我们也没有去寻找他的居住地。他会来找我们,我们仅仅是等待他的回归而已。很快,公路延伸出了利穆鲁,波诺们不再像过去那样常常出现在我们这一带,但是我们并没有放弃希望:那个意大利人一定会带来解药的。如果卡巴依从战场上回来,看到自己重新拥有视觉和行动能力的姐姐在家中迎接他,那将是多么美好的一幅画面!

卡巴依探亲的场面虽然随着时间的流逝逐渐变得模糊并且不断地被新的故事掩埋,但这画面永远不会被抹得一干二净,而当战争在人们的谈话或歌舞表演中再次被提起时,卡巴依回家的事更是会带着神话般的色彩回到我们的脑海中。最受欢迎的表演是"穆图",这是一种男孩子表演的一呼一应的舞蹈,在这些由一个个篇章组成的舞蹈中,那位领舞独唱者从未离开过村庄,却能自吹自擂地歌颂自己在缅甸的雨林中战斗以及轰炸日本并赶走希特勒和昭和天皇的英雄事迹。这些捏造的成就正是英雄独舞者被他的合唱队敬畏的原因。的确,当这位领头的歌唱家兼舞蹈家突然从系在他腰间的剑鞘中拔出木剑时他看上去十分骇人,他手握利剑来回舞动,然后将它抛向空中,当剑落下来时他能敏捷地接住剑把,同时,他的舞步一丝不乱。缅甸、炸弹、昭和天皇,我的战争词汇表不断地扩充着。但我们仍旧在等那位意大利人。

终于,我再也没有看见"波诺玛雅依"在村庄中走来走去或向人们要东西的场面。他们没有回来。我们的白人恩迪罗没有回来。我亲爱的同父异母姐姐瓦比亚终身残疾。但是波诺们留下了他们的建筑印记:他们在空闲时间,在东非大裂谷的边缘地带的路边上修建了教堂。他们还留下了社会生物方面的印记:在那些他们停留过的村庄里,没有父亲的棕色婴孩出生在一些破碎的家庭中。

最后,我们的同父异母兄弟终于回家了。那是一九四五年,战争刚刚结束,士兵们退伍还乡。人们悲喜交加。姆万吉表兄,木库鲁伯伯的大儿子在战争中身亡;没有人能说得清他在哪里阵亡的,但是巴勒斯坦、中东,甚至缅甸这些地点被不同的人提到。但是卡巴依幸存了下来,他是一个传奇。他与我们相比体型健硕,比传教士地主斯坦利·卡哈乎的儿子们更高大,甚至更有文化。人们甚至传言他和卡哈乎的一个女儿有私情。

卡巴依这位退役士兵成为了一位花花公子,一个烟鬼和一个沉溺于啤酒的酒鬼。他从有执照的印度酒商那里买啤酒并且常常带出店面,坐在商铺后面的那块草坪上喝酒。这些啤酒产自喝欧洲人开的东非酿酒厂,价格不菲。他是屈指能数的几个有钱一瓶接着一瓶喝啤酒的非洲人中的一位。后来一个非洲商店老板,阿塔布·穆图里,被准许在利穆鲁市场上销售欧洲啤酒,于是卡巴依的喝酒地点便转移到了他的店铺的后院。

卡巴依很少回家,这一点让我感到无比沮丧。而当他在家的时候,他几乎从未认真谈起过在那场世界大战中发生的事,至少我从未听他谈过。他甚至闭口不提姆万吉表兄,不管他们有没有在战争中相遇。有一次他提到马达加斯加,但也是仅仅一笔带过,就好像他当时只在那里做了匆匆停留。另外有一次他在观看穆图舞时对舞者和他们对缅甸和日本的刻画作出了以下评论:"缅甸的雨林对我们东非师来说简直是死亡的陷阱",[①]他接着说,"季风雨

[①] 这里指的是第十一东非师,属于比尔·斯利姆将军麾下的第十四军。克波山谷(Kabaw Valley)两侧的山坡被叫做死亡谷。

将泥路变成泥浆河。日军中都是勇猛的战士。但是我们来自东非的士兵证明了我们在雨林中作战的能力。至于轰炸长崎的事,唔,我并不在场。这件事并不应该被编成舞蹈。这个世界永远也不知道我们非洲人为这场战争付出了什么、付出了多少代价。"这就是他对战争最深刻的回忆。我很想要听他说说那些他参与的战役;想要知道他是不是亲眼见到了墨索里尼和希特勒向盟军投降,是不是和丘吉尔及俄罗斯将领们握过手。

他其中一次鲜有的拜访恰巧是在他母亲开故事会的时候。战争及它带来的影响已经成为历史长河中的零星碎片了。那一晚上我们谈论的话题是语言和在别人背后议论的习惯。就在那时候卡巴依恰到好处地插了进来,谈起在别人背后说坏话带来的危险。他讲了下面这个故事。

一次,在士兵们退役还乡之前,他在一个欧洲女人的办公室的隔壁那一间工作。他在部队里的朋友会时不时地来看望他,并且用吉库尤话谈论那个女人,想象着和她一起睡觉是什么感觉,他的朋友甚至还开玩笑地说他十有八九已经和那个女人睡过了。他对这些评论置之不理,并且警告他们不要说这样的话。在那时候的肯尼亚,非洲男人和欧洲女人私通是非法的。另外他也实在对这种一味认为那个女人听不懂他们说的话就当面对她评头论足的行为感到坐立不安。

一天当他们正热火朝天地谈论那个女人时,她正巧从他们身边经过。她用标准的吉库尤话向他们打招呼,还参与进他们的谈话,她说:每个女人,无论是黑人还是白人,都有同样的生理结构。这些男人像一群受惊的苍蝇一样从离他们最近的出口飞逃出去,从此他们再也没有出现在这幢楼里。谢谢你,她转身对卡巴依说。

退伍之后,卡巴依在利穆鲁的非洲市场建立起了他自己的秘书和法律服务公司。他拥有会使用雷明顿打字机的最快打字员的名声。打字机发出的急促、响亮的摩擦声传到了街道上，吸引了不少人的目光。人们在他的办公室外面排起了长龙，等着他提供法律建议或为他们用英语写信。他的公司成为了与殖民政府机制相挂钩的全方面信息中心。这就更加巩固了卡巴依作为当地最有学识的人的名声。对我们提安哥家族来说，他的受教育程度远远超出其他人。这或许激发了我学习的欲望，但我并没有告诉别人。我为什么要说出无法实现的愿望呢？

当我是个孩子的时候，我喜欢时时刻刻待在母亲身边。如果她将我留在家里独自出门的话，我会哭上好几个小时。于是我因此得了"爱哭鬼"这个绰号。没有任何摇篮曲、没有任何责骂能阻止我的哭声。我有时带着泪水入睡，而当我醒来的时候，我的母亲便会出现在我身旁。当然也有几回我睁开眼睛却发现她不在我身边，这意味着更多的哭喊和更多的哭着入睡、哭着醒来的恶性循环。只是，我把这样的经历故意抛在脑后，一味地认为只要我大声哭泣，我的母亲就会回到我身边。

有一次，我一定是睡了很久，因为当我醒来的时候我发现我的母亲怀里抱着一个婴儿。我记得我的哭声被这个怎么也不愿离开我最爱的母亲的胸脯、背部或手掌的婴儿的哭声淹没了。他的哭声比我的更加有力，因为母亲会停下手中所有的活回到他的身边。当人们告诉我我的母亲为了给我找一个玩伴而去了某个地方为我抱回来这个小弟弟时，我停止了哭闹。我们相差一岁。他被命名为恩津居,也就是木库鲁伯伯的名字。尽管我们之间存在兄弟间固有的敌对心理,我们后来却变得亲密无间,尤其是当我教会他走路之后,至少我认为是我教会他的,因为有一段时间他会模仿我的所有动作。看来我的哭喊的确是对玩伴的渴求。我的母亲像拥有魔法般地预测出我哭泣的原因并对此作出正确的应对。我对她能预测我的需求的魔力坚信不疑,这种信仰后来更是被她的其他种种作为巩固。

小时候我的眼睛总是出问题。我的眼皮经常肿胀,眼睛流泪不止。我常常因为疼痛大哭大叫。我的母亲会带我去看传统的郎中,他住在卡米瑞,曼果唯一的自来水中心附近。那个郎中会用小刀片在我肿胀的眼皮上沿着眉毛隔开一道口子。待我的眼皮上的血流干净,他会在我的伤口上附上一些药膏,不知怎么地我便感觉好多了。但是好景不长,舒适的日子往往只持续几周。所以我经常出入于郎中的祠堂里。我以前常常要眯着眼睛才能看清楚事物,于是人们会笑话我,叫我"眯眼鬼"。我对此很不开心,因为绰号,即使是那些源于过去的不良习惯的绰号,也会伴随你很长时间。我好不容易摆脱了爱哭鬼的名字;我可不想再被叫做眯眼鬼。

传教士地主斯坦利·卡哈乎成了我的恩人。我不知道是我母亲找上了他的门还是他来找我的母亲的。有一天我母亲给我洗了个澡,将我带到卡哈乎的屋子外面的那条路上。卡哈乎开着他的车,一辆老福特T形车,停在路边,让我们上车。在那之前我从来没有坐过任何汽车,我希望当时我的眼睛没有痛得让我分心,因为在去内罗毕的乔治六世医院(也就是之前的当地人民医院)的路上我并没有心情欣赏风景,乔治六世便是那位我的同父异母兄弟卡巴依为之奋战的国王。那是我和我的母亲第一次来到大城市。医院的医生检查了我的眼睛,然后说我必须住院。我不知道是不是我的眼睛状况真的需要我住院，还是因为除了医院里其他的药房里没有我需要的药。我被留在医院的病床上，和其他的病人在一起，这是第一次我母亲将我留在一堆陌生人之间。医院里的一切，甚至空气中的味道，都和家中新鲜的空气大不相同。但我不知怎么的，竟然适应了医院的环境。其他的病人都很友善，医生们也很友善。在悲伤的日子里，不同的人团结在一起的情景实在很感人。

我的母亲和卡哈乎教士来探望过我一次。他们保证说很快就再会来看我的，于是便离开了。我不知道我在医院里住了多久，两个星期、三个星期还是一个月，但是我感觉度日如年，离家万里。随着我的病情好转，我对母亲和家的思念之情愈加浓烈。最终我得到医生的准许出院，但是我却无法离开那个地方。我哪里也去不了，因为我不知道卡哈乎传教士和我的母亲什么时候会来接我。我对医院感到无比厌倦，但我又没有任何联系母亲的方式。于是我就做了孩子们认为能与不在身边的亲人建立灵魂桥梁的事：如果你对着一只陶罐的罐口轻声念出你爱的那个人的名字，他或她就会听得见你。可是那里并没有陶罐，所以我就用了任何看上去像罐子的东西，朝着它轻念出母亲的名字。当下一天，或下几天后，我的母亲真的出现在我面前时我简直不敢相信自己的眼睛。当我用痊愈的双眼看到她时我心里乐坏了。但是她之前为什么没有来看我？为什么她独自一个人来了？她解释说卡哈乎教士一直都很忙，不断地推迟看望我的日子。最后，她等不及了。她便打算靠自己来医院，她向人们打听怎样坐公车到乔治国王医院，就这样她就来到了我身边。我为回家而感到高兴，但我也为那些仍在医院的人感到悲伤。

我们走到公车站。那时候公车服务十分落后且不准时。不过最后公交车还是来了,于是我们坐上了车。这一次我能够看到窗外公路两边的景致。这是奇妙的感受。在我眼里,外面的树和草仿佛随着车辆的前行而不断向后走。车辆前进得越快,外面的景色向后移动得也就越快。就这样,车辆开了很长一段路。然后售票员过来向我们收车费。我的母亲给了他她身上所有的钱,告诉他我们要在利穆鲁的最后一站下车。他用奇怪的眼神看着我们然后说道:"这位母亲,你们坐错方向了,这是去恩贡的车,不是去利穆鲁的。"车开到下一站的时候,他让我们下车,到路的另一边等候开往另一个方向的公交车。

幸运的是,就在那个时候,另一个方向的公交车正好开过来了。售票员向车辆打招呼,和司机和另一位售票员说明了情况。他将母亲给他的钱还给了她。新的公交车上那位新的售票员将我们带回了城市,在某个车站让我们下了车。他和前面那位售票员一样并没有收我们的钱。最后我们终于坐上了一辆开往利穆鲁的公交车回到了家中。

我对自己去过大城市的这段经历兴奋无比。我从来没有见过这么多石头建筑挨在一起。这些就是我父亲年轻时在逃出木兰格的路上见到的房屋吗?还是这些是我的同父异母兄弟卡巴依,国王的手下,栖身过的房屋?这些楼房中有没有某幢楼生产了那辆撞上我们的房屋的卡车?又或许这是完全不同的另一个内罗毕?这些其实并不重要:我为自己能看清事物以及不用再被郎中用刀片割开眼皮或被别人叫做"眯眼鬼"而感到由衷的高兴。但是更让我感到惊喜的是我的母亲,一个从未独自去过内罗毕的人,带着我经历了这一切。我敢肯定如果我母亲铁定了心要做某件事的话她一定能做得到。

我的眼睛痊愈后，我能够更加自由、更加享受地参与到各种儿童游戏中去了。其中一项游戏是不会允许带着眼伤的孩子玩的：男孩子们从曼果沼泽地中运来了大量泥水并在山坡上开辟出一条用泥水润滑过的滑道，然后孩子们坐在一块木板上从这条滑道上从山顶一直滑下来。这条滑道的终点位于供机动车使用的泥土路的上方一点点处。游戏的关键在于全速滑下跑道然后在冲到泥土路前突然向左边或右边转弯。要完成此过程需要良好的视力来避免与路过的车辆的碰撞。现在我能够玩这项运动了。这是危险但刺激的游戏，经过一整天的疯玩后，我全身沾满了泥巴。我的母亲即时禁止了我参与这项游戏，并且因为我教会了我的弟弟一些坏习惯而责罚了我。

我们还玩一种类似于桌球的游戏；我们将土地当做桌面，将传统的四个球洞简化为一个球洞。两位参赛者各拿着六个瓶盖，站在双方达成协议的距离之外，轮流将手中的瓶盖扔到球洞中，双方都尽力一次就投中目标。至于那些没有投进的球，参赛者会使用一项特别的技巧：将泥巴填进瓶盖里使瓶盖的分量加重，然后再试着将它们投入洞中。得分最高的那个玩家自然就是冠军，得意地等着其他人用他们的六个瓶盖向他发起挑战。那时候有几个男孩子连续几天都稳坐榜首，于是吸引了别的村庄来的挑战者。我并不擅长这项游戏，因为它要求玩家拥有较高的手脚协调能力。当这项游戏红火的时候，它简直让人上瘾，有的孩子因为这个游戏而将家务活丢在一边不管，就为了通过收集瓶盖而追求名声。有时候，那些最有技巧的玩家会用钱赌博。我的母亲一直以来都强烈反对我们玩这项游戏。

我的母亲讨厌一大群男孩子在家外头玩游戏。她希望我们只参与那些能在庭院里面玩的游戏，比如跳绳和跳房子，但是我的弟弟和我跟我们的同父异母姐妹们及她们的朋友们相比，在这些游戏上根本不是对手。她们在跳绳时能做出相当繁复的动作来。

就像其他所有地方的孩子一样，我也对飞机有深深的痴恋。我会掰下一张干玉米叶片，大约一英寸长、半英寸宽，然后在叶片中间穿个孔，将一根Y形的树枝插进去作为飞机的操控杆。当我握着树枝长的那一端迎着风跑时，叶片就会转移来，我跑得越快，它转得也就越快。我的弟弟也照我的飞机做了一架属于他自己的。我们假装自己是飞行员互相竞赛，做出各种复杂的飞行特技、模仿不同的飞行策略。这很有意思。我不用眯着眼睛就能轻松玩这项游戏。

我们还做了陀螺玩，我们用剑麻编成的绳子抽打陀螺让它转起来。这项游戏的目标在于让你的陀螺转得越久越好，但有时候我们会设置陀螺竞赛：在一段路程中看谁的陀螺能最快到达终点。当然还有更复杂的玩法，比如用你的陀螺打翻别人的陀螺，但同时又要保持你的陀螺一直在转动。

我们逐渐发展出了更加有挑战性的设计和工程：做玩具自行车、小汽车、卡车、公共汽车，它们麻雀虽小、五脏俱全，车身、车轮和操控杆一样不落。只不过它们都要靠人力而非内燃机才能运转。有些孩子还为他们的交通工具加上了骑车人、司机和乘客。我们会聚到乡村小道上或空地上一一展示我们的作品，当然也汲取别人的玩具的优点并在将来的制作过程中用上这些技巧。

但除此之外我们还学会了制作有用的玩具。我的母亲没有年纪尚小的女儿，所以我们就承担起了我们这个年纪的小姑娘会为母亲做的家务活:去外面砍柴并将柴火捆在我们的背上背回家中,捆柴火的那根绳子会从我们的前额挂下来。男人们是不会这么背货物的;他们把货物顶在头上或扛在肩上。所以这就给了我们"妈妈的小姑娘"的美名。这应该是一个含有赞扬意味的称呼,但是我一点也不喜欢这个名声。于是我们找到了一个更有男子汉气概的运货方法,既不用背也不用头或肩膀。而是用一辆货车!由于我们没有钱买地主或印度店主们用的手推车,我们决定自己动手用木头做。我们找到一块厚实的木头,用一把砍刀对它劈砍和雕刻,然后在中间挖了一个洞,作为榫眼。我们就这样完全用木头打造出了一辆独轮手推车。可是我们的成品无法被用于实践,尤其是在泥土松软的地面上,轮子会陷入泥土中,或是在雨天里轮子会被卡在泥泞中。我们需要一个结实的铁轮。一个名叫加琪瓜的男孩说只要我们给他三十分钱,他就会为我们弄一个真正的轮子,一个从废旧的手推车上拆下来的二手铁轮。但是那时候每一分钱都来之不易。

我得试着靠双手摘茶叶来挣钱。我央求我的姐姐们带我一起去茶园。茶园的主人是一个绰号叫"吊带子"的白人,因为他常穿着背带裤,两根松紧带牢牢兜住了他的肚皮。从印度来的茶树籽最早是在一九〇三年被引进利穆鲁的,但是对我来说,面对眼前这片广袤无垠的绿色,仿佛茶树从盘古开天辟地以来就存在于这片土地上了。一位非洲监工负责把一排排茶树分配给不同的工人。利穆鲁气候较寒冷而且常常被烟雨笼罩。我们头上顶着的剑麻布袋就通常被当作雨衣用。我发现这项工作对我来说难度太大了;因为我即使踮着脚也不一定能够到茶树顶端,更不要说像富有经验的采茶人那样灵巧地摘茶叶。他们能够轻松摘下茶叶然后朝肩头一甩,茶叶便准确无误地落入他们背着的巨大箩筐中,整个过程一气呵成。我当时连自己的箩筐也没有,我更像是个累赘,总是碍手碍脚的,于是我的姐姐们再也没有带我去茶园了。虽然我很想要那三十分钱,但是我并没有坚持再去。

相比之下,除虫菊地里的活来得轻松些。当收获季节到来的时候,我跟着哥哥姐姐们去地主的田地里收割除虫菊,甚至我的弟弟也跟着一起来了。但不管怎样,这仍旧是苦力活:要装满一个小小的剑麻箩筐,我们得在地里劳作一整天。

我不知道过了多久,但最后我们总算挣到了足够的钱来买一只铁轮。可是轮子的主人提高了要价。我当时迫切地想要买下铁轮所以就将身上的钱全部给了他作为定金,但是当我终于攒够了其余的钱时,他却已经将铁轮卖给了别人。现在倒是变成他欠我钱了。他保证说会给我们弄来一个新铁轮的。虽然倍感失望,我们却并没有放弃我们的工程大业,并且终于生产出了一个更结实、更灵活、真正能用于实践的车轮。我们于是从各个地方搜集木材、钉子和铁丝,然后做出了一个独轮车的基本构架。在安装上全面升级过的新设计后,我们能够推着它走上一段距离去搜集柴火或带着水罐去接水。很多时候车轮不能保持直行,尤其是在凹凸不平的路面上。这个问题得靠两个人的力量才能解决,其中一个人在前面用一根绳子拉着车走,另一个人在后面推着独轮车的把手向前进。

我们去哪里都带着我们的新发明,甚至在除虫菊地里也是如此。它往往会吸引地里头别的孩子们的注意力,尤其是地主的两个小儿子恩吉米和厄塔沃,对我们的独轮车特别感兴趣。他们经常会来菊地里,不是来工作,而是为了和与他们年龄相似的孩子做伴,逃离家庭束缚下的单调生活。他们对我们的发明赞叹不已,并求着我们让他们尝试推独轮车。我们并不情愿让别人用它,于是他们就给我们买了一辆真正的独轮车作为对我们的天才发明的交换。真正的独轮车和我们的发明之间相差了十万八千里！但是我们的发明有手工玩具特有的魅力！

我们利用人们对我们的玩具的需求为自己赢得了其他一些特权。那时，除虫菊地还未侵蚀所有的森林，那里仍旧生长着茂盛的草木。我们会到树林里爬树，有时候会将这棵树的树枝和另一棵树的树枝连起来作为桥梁，或者利用树枝像猴子一样从这棵树晃到另一棵树上。我们最喜爱的事莫过于捕捉野兔甚至羚羊。有一次一只羚羊闯进了除虫菊地，所有人都停下了手头的工作，开始追逐这只动物，嘴里叫喊着"抓住那只羚羊"，但是它的速度比这群大喊大叫的追捕者们快得多。我们时常听到有男孩子成功捕获野兔或羚羊的故事，但是这次经历向我们证明了若没有猎狗的帮助，我们是永远不会抓住野兔的，更不用说羚羊了。作为对推我们的独轮车的机会的交换，我们说服了恩吉米和厄塔沃带着他们的狗帮我们捕猎，然后将猎物装在独轮车里运回家。我们十分走运，很快就发现了一只野兔，我们立即放狗去追逐猎物，自己也跟着猎狗们跑。很快狗和野兔就把我们甩在后面，但我们循着狗叫声钻进了一片茂盛的荆棘丛里。狗对着荆棘丛狂吠不止，我们看到里面藏着一只受惊的野兔，不管我们扔多少石块或多么狠命地摇晃荆棘丛，野兔就是不出来。我们一直到最后也没有逮到它。而且过了一段时间后，恩吉米和厄塔沃对我们独一无二的手工独轮车的兴趣也渐渐消淡了，我们再也不能用推独轮车的机会作为交换筹码了。我的弟弟和我很想要一群狗能在我们想打猎的时候随时供我们使唤，或者在我们假装开飞机的时候跟在我们后面。

但是对那些第一次见到我们的手工独轮车的人来说，它仍旧魅力无穷。一位印度男孩就完全拜倒在这个玩具的魔力下。当地的印度团体大多不与外界交流，他们只通过他们的店铺与非洲人和白人取得联系。这些店面的前半部分是对外的商铺，后半部分则是供家人起居的庭院，每个庭院都由高高的石墙围起。这样的高墙还将学校包围起来。唯一窥探到印度家庭生活的非洲人是那些清洁工和扫地工，他们说印度人中有许多不同的国籍、宗教和语言——锡克教人、耆那教徒、印度教徒和古吉拉特人。他们谈论着不同家庭之间的矛盾以及家庭内部的矛盾，这些和表面上看到的和谐景象大相径庭。印度孩子和非洲孩子之间的交流更加稀罕。有时候当几个印度孩子冒险走出商店，非洲男孩子们就会朝他们扔石头，不为别的，就为了看他们落荒逃窜回高墙筑起的庭院里。从高墙里头，印度孩子们也会朝我们扔石头作为报复。最让人害怕的是那些包着头巾的锡克人，因为传言说他们身佩利剑，当他们跑回庭院的时候他们是去取杀伤力极强的武器。但是孩子之间对彼此的好奇心往往能跨越石墙筑起的隔阂和大人们的警告。这就是我们那摇摇晃晃的自制独轮车如何吸引了那个印度男孩的注意力的，他一直央求着我们让他推那辆独轮车。他一开始通过给我们两块小小的五彩斑斓的大理石来清理嫌隙。后来，他则时不时地塞给我们一块糖果来向我们伸出友谊之手。最后，他用两只小狗（他们家的母狗生了一大窝小狗）牢牢地稳固了我们之间的友情。

千等万等我们终于有了能供我们使唤的狗了。我们怀着胜利的心情将它们带回家，但是我的母亲实在讨厌狗屎，于是她将小狗们装进一个桶中，将它们带回到印度商业中心，放了它们。我们对我们的印度小伙伴说那两只小狗逃走了，于是他又给了我们一只。我们在庭院的垃圾堆旁的树丛中搭建起了一个狗棚，靠我们自己将小狗偷偷养大。我们偷偷地喂它，但是我们的母亲一定是始终对我们有疑心。一天我们早上起来,却发现小狗不见了。我们从此再也没有机会见到我们大方的印度小伙伴,我们也不能去他家里敲他的大门。再说,我们对他说什么好呢?小狗又逃跑了?

但我对狗的热爱很快就被消灭的一干二净了。有一天在我去除虫菊地的路上,穿过一条去地主家的小道,就在这时他的狗,也就是那些和我们一起去打猎的那群狗,突然朝我狂吠不止。我吓得拔腿就跑,但是那些狗很快追上了我,其中一只将它锋利的犬牙深深地插进我的右腿,就在脚踝上方处。这一咬在我腿上留下了一道伤口以及对狗的终生的恐惧。

我回想起之前我们追捕的那只野兔,我似乎能真切地感受到它当时的恐惧。我决定再也不去打猎了,还是满足于老实本分地玩自制的玩具。

一天晚上,我的母亲问我:"你想不想去上学?"那一年是一九四七年,我记不清到底是何月何日。我只记得当时不知如何应答。但是那个问题和那日的场景都永远铭刻在我的心中。

甚至在卡巴依退役之前,大多数比他年少的儿子,包括我的哥哥华莱士·姆万吉,都上过学堂。许多人上了一两年后就辍学了,因为家里无力再负担学费。女孩子们,尽管聪明伶俐,处境却更糟糕。她们上学上一年都不到,其中一些人在家自学,认识的字足够让她们读得懂《圣经》。学校对我来说遥不可及,它是那些比我年长的人和富家子弟们才享受得起的奢侈品。我之前从未想过我会有机会上学。

所以一直以来我都沉默地压抑着对学习的渴望。虽然是卡巴依在父亲家里的地位在我心里播下了学习的种子,但是种子生根发芽的过程却是受到了卡哈乎传教士地主的孩子们的影响,而非卡巴依或我的亲哥哥华莱士·姆万吉。卡哈乎的女儿恩佳毕和儿子恩吉米与我年龄相仿。当我在他们的父亲的除虫菊地里收割菊花时,我常常和他们打交道,但是我从未想过我可能会走进他们的世界。在生活方式上,我们完全处在两个极端。

卡哈乎庄园里的来来往往的汽车,去教堂做礼拜的习惯,雄厚的经济实力,以及现代化的设施都与我们的住宅里的一切大相径庭:在我们家里,尽管卡巴依打拼出了一份光宗耀祖的事业,尽管我的父亲在牛羊数量上鹤立鸡群而且常常将祖上的光辉岁月挂在嘴边,但是我们仍旧固守着艰苦劳作、贫穷落后以及遵循传统的生活。卡哈乎的孩子们穿的衣服光彩夺目:女孩子们穿着连衣裙;而我的姐妹们则穿着半身裙,外加裹在身上的白色棉布,幸运的时候她们能穿上染成蓝色的裹身布。棉布长的那一边用别针固定住,腰间则拴着一根毛线做成的腰带。卡哈乎的儿子们则穿着衬衫和卡其布短裤,短裤用背带固定着。我的衣服则是一块长方形的棉布,裹的时候将布的一边塞到左胳肢窝下,然后绕到右肩上与布的另一角接头,打个结就算完事了。这两种服饰形成了鲜明对比。我们从未穿过短裤或内衣内裤。我的弟弟和我在玩游戏时有时会从山脊一路冲下去,这时风会将我们的衣服吹得鼓起来,像是翅膀一样,凉风亲密地在我们光溜溜的身体上滑过。一提到学校我就会想到卡其装、短裤、背带和肩章。当我的母亲冷不丁地向我提起学校时,校服的样子也同时进入我的脑海中。

这个将不可能变为可能的机会让我惊讶得目瞪口呆。我的母亲不得不将问题又问了一遍。

"我想,我想。"我飞快地回答道,生怕她会改变主意。

"你知道我们很穷。"

"我知道。"

"所以你知道你不一定每天都吃得上午饭吧?"

"我知道,母亲。"

"向我保证你不会哪一天因为饥饿或其他什么困难就不想去学校,这对我来说可是丢脸的事。"

"我保证!我保证!"

"还有,你保证会尽你所能好好学习?"

在那一刻要我保证任何事都行。但是当我看着她的眼睛说下"我保证"的时候,我心底里意识到她和我签下了一条约定:无论有什么困难,无论有什么障碍,我都会尽力所为的。

"你去卡曼多拉小学吧。"

我不知道我的母亲为什么选择了地主家的孩子们去的卡曼多拉而不是我的哥哥华莱士·姆万吉的母校曼果小学。可能是因为学费上的差别,也可能是因为我那比我年长几岁的戈慈尼舅舅那时也在卡曼多拉上学,如果我去那里的话他可以照顾我。我怀疑是因为在卡哈乎教士带我去医院治疗眼睛之后我的母亲对他倍感信任,所以她听从了他建议我去卡曼多拉小学的意见。我对这个决定并无异议因为这样我就会像地主的孩子们那样拥有校服。

我的父亲在这项事情上并没有说话的权利。这完全是我母亲的梦想,她在此事上全权负责。她靠在市场上贩卖她的农产品挣到了我的学费和买校服的钱。然后有一天,她带我到印度购物中心去。虽然我之前也去过,但是我想不出那里的商铺跟我有任何直接联系,除了那些出售石块一般未经加工的糖块的商店——它们是粗糖或棕榈糖,我们叫它"恩谷鲁之糖"。我们通常花几分钱买这些糖块,当做零食吃。但是现在在我眼前的这些商店挂着全然不同的"伊朗国王百货商店"和"布料坊"的铭牌：这些店铺中有能实现我长久以来的梦想的东西。最终，我们走进一家专门制作校服的店。墙上挂着一张一个瘦弱的戴眼镜的印度人的照片。他看上去穿着一块既当裤子又当衬衫的棉布。他是怎么做到的，我思索着，一边想着我能不能也将我的衣服穿得像他这么有型。我的母亲给我买了一件衬衫和一条短裤，最普通的那种，既没有背带也没有肩章，但是这些装饰品的缺失并没有减少我的喜悦之情。我当时忘了问我母亲那个瘦弱的印度人是谁以及为什么他的照片被挂在墙上。我彻底沉浸在欣赏我的新校服中。唯一让我感到失望的是我必须得等到开学才能穿上这套校服。不过，那一天终于还是来了！

我穿着卡其制服、走了足足两英里到卡曼多拉小学的那一天对我来说简直就像是步入梦幻国度并在其中自由飘荡。开学的第一天，当恩佳毕，地主最小的女儿，将我领进学校，带我进入我的第一堂课（她的姐姐乔安娜教的低级 B 班）时，我仍旧感觉是在做梦。因为老师通常只存在于我的美梦中。大眼睛的艾萨克·库利亚正在注册新生。他问了我的名字。我回答说我叫恩古吉·瓦·万吉库，因为在家里我一直是随着我的母亲的名字称呼自己的。当这个回答引起同学们的一阵笑声时，我有些摸不着头脑。这时他又问我，你的父亲叫什么名字？我说，提安哥。于是恩古吉·瓦·提安哥就成为了我在学校里使用的正式名字，但是我对这两个名字都会应答。

后来，我了解到低级 B 班和 A 班类似于小学预科班，比一年级，或者说标准班（当时的叫法是这样的）要稍稍低一层次。我是在年末的时候进入低级 B 班的，其他人已经上了大半年的学了。恩佳毕那时已经在上一年级，比我高两个级别，所以她无法帮我适应这个新班级。我们就坐在长凳上上课,没有书桌。三个班级同时在一个教堂里上课,教堂的墙面和屋顶都是由波纹铁板搭建起来的。三个课堂在教堂的不同地方进行,但是彼此之间并没有隔离。所以我可以听到、看到其他两个课堂上发生的所有的事,但是,我很快就学到了一旦被老师抓到注意力集中在其他课堂上,就绝不会有好下场。但是,要我完全对其他的课堂置之不理也是十分困难的,因为大多数的教学都是以一呼一应的形式进行,老师在黑板上写下数字或字母,然后大声念出来,孩子们就在下面跟着老师咿呀学语一般地重复。每个人,不管是老师还是学生,在这种奇怪的情境下都看上去朝气蓬勃。

晚上我回到家中,仍旧感觉如做梦一般,但很快便不得不从梦中醒来回到现实中。我必须脱下校服换上我平常的装束。于是,这便成了生活日常的一部分。一开始,这一切都没有问题,但是很快我就发现自己对世界的理解中渐渐出现了"自卑"这个心理状态,尤其是当我遇到其他的一些孩子的时候,他们放学后换上的是平日里穿的衬衫和短裤。但是照顾好我的校服是我对母亲许下的诺言之一。她每周末帮我清洗这唯一一套校服,这样我周一的时候就能穿上干净的衣服。要是我在上学的时候弄脏了我的校服,她会在晚上将它们洗干净并晾在火堆边烘干它们。

学校仍旧是与我平日的生活截然不同的一个特殊环境。我时常感觉自己是个局外人,而这个世界中的其他人则看上去真正地属于那里。有很多事我都无法理解。但是有一种学生和老师之间的习俗实在让我百思不得其解。在学生们去各自的课堂上课前,所有人都会集中在一起,低下头,合上眼,然后老师会说些类似于"我们在天上的父亲"这样的话,然后大家会接下去说其他的一些话。我不会闭上我的眼睛。我想看到一切。但即使当大家都说了

"阿门",仍旧有一些孩子紧闭双眼,默默地说些什么。有很长一段时间,别人的这个习惯都让我感到困惑,于是有一次,我用我的胳膊肘碰了一下坐在我身边的那个孩子,我想看他是不是会睁开眼睛,但是他并没有。很快,我便发现了这些孩子在说一段无声的祷词。在我家中,我们从来不会沉默地祈祷或做个人祈祷。当我父亲还住在我们庭院里的时候,他早上一醒来就会站到院子里,面朝肯尼亚山,洒一小杯奠酒,说一些祈祷的话,往往以为家庭带来平和与祝福结尾。后来我学会了闭眼睛,但是我没有任何想要默默祈祷的话。还是睁着眼睛的时候比较有趣,因为我总能在周围看到能吸引我的注意力的事物。

为了做书写作业,我买了一块写字石板和一根白色的粉笔。我们将老师在黑板上写的东西抄在石板上。之后,她会走到我们身边批阅我们的作业,在每个单词或数字旁边打叉或打钩,算出总分然后画一个圆圈将成绩醒目地圈出来。一开始,我不知道在她打完分数之后,我还得等她将成绩登到记录表里。所以老师一离开我就将石板上的东西抹得一干二净,但是当我回到家中母亲问我作业做了什么以及结果如何的时候,我回答说我把作业全擦干净了,于是她说:以后别这么做,应该听从老师的指令。老师同样让我别提前擦掉作业,不然的话我会一直拿零鸭蛋的。而当后来她开始在我的石板上写下 100 的时候,我母亲问我做得怎么样,我说得了满分,她却会继续问一些尖锐的问题,每次都以"你真的尽你所能了吗?"结尾。当涉及我的学校作业、课堂练习和考试时,这个问题是她每次都要问的:你真的尽你所能了吗?即使当我自豪地告诉她我得了满分时,她还是会换着法子地问我这个同样的问题,直到我说"是的,我尽了我最大的努力"她才罢休。有趣的是,她似乎更享受不断提问我的过程而非最后我对她的问题的回答。

　　学习生涯的一开始,我便不断地更换班级,我并不怎么明白我为什么在短短三个月里从低级 B 班被换到低级 A 班然后又换到一年级班,这种跳班的现象一直持续几个学期,所以不到一年时间,我便升到了二年级。不过我的母亲却仍然问我:你真的尽你所能了吗？

　　我并不能说我知道自己的极限是什么,不过有一天我能够独立地阅读我们课堂上用的吉库尤识字课本《吉库尤语言入门》。其中一些句子很简单,比如一段描绘图画的文字。图画的内容是一个男人因为疼痛皱着脸、双手捧着左膝盖,鲜血沿着腿淌下,他的身边一把斧头插在地里。文字却并没有图片那么生动:卡茅砍伤了自己。他砍伤了他的腿。他用一把斧子砍伤了自己。除此之外,我还攻克了许多没有插画的长段落。这里有一段我反复斟酌的文字,突然有一天,我能够从这些文字中听到音乐:

　　　　上帝给予吉库尤人一片美丽的土地,
　　　　这里膏润优渥、百姓富庶、草木葱茏,
　　　　吉库尤人应该时刻赞扬上帝
　　　　因为他的恩赐是每个人的福音

　　即使当我们没有在读这段文字的时候,我还是能听到音乐。段落中词语的选择和排列使之产生了抑扬顿挫的韵律,我说不出其中到底是哪个词使这段话在我印象中是如此美妙动听、如此生生不息。我意识到即使书面上的文字也能承载我喜爱的故事中的音乐。这是一种描述性的语言,它并非图片。可是文字本身似乎就带有图片,然而它传达出的又远远超过图片或口头描述。这是音乐。书写的文字同样能够唱歌。

后来有一天,我找到一本《旧约》,它或许是卡巴依的。而在我发现自己能够阅读它的那一刻,这本书顿时成为了我的魔力之书,它能够不管黑夜白昼地向我讲述故事,即使是当我独自一人的时候。为了听故事,我不必再等到万格里的故事会。无论身处何处、不管白天黑夜,我一做完家务活就开始读《旧约》。《圣经》里的人物成为了我的伙伴。其中一些故事非常吓人,比如那个该隐杀死他的弟弟亚伯的故事。一天晚上在万格里的小屋里,该隐和亚伯的故事成为了讨论的中心。那天的故事在当时的环境下自然而然地被讲了出来,但它和我之前读过的那个略微有些差异,但是它的骇人程度并没有减弱。该隐被惩罚一生一世游荡于宇宙间。他的额头上刻着象征邪恶的标记,并且只能在夜间行走,他的头顶甚至能触及天空。一些说故事的人声称前一晚他们遇到了这个巨人,然后他们带着恐惧逃回家中。

《旧约》中最生动形象、又是朝积极方向发展的故事是大卫的故事。话说大卫为一位阴晴不定的索尔王演奏竖琴。他们之间不断转换的爱恨情仇几乎让人无法承受。几年后,当我听到《小大卫弹竖琴》这首圣歌时,我几乎能完全理解里面的歌词。但是大卫不仅是一个竖琴演奏家、一位诗人和一位歌唱家,他还是一位勇士,用弹弓打败了巨人哥利亚。他这位巨人杀手就像万格里的故事中的魔术师野兔黑尔一样,黑尔总是能够靠智慧打败邪恶残暴之人。当后来我学会如何用一根皮筋和一根Y形状的树枝做成一把弹弓时,我常常会想起大卫的弹弓,虽然我从未遇到过我的歌利亚。大卫,一位勇士诗人,在我心中永远是完美的。

故事里的某些行为和场面简直比魔法还要稀奇。一次约拿被一头鲸鱼吞了下去然后被带到另一片海岸上毫发无损地吐了出来。沙得拉、米煞和亚伯尼歌——他们中的一个天使,在一个燃烧着熊熊烈火的熔炉里来回走动却不被伤到一丝皮毛。智者丹尼尔正确地为他的国王解读出神在墙壁上写下的天谕——"弥尼""提客勒"和"佩雷斯"——这让我也时不时地寻找并解读写在墙上的字迹。还有丹尼尔被困于狮笼中，出来时却未受到任何伤害。还有约书亚吹响一支号角便摧毁了耶利哥的城墙。其中的一些画面具有极强的震撼力，始终在我心中留下深刻的印象。我于是理解了为什么卡曼多拉的基督教徒在祈祷时总是先要祈求亚伯拉罕和以撒的恩赐。

我并不喜欢黑夜因为我得靠一盏飘忽不定、没有灯罩的煤油灯阅读。煤油意味着钱，有些日子这盏台灯里一滴煤油也没有。大多时候我都靠炉火发出的光看书，但是火光持续的时间时长时短。白天总是深受我的喜爱。它让魔法之书不受阻碍地给我讲故事，除非有时候我得做这样那样的家务活。这种逃离到魔法世界的本领值得我每天去学校上学。谢谢，母亲，谢谢你。学校打开了我的眼界。当后来我在教堂里听到赞美诗《奇异恩典》中"世界曾经黑暗无边，但是如今我眼前一片光明"这个句子时，我就会想起卡曼多拉小学，以及我学会阅读的那一天。

但是为什么一个人能清晰地记得某些事件某些人物，却对另外一些抛至九霄云外呢？我们的思维是如何决定将哪些往事深埋在心底，哪些浮荡在表面的呢？卡曼多拉小学的一些人在我心中仍然仿如昨日。其中一位是莉齐·恩雅布拉，科合卡的女儿，当时在读五年级，她有着甚至比老师还聪明的名声。她在几年后成为当地第一个被麦克雷雷大学学院录取就读数学专业的人。她的兄弟波顿·科合卡则是学校里跑得最快的人，几年后他仍旧沉迷于对速度与激情的热衷，在高速公路上开着摩托车飞驰而下，几次摔倒在地甚至九死一生！还有恩佳毕·卡哈乎，我早期的学校向导，后来去了女子联合高中上学，又去了美国，在那里结婚却不幸因难产而死！还有一位穿背带的恩德古·瓦·利文斯敦，他的一条背带总是从他肩上落下来，松松垮垮地挂在他身体的一边，他是唯一拥有画着线条的写字石板的人，他的书法总是被用作典范。毛姆毕·瓦·姆贝罗多年后成了镇上第一个开轻便摩托车的人。还有玛丽，她后来嫁给了科布图，毛姆毕的兄弟，她以前常常跟身强体壮的男孩子们玩摔跤，并能将他们打倒在地。我在卡曼多拉的整个时期都对她心存畏惧，总是敬而远之，我好像从来没有和她说过话，一次也没有。瓦米提·瓦·乌玛乐（又或许叫哈米提·奥玛乐），他后来娶了万佳，我的一个同父异母姐妹，以及卓玛，她来自穆斯林家庭。他们都去基督教学校上学，宗教信仰的不同似乎从来都没有给他们或其他任何人造成不便。

但是孩子有时候是残忍无情的小霸王，伊格格就是这样一个例子。他非常高大，比其他孩子都要更高更成熟。他的名字伊格格意思是乌鸦或者黑鸟。一些孩子会拉帮结派地聚在一起，当伊格格在附近时，他们就会朝他学乌鸦叫。有一段时间这种行为很让他恼火，但是当他朝他们怒气冲冲地奔去时，他们就会朝不同的方向散开。有几天，他在跑回家之前就因为追逐那些折磨他的人而累得精疲力竭了，我常常看到他独自一人，藏在树丛中的孩子们和其他一些跟在他身后一段距离之外的孩子们扯着嗓子用不同腔调叫喊他的名字。他无法从老师那里得到帮助：老师们怎么能禁止学生学乌鸦叫呢？最后，他再也不来上学了，不管他有什么其他的原因，这种集体性的精神折磨一定是其中的一个因素。

很多卡曼多拉的老师在我的记忆中只是模糊不清的剪影，但是我仍然记得大眼睛艾萨克·库利亚，就是那位将我的名字以我父亲的儿子而非母亲的儿子登记下来的老师。还有保罗·卡哈乎,他后来为我的旁支亲戚赢取一大笔财富中功不可没;他的姐妹乔安娜,我很感激她在我学习认字的过程中助我一臂之力;还有拉哈布(也就是恩约卡毕·科安巴提),他后来还成为许多他的亲戚的孩子们的老师。有一位叫本森·卡茅的老师,绰号老头,他以前会经常将他的课以唱歌的形式教给我们,但他的歌词总是充满无厘头式的幽默,比如"奶牛是财产,金钱是财产,山羊是财产"。他的歌曲在之后的时间里变得越来越奇怪、越来越千篇一律,因为他只是不断重复同样的词语——但是它们深深留在了我的心中。

有一件事,每当我想起它的时候总是感到心痛惋惜。我当时在上一年级,乔安娜老师将我选入一个朗诵《马太福音》中的八福词和《马可福音》中的一个章节的表演小组里,我们在年末的学生家长大会上表演。我把所有的段落都背得滚瓜烂熟。它们如诗歌般辞藻华美,如音乐般富有韵律。我天天期盼着演出的到来,甚至在梦中也挂念着它。但是当演出的那一天我来到现场时,朗诵班却已经在念结尾的段落了:"有人带着孩子来见耶稣,要耶稣触摸他们,门徒却责备那些带着孩子的人。但当耶稣看见他们这样做的时候十分恼怒,他对门徒说,让小孩到我这里来,不要禁止他们。因为凡要进入神国的,若不像小孩子,断不能进去。"

无法表演这段朗诵在我心中留下了一个空洞,我十分渴望能得到第二次机会,好让我愧疚悔恨的心灵得到安抚。在学校学习的许多年里,我一直盼望着这样的机会能凭空出现。

但是事与愿违。有一天我的哥哥华莱士·姆万吉,显然在征得我母亲的同意后,告诉我我必须得离开卡曼多拉,去曼果小学上学。这个消息突如其来,毫无前兆。那是一九四八年底,我在卡曼多拉小学只待了两年,或者更确切地说,只有一年半的时间,因为我是一九四七年的后半年入学的。我心中充满疑问,但是我很清楚这将成为我人生中一段重要时期的结尾。随着我在卡曼多拉的求学时光的结束,我也从我的白日梦中清醒过来,但是学习阅读的魔力永远会在我身上延续下去,当然,还有对我曾经所失去的苦涩回忆。或许神秘的曼果小学会将学习的过程变得更加魅力四射,或许甚至能安抚我失去的伤痛,但是我从未期待它会填满我心中的那个空洞。

曼果小学离家不远:它就在我家对面的山脊上,也就是父亲的家宅对面的山脊上。从我家只要走下山坡,穿过曼谷沼泽地附近狭窄的山谷,再爬上下一个山坡,登上科亚山脊,就到来学校的平地上。不用走那么远的路去学校以及我的弟弟也要和我一起去曼果上学的消息足以让我振奋起来,我很快就对这个巨大的变化产生了好感。

恩津居在我心中占有特殊的地位,即使在我终于意识到他的出生与我的泪水毫无瓜葛后,他的特殊地位仍旧不可撼动。但是手足间那种争夺母爱的敌对关系一直在我俩之间造成紧张气氛。当我们和母亲一起睡的时候,我们总是为了争夺靠近母亲乳房的那个位置吵闹。但是时不时地敌对情绪会被我们彼此分享任何东西时所体现出的极度关怀替代,一根香蕉,一只番薯,我们都心满意足地轮流咬一口。但是几天后,我们又会因为谁咬了更大的一口食物或者谁作弊多咬了一口而互相指责争论。这时候,母亲就会告诫我们兄弟之间要互相关爱,然后还要发表一小段关于家庭的重要性的演讲,就这样,她平息了我们的怒火。她不需要苦口婆心地劝我们和好,因为我们听了母亲的话后一下子又变回了兄弟和最好的朋友。

有一次,在转学到曼果小学不久,在我跳过学校外围低矮的、装着一排倒钩的铁丝围栏时,一根倒钩钩住了我的左脚背,深深划开了我的皮肉。之后,我的左脚肿了起来,痛得我无法走路。我们附近没有诊所,而我们也请不起医生。我母亲就不停地用盐水为我洗伤口。而我的弟弟用独轮手推车推着我四处走。几周后,在我母亲的照料下,我自己又能够勉强行走了。但是一条一英尺长的伤疤永远地留在了我的脚上,同样还留下的是不尽的感激之情,因为几年后我听说一个孩子因为相似的伤口而引起的破伤风丧命。

但是新校服使我产生的自卑感让这样的回忆和我对恩津居的爱染上了一笔别样的色彩。我已经习惯在学校里穿卡其短裤了,但是在家里我仍旧穿我那四面通风的传统装束——右肩上打了一个结的裹身布。我的弟弟也同样穿这样的衣服,只有在少数情况下才在布料下穿上一条短裤。那时候我和弟弟简直形影不离。我常常想要教他我在学校里学到的知识,但是他总是不愿意听,尤其是当他也开始上学,能从正式的老师那里学到知识之后。他想要我像对待同辈人那样尊敬他,而我想要个时刻仰慕我的弟弟。

一个周末,人们在利穆鲁巴塔鞋厂的空地上展开了体育比赛,我被允许穿上我的校服。我的弟弟,那时候还没有开始上学,像平常那样穿上了他的短裤、系紧了他的裹身布。体育赛事总是充满乐趣。我最喜欢的是赛跑,尤其是长跑,一英里甚至更长的长跑比赛。我为跑步过程中各种掌控和调节速度的技巧惊叹。一大群参赛者同时起跑。其中一些人会跑到领先位置,快到终点的时候,这之中的两三个人从人群中脱颖而出,互相争先恐后地冲过终点线。在长跑中,领跑者总是在变动,有些人一直从最后面追赶上来,超越其他人整整一圈。我的弟弟和我很喜欢在体育场地上闲逛,在人群中挤来挤去。就在这个时候,我看见前方有一些学校里的同学朝我走来。我其实跟他们甚至不怎么熟,但是突然之间意识到,仿佛是我第一次意识到,我的弟弟仍穿着他寻常的裹身白布。

自从我穿上校服的第一天起就逐渐渗透进我对周围世界的认识的自卑感突然狠狠地袭击了我。恐慌让我不知所措。我做了我当时认为唯一可以为自己解脱困境的事。我对弟弟说我们分别走两条不同的路,看谁能先从运动场的这一边到达另一边。我的弟弟和我常常展开这类友善的竞争,因此他毫不犹豫地就接受了挑战。最后,我从那群穿着制服的孩子们身边走过,但是他们连看都没有看我一眼,对我完全视若无睹。毕竟,我那时候还算是新生。当我的弟弟和我最后在终点会合时,我已经对自己的行为感到后悔了,而他则因为比我先到终点而兴奋不已。我的所作所为使我在那天接下去的时间里始终提不起兴致来。如果我将发生的事和弟弟坦白了的话,我或许能更轻松地熬过那尴尬的境况。但是我并没有这么做,心中的愧疚始终折磨着我,怎么也赶不走。我逐渐意识到,此事的问题不在于我的弟弟或那些男孩子,而是在于我。我的内心才是烦恼的来源。我忘记了自己是谁,自己来自哪里。相信自己比时时刻刻担心其他人怎样看待你重要得多。如果你看重自己,别人自然也会看重你。来自内心的认可才是最珍贵的。在我之后所经历的人生苦难中,这个信念始终支持着我,让我做到靠自己的意志和决心来面对和克服种种困难,即使在他人都怀疑我的时候也是如此。更重要的是,这段经历让我意识到教育和生活方式能够以消极的方式影响一个人的判断力,并且能够将人分成三六九等。

为了赎罪,我对弟弟表现得更加关怀备至、更加亲密无间。我愈加期盼着他和我一起去曼果小学上学。我会确保他与我之间没有任何隔阂。

可是当我们入学还不到两个学期，我对学校的热情就被一种诱惑给冲淡了，那就是火车。

❦

一天晚上，我的母亲对弟弟和我说她要离家几天时间，去东非大裂谷中的埃尔布贡①（我们叫它"瓦鲁巴嘎"）看望我的外婆加冬妮、她的叔叔达乌迪·加图讷还有她的姐妹万吉鲁阿姨。家中其他的女人会照顾我们，她让我们保证在她不在家的时候我们会好好表现的。这个决定来得很突然，而且母亲看上去对临近的旅程并不雀跃，反而焦虑不安。

我听大人们说过我的外婆和万吉鲁阿姨住在很远的地方。但是她们对我来说只是意义肤浅的名字而已，因为我从未见过她们本人，或者即使我见过，我也不记得了。但是当母亲说到她要乘火车去的时候，瞬间一切都变得令人神往了。我和弟弟都想和她一起去探亲。"你不能丢下我们！"我们哭闹道。但是我们正在学期期间，而且我的弟弟才刚入学。"是啊，妈妈，你不能丢下我们。""你们的眼泪没有用，"她最后终于开口了，"你们是不是想要离开学校跟我一起出门，这是你们的选择。我给你们三天时间考虑！"

这条让我们心驰神往的铁路于1896年在蒙巴萨的基林迪尼动工，横穿肯尼亚的心脏地带，直到1901年12月才于基苏木②完工。这条铁路不仅带来了大批欧洲移民，还带来了印度工人，他们

---

① 肯尼亚西部纳库鲁的一个小镇。
② 肯尼亚西部城市，也是肯尼亚第三大城市。

中的一部分人在沿途的主要建筑工地上开设了商铺，这些集市最终演变成繁荣的铁路集镇。这条铁路还促使了许多失去土地的非洲农民转行成为劳工，因为他们除了自己的体力一无所有，于是他们只能靠为白人移民和印度小老板卖力来换取微薄的报酬，有一些非洲人更是由于各种原因被迫沦为劳役。原本由非洲人自治的土地被瓜分成好几部分：只限欧洲人居住的白人高地，代表英王的殖民国所属的王室土地，以及留给原住民的非洲保留地。印度人并不被允许拥有土地，于是他们成为了往返于蒙巴萨和基苏木之间的各个大小铁路集镇的商贩，并无固定居所。这条铁路在很长一段时间里都是这些市镇间唯一的交通联系，直到"波诺"们修建的公路为人们提供了出门的另一种方式。这条铁路正是当年吓坏我父亲和他的哥哥的怪物，但是如今它已经是我们的土地上稀疏平常的一道风景了，连我的母亲都说要乘火车探亲，连我们这些孩子都嚷嚷着要跟着去。

任何言辞都无以描述那辆从蒙巴萨到基苏木或坎帕拉的周日客运列车对我们的巨大诱惑。利穆鲁车站于一八九九年十一月十日建成开放，从那日起这趟车总是会在利穆鲁停靠。列车通常在中午的时候到达。欧洲人和印度人来那里见他们的亲戚或与他人道别。一些非洲人也一样。但是大部分非洲人都只是到车站看火车来来往往，孩子们被留在站台上四处闲逛。嘹亮的火车鸣笛声在我家的宅院里也能被听到，若是站在院子里垃圾堆的顶上，你甚至还能看到火车的黑烟像蛇一样蜿蜒着游向天空。每个周日，我的哥哥姐姐们都会早早地起来，穿戴整齐，并不是为了去教堂或参加当地庆典，而是为了去看火车。一些人会零零散散地聚在巨大的院子里，焦虑地互相整理头发，而另一些人则在水盆里洗脚，用磨砂石打理脚指甲和脚后跟。整个院子里一片骚动，所有人都在做临行前的准备。有时候，一些邻村的朋友会来我们院子里看看大家是不是都准备好一同去火车站了。

其中有一个周日深深印在我脑海中。和以往一样，我的兄弟姐妹们早早地就起来梳洗打扮了。但是他们还是没把握准时间。突然，他们听到火车鸣着汽笛驶进站台。我们赶不上火车啦！不知谁发出了一句让人惊慌的叫喊。瞬间，所有人都拔腿而起，像在一场运动赛中一样火速冲下山坡。我的姐妹加冬妮、卡格茜、恩雅佳琪，以及她们的朋友瓦麦莎和恩雅吉珂，还有同父异母兄弟坎吉、穆比西和姆万吉·瓦·佳克吉（他是我们兄弟姐妹中个子最高的），还有其他的一些人，都像逃命似的拼命地跑向车站。我的弟弟以及那些和我们岁数差不多大的孩子——万佳、万吉鲁·瓦·恩吉瑞、加库华、加昆格瓦——都站在垃圾堆的顶上，惬意地看着这场冲向利穆鲁火车站的赛跑。

几分钟后，当我们听见火车离开站台时，我们开始模仿火车的声音唱起歌来：突——呜——嘎——呜哒，突——呜——嘎——呜哒。火车也似乎挺喜欢我们的歌声，于是发出一声长长的鸣笛，并向天空喷出一道烟雾。

我从未有幸去站台领略火车的风光，但是我们当然听闻过许许多多关于火车的传奇故事。客运火车被分为几个部分：只为欧洲人准备的一等车厢，印度人的二等车厢，以及非洲人的三等车厢。我日思夜想地盼望着去站台上亲眼看看火车。而现在，终于有这么一个机会摆在我眼前，而且并不是简单地站在站台上、隔着距离地看火车开过，而是成为一名乘客进入火车。我为什么要让学校以及我向母亲许下的诺言挡在我和我的火车梦之间呢？

就像母亲先前说的那样，她果然在第三天又向我们提了那个问题，等待我们的回答。我的弟弟毫不犹豫，他说他选择坐火车，他会在之后把落下的课程补上。于是轮到我了。我会心甘情愿地让弟弟成为我们之中第一个体验火车之魅力的人吗？但是我又怎么能旷课？我之后会为我做出的决定反悔吗？我真希望我的母亲能为我下决定。无论我的决定如何，她都不会给我施加压力。这一切完全取决于我。泪水顺着我的脸颊滑落下来。我最终还是无法打破我对母亲许下的那个认真对待学校的诺言。我最终还是无法放弃我的梦想。我必须让火车与我擦肩而过！

在我人生的这个阶段，我在卡哈乎、木库鲁伯伯和我父亲的家庭的影响下形成了一个多元的社交圈。这三个家庭的住宅彼此相邻，不过木库鲁伯伯的房子其实坐落在卡哈乎的耕地几码之外的地方。虽然他们无法在庭院之间建立起高不可越的围墙，但是三个家庭代表着摩登与传统之间三种不同的生活方式。

传教士地主卡哈乎的摩登气息随处可见。他上过小学，受过训练成为了传教士，他所有的孩子都上学，其中两个，乔安娜和保罗，还成为了老师。他无时无刻地戴着他象征传教士身份的罗马白领。他的家人一直都穿着西服和裙装。他是第一个种植除虫菊的人，第一个开辟李子果园的人，第一个拥有牛车和驴车的人，第一个引进由骡子作为动力、农夫在后掌控方向的曲辕犁，以及第一个拥有小汽车和卡车的人。他的弟弟爱德华·玛屯毕布建立起了当地第一座由清一色非洲人运营的锯木厂。传教士地主斯坦利·卡哈乎和他的家庭散发着浓浓的摩登气息。

然而他们的家宅对我来说一直是个谜。我从未跨进过他们的外围大门。他们的宅子被一圈厚厚的松树围绕着，我只能透过树丛间的间隙瞥见几眼屋子的真容。但是这一切被传教士的妻子莉莉安改变了:她有一次邀请所有在他们耕地上工作的工人的孩子们去她家参加圣诞聚会。

不管是不是基督教徒,我们都会庆祝圣诞节。在圣诞前夜,孩子、年轻的男人和女人都拿着带玻璃罩的煤油灯前往各家各户唱圣诞颂歌。而在圣诞节当天,你可以自由进出邻居家的房子,在那里享受一些印度煎饼①和茶。所有人家,除了那些像卡哈乎家那样视自己为摩登家庭的,都会对路过的人敞开大门。大多数家庭都会准备相似的茶点:一道由土豆和大豆或青豆为原料的蔬菜咖喱。这并非因为人们对蔬菜咖喱情有独钟。如果某些人家能承担得起的话,他们会在咖喱中加入鸡肉、牛肉或羊肉。大多数家庭买不起印度商铺里的面包。但是所有人都是制作印度煎饼的巧手。几磅的面粉就能做出许多这种饼状面包。我们总是往自己的肚子里塞满印度煎饼,因此我总是把它还有咖喱与圣诞节联系起来。这个时节对所有人来说都是欢庆的时节,但是一般并没有专门为孩子举办的派对。因此被邀请去参加儿童圣诞派对,尤其还是在神秘的地主家中,对我们来说是件新鲜事。我们都尽力把自己打扮得像模像样。当时我连上学的想法都还没有产生,所以更别提拥有衬衫和短裤了。我的弟弟和我仍旧还穿着简陋的裹身白布,不过母亲确保我们从头到脚都是干干净净的。

在派对上我们不断地交换眼神,看着别人的模样行事。所有的一切对我们来说都是从未接触过的新玩意。比如说那里有一块空地,上面覆盖着修剪得低矮整齐的青草,这片空地上还有好几条清晰的小道,连接着不同的房屋,这与我们那满是沙尘的庭院空地

---

① 一种由印度传来的饼状面包。

形成明显对比。他们的主屋是一栋四四方方的别墅,墙壁是由厚厚的木头做成的,屋顶则是由瓦楞铁皮盖的。房子上还有许多下水管道,通往收集雨水的两个水箱中。他们的厨房并不与主屋相连,构造差不多,只不过要小一些,收集到的雨水流往一个小水箱中。派对在厨房中而不是在主屋中举行,尽管它提供了足够的空间,我仍旧对此感到有点失落。不过,巨大的食品储藏箱中成堆的果酱三明治弥补了地理位置的不足。

  我以为在听完冗长的欢迎演说以及对圣诞节的意义的教导后,我们会立即喝到茶、吃到闪闪发亮的白面包三明治。可是,大人们叫我们闭上眼睛做祷告。我的弟弟和我从来没有做过祷告,更不要说对着食物做祷告了。食物是用来吃的,而不是用来祈祷的。再说,为什么要闭眼呢?莉莉安首先开始祈祷,在我看来她就像是在对上帝唱独角戏。在她唱戏的时候,我偷偷睁开眼睛瞅了一眼桌上的那堆三明治。然后我看到我的弟弟也在偷瞄。我立即闭上了眼睛,不过没等多久我又忍不住睁开了眼睛,这一次我又察觉到我的弟弟在做跟我一样的事。我们彼此心灵相通,能完全猜得出对方对这没有尽头的、隔在我们与食物之间的祷词有何想法。我们天性如此。于是我们爆发出一阵笑声。莉莉安对此并不待见。

  她开始严厉地教导我们关于基督教的繁文缛节,她的眼睛冷若冰霜,她的口气更是散发着寒意。她的孩子们都是在基督教的教规下长大的,他们绝不会做我们刚才在上帝面前所做的事情。如果他们做了这样的事,莉莉安就会连续几天禁止他们吃面包或其他任何食物。但是她打算原谅我们,因为我们没有信仰,因此我们愚昧无知。所有孩子们的目光,包括恩佳毕和恩吉米的,都落在我们身上。我对面包的渴望消失得无影无踪。我倍感羞愧,于是便站起来，走出了她的房子。我的弟弟也跟着我离开了，不过在这之前他还顺手拿了两个三明治。

生莉莉安的气并没有让我心里好受多少，因为我真心对我们的行为感到惭愧。无论是否信奉基督教，我和弟弟的行为都是不合礼数的。再说，我仍旧记得当初卡哈乎教士是如何在治疗我的眼睛炎症上施以援手的。我的母亲显然也这么想。虽然她因为我们出格的行为斥责了我们，但同时她也明确表示这和是不是基督教徒毫无关系。她似乎还明显将莉莉安与她的丈夫区别对待，并且劝我忘了"没有照基督教的礼数长大"这句伤人的话。但是这句话并没有轻易地从我脑中溜走，反而在我心中扎下了深根。而在卡哈乎和木库鲁伯伯发生争执后，我又一次听到了这句话。

木库鲁伯伯的家在卡哈乎的对面。他对自己祖先的生活方式就如卡哈乎对基督树立的生活方式那样充满自豪感和坚定不移的信念。在他眼里，传统是神圣不可侵犯的。他和他的孩子们经历了无数人生庆典仪式，它们不仅将一个人从人生的这个阶段带入另一个阶段，还扮演着社会教育课程的角色。就是在这栋房子里，我见证了生命重生的仪式。

恩雅卡妮妮，又被叫做"小不点儿"，是木库鲁伯伯与他的第二任妻子，姆布瑟，所生的排行最小的女孩。她比我小好几岁。在她大约六岁的时候，她被要求像胎儿一样躺在她母亲的双腿之间。在一些围成半圆形的女人们的合唱声中，姆布瑟又将当年怀孕生子的场景重现在人们眼前。合唱队的队员同时也充当见证人。其中一些正是当年的助产婆，是她们将恩雅卡妮妮带到了这个世界，如今她们又将担此重任。歌提罗是一种如诗如歌剧的即兴表演形式，一问一答、一唱一和、一怒一喜。木库鲁伯伯洒下奠酒，以此祭祀那些可能转世于活人和新生儿中的祖先的灵魂。恩雅卡妮妮的母亲姆布瑟做出哺乳新生儿的神态。接着我们又一次在歌舞中看着"新生儿"从婴儿时期长成一个少年。作为仪式的一部分,恩雅卡妮妮跟着她的母亲到她们平常一起收割蔬菜和土豆的田地里去。合唱队没有跟着一起去,但是当她们带着象征性的收获回到屋里时,迎接她们的却是一阵阵呜咽声。虽然食物都是在事先准备好了,她们仍旧象征性地清理烹饪那些刚刚从地里摘来的蔬菜。恩雅卡妮妮完全照着她母亲的样子做事,但是她承担起了分配预先做好的菜肴的重任,分了一点给她的母亲和合唱队,如此,就意味着她已成功地从婴孩时代跨入青年时代。如果是个男孩的话,他便会跟着父亲到牧场上挤牛奶。当仪式结束时,恩雅卡妮妮成了一个渐渐长大成人的大孩子。当她真的进入成人阶段时,她将会接受成人礼的洗礼。最后,众人以一场筵席来庆祝这个小姑娘在经历重生后,出落成一个年轻女人。

对于木库鲁伯伯来说,这样的庆典足以提供孩子们所需的教育了。他不允许他的任何一个孩子去教会学校里上学,更不用说去教堂做礼拜。不过,讽刺的是,他和第一位妻子生的一个女儿嫁给了一个皈依穆斯林教的吉库尤人,他们在第二次世界大战中失去了一个儿子。他的另一个女儿,绰号"玛卡妮",意思是茶树叶,虽然从未上过学,却穿各种最新款的西式连衣裙。她是为数不多的敢于当面反抗木库鲁伯伯但又不会产生不良结果的人中的一个。不过那个时候,她的母亲和木库鲁伯伯其实已经分居了。

他向来不愿意和卡哈乎一家扯上任何关系,对他来说,卡哈乎一家象征着对传统的否认与背叛。他有几个美若天仙的女儿,她们时常都是当地青年男子们津津乐道的话题。当她们去卡哈乎的除虫菊地里干活时,她们都要瞒着木库鲁伯伯。他宁愿她们去欧洲人的茶园里工作,也比去一个叛徒的除虫菊地里要好。

可惜,他最不愿意看到的"罗密欧与朱丽叶"似的爱情悄悄地在他的女儿瓦姆波伊和卡哈乎的大儿子保罗之间生根发芽了。随着父亲的后尘,保罗也是从吉库尤托高图的曼贝日小学(一所苏格兰福音会名下的学校)毕业的,之后在卡曼多拉小学当教师。他和瓦姆波伊之间一直保持的秘密关系,直到她怀孕两人关系才得以公开。木库鲁伯伯遵循传统规矩,请了一些德高望重的乡亲代表他去卡哈乎家讨说法。可是卡哈乎一家拒绝见他们,莉莉安说:"我们的儿子从小遵循基督教规长大,他绝不会做这样的事。"这句话被一字不落地记在了当事人的心里。接着莉莉安又以锋利的讽刺腔调说,你们这些人为什么就不能和我们一样教育孩子呢?木库鲁伯伯被她的话深深伤害到了,对卡哈乎一家包庇保罗拒不承担责任的行径的态度怒不可遏。他发誓要将这件事追究到底,就算是让他每周日去所有卡哈乎教士做布道的教堂门口抗议,以及去所有他的儿子周一到周五教课的教堂门外抗议他也愿意。但是木库鲁伯伯并没有机会实现他的誓言,因为卡哈乎把保罗送到南非的一所学校去了。于是这件事迟迟没有定论,不过瓦姆波伊产下的那名女婴长得和保罗·卡哈乎简直一模一样。这个将两个家庭联系起来的美丽的小女孩却无情地被双方家长都拒之门外。然而,保罗的南非之行无意间让人们看到了海外教育的好处以及可行之处,同时也在心理上拉近了南非与我们的距离,进一步增加了卡哈乎的摩登气息。

由于我的父亲对传统习惯和基督礼教都嗤之以鼻,视自己为真正的摩登典范,所以他在木库鲁伯伯和卡哈乎教士面前都表现出一副清高矜持的模样。他对他的哥哥的态度或许来自于他早年在大城市里为白人揉肩敲背的服侍经历。而在卡哈乎面前,父亲一直认为他才是如今卡哈乎占有的那片土地的真正主人,所以他视卡哈乎的传教布道行为表里不一、虚假的虔诚。甚至是保罗去南非的消息也没有在我父亲心中激起一丝波澜，虽然他本可以向人们炫耀保罗这个既是退役军人又是海归精英的姻亲（暂且不提父亲其实对教育并没有多少热情）。

从传教士地主卡哈乎身上，我学会了敬重现代化发展。从木库鲁伯伯身上，我学到了传统的价值。而从父亲身上，我发展出了辩证看待两者的批判性眼光。但是无论是基督教还是传统礼数，它们的表现形式对我来说都具有极大的吸引力。

我父亲以他高品质的"穆拉提尼"在整个地区小有名气。"穆拉提尼"是一种家酿酒，由他亲手种植的甘蔗榨出的最纯正的甘蔗汁、最浓稠香甜的蜂蜜和最高质量的天然酵母为原料，装在精心打磨塑形过的葫芦里酿造而成。但是他同时也建立了一些"名震一方"的如何利用时间的规矩。他在平时绝对滴酒不沾。那些受邀在周末来我们家里喝酒的人必须尊重他的妻子们和孩子们。如果他们一旦行为有失，就会被请出家门。他的确是一个令人敬畏的家长，但同时也承认他的妻子们在她们各自小屋里的首领地位。

在我印象中，我父亲的统治权是在两个值得一提的阶段建立起来的。我对他的牛圈仍旧还有模模糊糊的童年记忆，那是一片被木桩围起来的空地，外围还有带刺的荆棘丛，牛圈属于我们家宅的一部分。我脑海中仍存有每天晚上他领着一大群奶牛进入庞大的牛圈的画面，有时候年纪大些的几个儿子会来帮忙，有时候则是他的妻子来帮忙。然后，当把牲畜关进牛圈后，他就会去他的幸吉楼。他很注意地不对任何一个妻子表现出偏爱。当女人们将食物端进幸吉楼里,他就会叫他的孩子们一起来吃饭,所有人享受一顿盛宴。他讲故事的本领并不高强,但是他很擅长教育我们养成良好的餐桌习惯,比如不要塞满一嘴的食物,不要狼吞虎咽。吃饭时慢慢来,饭菜不会长腿跑走的。有时候,其他的族中长老们来家里拜访他,一起商量时事。我的父亲通常有十分真诚的微笑,但当他听到他不同意的观点时,他的笑声却听起来讽刺骇人。

虽然我并不清楚事情的始末,但是我的父亲从住宅地里搬了出去,他的幸吉楼不再有人居住了,我们也不再和他一起吃晚餐了。这之后,便是他的统治权进一步建立起来的第二阶段。虽然女人们仍要每天将食物送到父亲那里,但是她们一直要走到我外公的蓝桉树和桉树林的边缘,接近利穆鲁非洲商铺的地方。在那里,一幢新的幸吉楼建立了起来,离原来的家宅地有一段距离。他基本上在周六或周日回家,在家的时候他往往会和他的朋友一起享受几杯"穆拉提尼"。如果他过夜的话,就睡在其中一个妻子的小屋里。

我一直都想要像年长些的那几个男孩那样去帮着放牧,但是父亲从未向我提起过此事。有一次,那还是在我开始上学之前很长一段时间,我陪着其中一个男孩子恩津居·瓦·恩吉瑞,到我父亲新建的泥土房去。印度人习惯在桉树和蓝桉树林里焚烧他们过世的亲人的遗骸。我的母亲说,如果站到院子里垃圾堆的顶上,你就能看到印度孤魂野鬼举着灯火四处游荡。你有亲眼见过这些鬼魂吗?母亲总是给予肯定的回答,然后就会细细说起有几个夜晚她在一片漆黑中看见几点光亮徘徊游动的场面。当我们一再追问细节,问她是不是真的亲眼见过鬼魂时,她就会因为我们质疑她作为目击者的可信度而稍稍有些恼火,不愿再与我们继续纠缠下去。

她在描述整件事的时候的口气就好像在说某天在市场上遇见了一个熟人一样。我或许并没有相信她的话,但是我对那片树林仍旧有些心悸。那里的土地十分广袤,树木高耸入云,某些地方的灌木丛厚得密不透风。还有那股从树木和灌木丛中散发出来的奇怪的味道,我猜其实是那些烧焦的印度死人尸体的气味。虽然牛羊们能到处走动,但是一般也只是集中在树林外围鲜有树木生长的地方。在集市过后,我的同父异母兄弟往往会让牧群在非洲商铺地带随意溜达,有时还带它们去店铺后院里吃长长的鲜草。店主们一般都任由他去,因为这就省了他们修草的工夫。在我父亲的新牛圈附近,有一条小道穿过树林,直通火车站和利穆鲁市场。我的同父异母兄弟会向过路的姑娘们打招呼,让她们停下脚步和他攀谈。他会和姑娘们说"给我的弟弟",同时用手指指向我,并向她们保证我做得一手绝活。于是这些姑娘们就会朝他微笑,然后离开继续赶路,或亲切地叫喊他的名字。我当时并不知道他说的话是什么意思,也不知道那些女孩子们的回应意味着什么。不管怎样,能四处闲逛或走进树林里探险,同时又不用看管牛羊的感觉真好。不过到了傍晚,我们要把牲畜都召集起来,赶进牛圈并锁好大门。我当时想,当我长大了,我就要让父亲允许我成为他的长期放牧助手,这样我就能像我的同父异母兄弟一样学会挤牛奶,像他一样和姑娘们搭讪。

但是我却一直没有等到这样的机会来临。不仅是因为我开始上学了,还因为一场灾难从天而降。父亲的牛羊得了一种奇怪的病。一开始它们的肚子都鼓胀起来,然后便开始严重腹泻,最终病死。传统的医疗知识对这样的病症束手无策,而当时非洲农民又无法得到兽医的帮助。于是他的牛羊一只接一只地病死了。谣言说父亲的牛羊有一次溜进了非洲市场里某家茶叶店的后院,吃掉了挂在晾衣绳上的衣服,喝光了储水箱里干净的水源。于是那个火冒三丈的店主为了报复,就在院子里的草地上以及水中下了毒。

无论事情究竟,这场降临在我父亲头上的灾难其实早在那场到底是银行存款还是鸡鸭牲畜才算真正的财富的争论中就萌芽了。当然,谁也无法否认的是:这个曾经拥有一切的人如今却一无所有。

失去毕生财富让我的父亲备受打击。那个傲气十足、自命清高的族长,那个总是将各屋的家务事全权交给妻子们的大丈夫,如今却要亲手掌管整个家宅的所有事务。他甚至要打听他的女儿们的花销和进账,明确表示他不允许任何人学木库鲁伯伯的女儿那样赶时髦。在他抛弃了他那空荡荡的牛圈旁的幸吉楼后,他搬到了恩吉瑞的小屋,也就是最年轻的那个妻子的住处,但同时他还是要求所有妻子每天送食物给他——他对家务事的干涉显然愈演愈烈。他这一举动打破了这些女人之间长期维持的微妙的权利平衡。但是当他试着缓和因他而起的紧张氛围时,他却实际上在往雪上添霜。

虽然我们都害怕父亲,但是我从未见他打过任何一个孩子。相反,他从不纵容母亲们打孩子的行为。他反对用暴力教育孩子,这在当时是十分罕见的态度。同样罕见的是他很少打他的妻子,不过他要求她们百分百地敬重他,将他的话语当做律法。然而现在,他却常常施行家庭暴力,尤其对我的母亲如此。他唯一没有伤害过的是恩吉瑞。她是个四肢粗壮、虎背熊腰的女人。人们说有一次父亲喝醉了酒,企图教训恩吉瑞,但是恩吉瑞却把自己和他一起锁在小屋内,避开旁观者,然后对他大打出手。她边打还边大吼大叫说父亲要杀了她,声音响彻云霄。坊间有许多关于他的堕落的故事,这只是其中之一。

这个曾经绝不会不受邀请就去别人家喝酒的一族之长,这个曾经绝不会在平日里喝酒的人,如今却天天沉迷于酒精中。他不再自己酿酒,而是去别人家里喝他们的"穆拉提尼"。我父亲曾经痛恨那些埋伏在妻子从市场回家的路上、向妻子讨要她们靠买卖换来的钱的丈夫。但是现在他自己也开始做这样的勾当。他会眼巴巴地等待周末的来临,那时候他就会从他的女儿们,我的姐妹们那里拿走她们在卡哈乎的除虫菊地里或白人高地的茶园里辛苦挣来的血汗钱。这样的场景让我倍感心痛。她们会躲着他,有的甚至速速嫁人以逃避他的骚扰。

他尝试着靠耕种作物东山再起,但是由于他没有自己的土地,他仍旧依赖来自他的岳父,也就是我的外公的耕种权。在他失去所有牲畜之前,他在靠近印度商铺的一小块土地上种植红薯、竹芋、甘蔗和山药之类的庄稼,但是他把这当成爱好而非生计。他对自己种出的农产品充满自豪感。他是个模范种植户。但是,如今要靠种植庄稼来维持生计则完全是另一码事了。就在他勤苦地靠土地勉强过活时,他对自己的男子气概和公众形象产生了大大的怀疑。

虽然他在翻土地上面很有一手,他却要和他的妻子们抗衡,尤其是与我的母亲。他的那块土地就在她的旁边,当年父亲在追求母亲时故意表现出来的调侃如今似乎变成了两人之间真真实实的力量的争斗。但是,在将土地整顿服帖这件事上面,不仅我父亲,还有其他的女人,都不是母亲的对手。她的诀窍是在农作物上盖一层保护层。我的母亲甚至在山羊数量上也超过了我的父亲。他一无所有,她却有两头公山羊,她将它们养在自己小屋的羊圈里,将它们喂得十分壮实。她还有另外三头羊,她有时候也将它们养在小屋里,但更多的时候它们在白天就紧紧跟在她身后,她去哪里羊就去哪里,从没走丢过。

她带着弟弟从埃尔布贡的短暂探亲之旅回来的那一年着实见证了她在耕地上魔法般的成就。当别人的作物都在阳光的暴晒下逐渐枯萎时,她的却欣欣向荣。路过的人们有时候还停下脚步欣赏她的几块土地上茁壮的青豆、大豆和玉米。到了季末,我的母亲收获了当地最好的青豆和大豆,她的玉米也是一样。其他的女人主动帮她收割和剥壳,一共装了十麻袋的青豆,五麻袋的大豆,她的粮仓里塞满了玉米,这样的功绩吸引了无数慕名而来的看客。

然而我的父亲声称这些收获将由他全权管理,甚至出售。我的母亲一直以来习惯她在家中独立自主的权利,坚定地拒绝了父亲的无理要求。一天他回到家里,和母亲吵了起来,并且开始动手打她,甚至用我的同父异母姐姐瓦比亚的拐杖打她,直到拐杖都被打成了碎片。我的弟弟和我哭喊着让他停下。母亲在一旁痛得尖叫。虽然其他妻子们都很怕父亲,她们还是站出来试图控制他,苦苦哀求他停手。她们齐声大喊大叫,说她们的丈夫发了疯,她们是要让整个世界都听到。趁父亲转向她们发火的时候,我的母亲才得以逃脱。她两手空空,一路逃到了我外公的家里,丢下了她的山羊和粮食。

此事之后的好几天里,家中的每个人都在谈论这次家暴,有的人甚至说母亲的山羊当时都在咩咩抗议。似乎没有人能说得清父亲当时为什么如此愤怒,但是传言说最年轻的妻子,恩吉瑞,才是事情的起因,她是唯一一个在欧洲人的种植园里工作的人。她当时和其中一个监工发生了婚外情。女人们说不知什么原因我父亲却硬是觉得这全是我母亲的错。她们推测可能由于恩吉瑞之前打过他,所以他才将他的怒气和怨气发泄在个性软弱的那个人身上。

由于我母亲的离家出走,其他的几个妻子,尤其是佳克吉和万格里,负责照顾我和我的弟弟。我们盼着她回家,或者父亲去他的岳父岳母家里道歉并请母亲回家。这种事情的一般解决程序就是这样的:经过双方谈话,最终以警告、罚款和调解告终。大家都知道这只是时间问题。但是我的弟弟和我日夜都思念母亲,这种我们之间共同的失去和需求使我们更加团结。

我的弟弟那时一直会讲他的火车之旅。他总是带着特别强调的语气列举他一路上经过的车站:奈瓦沙、吉尔吉尔、纳库鲁、摩罗,至少这些是他能够记得的。他甚至还说基苏木和坎帕拉离埃尔伯贡很近,如果他有空的话他本会去那里的,但是他在埃尔伯贡每天忙着和外婆、万吉鲁阿姨以及她的女儿,也就是我们的表亲碧翠丝玩。我从他口里得知万吉鲁阿姨是个贸易商,而且是位单身母亲。他总是说起外婆是多么温柔亲切,但是却从不给我提供细节。我并不怎么想要听到他的这些描述,所以我常常跟他说我在学校里度过的那些光辉日子,来压制他那洋洋得意的气焰,但是他对我的话题同样不感兴趣。我们之间未挑明的矛盾逐渐演变成了一场不言而喻的竞争:他将自己在埃尔伯贡的经历吹得天花乱坠,而我则夸夸其谈学校里刺激的课程。但是到最后他总是能赢,因为他说母亲保证过会出售一些收获的粮食来为他换得学费,好让他在新学期开始时继续上学。那时,他就既可以上学又乘过火车。虽然我很嫉妒他的火车之旅,但我还是为他很快能和我一起上学而感到高兴。但是日复一日,我们越来越对母亲的归期感到焦虑不安,只有父亲住宅地上日常的琐事才能勉强缓和我们忐忑的心情。

一天，我的弟弟和我与其他的兄弟姐妹一起在卡哈乎与木库鲁伯伯的土地之间的空地上玩耍，我们用绳子将一团破布扎起来做成了一个球玩。甚至连女孩子们也参与进来了。突然我们的父亲出现了。他站在离我们不远的地方，招呼我和弟弟去他跟前。我的父亲从未主动找过我，更别说特地来到家宅地外面的空地上来找我们了。我们朝他飞奔过去，心想他一定是来告诉我们母亲回家的消息。

"我要你们从今往后再也不跟我的孩子们玩。走吧，跟着你们的母亲走吧。"他说道，一边用手指向我外公的住宅的方向。

我们来不及和其他孩子道别，来不及告诉他们我们再也不能与他们做伴了，来不及告诉他们我们被赶出了一直以来养育我们的那个家。但是在离开之前，我冲进母亲的小屋，拿走了我上学需要的东西，其中，就有那本尽管千疮百孔却被我视如珍宝的《旧约》故事集。

如果说我们从天堂被赶出来太夸张的话，那我们至少也是从一生中唯一熟悉的地方被赶了出来。相较于伤心，我更对此感到困惑不已。我的母亲一直以来都是我们居住的那个小屋的头领，所以对我来说有她的地方就是家，这样来说，我其实是回家找母亲。但是亲生父亲不再认作你为他的孩子总归不是件好事。这次迁居加深了我作为一个外人的感受，这种感受自从我知道我们家宅下面的那块土地其实并不属于我们时就在我心中产生了。我在卡曼多拉小学就是一个外人，其他学生似乎都比我更能在那里找到归属感。我在曼果小学也是个外人，因为我是个中途转校过去的学生。现在,我成了父亲家中的外人。但是那片曾经的家园里的某些点滴将会永远印在我的心上:晚上的故事会、每天和其他孩子们打交道(虽然我们之间的帮派总是在变换),甚至还有数不清的争吵和泪水。有一些场景时不时又浮现在我眼前:我们玩的游戏,我们唱的歌,我们雨天里在院子里跳的舞。雨水被视为上天的祝福,它能让孩子们快快长大,所以当我们一看到雨滴,就冲到庭院里,围成一个圈,唱道:

雨水请你落下来

我愿意为你供奉

一头戴着铃铛的小牛

叮叮咚咚真好听

一次一群孩子——包括万佳(佳克吉的女儿)、加昆格瓦(万格里的女儿)、加库华和万吉鲁(恩吉瑞的儿子和女儿)这些兄弟姐妹们——和我在玩猫捉老鼠的游戏。我绕着四座小屋不停地跑,所有人都在追我,就在这时我突然绊倒了,狠狠地摔在地上。地上的砂砾磨去了我左肩上的皮肤。这块伤疤至今还在,它将会成为永久的回忆。现在我被父亲赶出了大家庭,我为自己仍旧有弟弟和书籍的陪伴而感到庆幸,一想到马上要和母亲在外公的家里、她的出生地团聚,我顿时感到一丝安慰。

我曾经见过外公,但也仅有一面之缘。由于外婆和外公分居两地,一个在埃尔伯贡,一个与最小的妻子姆卡密住在利穆鲁,所以我的母亲可能觉得没有经常去看望他的必要。至于孩子们,我们被归入父亲那边的家庭中而不是母亲那边的,即使那个孩子是以母亲那边的某个亲戚命名的也是如此。我的名字恩古吉就是从外公那里来的。我的母亲以前一直叫我"恩乔古",大象的意思,或我的昵称"穆库格",意思是小爸爸。其他女人,尤其是那些妻子们,时常叫她"恩古吉的女儿"。

我的外公是一个仪表堂堂的人物,他穿着白色的贴身长布衫,白布绕过左臂下面,在右肩上方用别针固定住,有点像是只有一个肩膀的束腰长袍。长袍外面套着一件同样长度的衣服,像是一块毯子,绕过右臂下面在左肩上打结固定牢靠。由于利穆鲁时常又冷又湿,尤其是七月份的时候,所以他有时在这两件衣服外再套一件长大衣。他是个实打实的大地主。他作为整个卡玛弥支族的首领和托管人,他有权自由使用家族里的结余财产物资。我的父亲的祖先在利穆鲁完全没有根基,外公则与之完全不一样,他的旁系家族以及他所在的整个支族都在利穆鲁世世代代享有土地的所有权和种植权。在他的一个表亲去世后,他继承了两个寡妇,于是他又成为了恩敦古家族名义上的首领。恩敦古的孩子们,包括大儿子科穆彻,都承认且敬仰他作为旁支家族之首的地位。他后来又和年轻些的那个寡妇恩建格生下了一个儿子,也就是戈慈尼舅舅。整个家族的关系网略微有些复杂,我并不确定自己是否能一一说得清楚。而且整个家族住在同一地区的三处不同的住宅地上。

自从和他的第一个妻子加冬妮外婆分居后,恩古吉外公或许怀疑过他们是不是将分居的这个毛病传给了他们的女儿,而且他十有八九对我的母亲离开父亲的举动不知该如何应对。一般来说,他应该等女儿的丈夫上门请求妻子跟他回家,这样就给双方提供了商榷的机会。我的母亲借住在恩建格的小屋里,每个人都觉得这应该只是个临时安排。但是随着弟弟和我的到来,事情变得复杂起来了。

父亲或许认为我们的现身会向母亲施加压力,迫使她回家向父亲求和,可是,我们的出现却恰恰鼓励了她坚持自己的决定,拒绝向家暴屈服。要是我们不在她身边的话,她会觉得寝食难安的。她向外公提出让她在他的土地上建一栋属于她自己的小屋。他对此犹豫不决。他熟知传统规矩和做法,他想要等我的父亲派来提出谈判的代表。毕竟,她与父亲是合法成婚的。父亲支付了外公要求的提亲费,离婚意味着外公得将这笔钱财还有山羊还给父亲。再说,当地社区并没有针对育有像我和我的兄弟姐妹这样年岁较大的孩子的夫妻的离婚程序。离婚对他们来说是不可能的,他们只能选择分居。于是我的母亲卡在了中间地带,脱离了她的丈夫同时又没有完全被她的父亲接纳。她一直以来都习惯于拥有自主权,如今的状况让她觉得像只关在囚笼里的动物。她被迫住在拥挤的小屋中,与人共享厨房,没有她自己的厨具,没有她自己的粮食,因为她的收成全部被父亲夺走了。

  我试着想办法帮她渡过难关,但其实我更担心的是我的学费。我最后想出了一个能够换来像铅笔、写字石板和练习簿这样的学习用品的方案,也就是从印度商店里购买铅笔和橡皮,再转手以更高的价格卖给学校里急需使用文具的孩子。我弟弟觉得我简直就是一个天才。我于是找到了戈慈尼舅舅。戈慈尼舅舅只比我大两岁,我平时也从来不叫他舅舅。我其他的几个舅舅,戈肯尤和穆彤嘉,都跟别的亲戚一样要比我们年长许多,所以我一直以为"舅舅"是一个孩子用来称呼比他年长的人的尊称。但是戈慈尼和我都在卡曼多拉小学上学,虽然他的进度比我快,但是我仍旧视他为同辈而非舅舅。他对我的计划表现出极大的兴致,很快这个想法就变成了我们共同的目标。我们于是便开始计算如果不断将获得的利益投入于购买更多的产品,我们会挣多少钱。很快,我们便觉得自己能成为富翁了,这为我们将计划付诸实践提供了源源不断的动力。首先,我们决定做个货摊。在外公的树林里,我们砍倒了几棵树，做了四根角柱和几根用作横梁的木条。一开始这是个秘密，只有戈慈尼和我的弟弟恩津居和我才知道。但是我抑制不住内心的热情和兴奋，于是向戈慈尼的哥哥透露了我们的"生财之道"。他听完后并没有嘲笑我们，而是给我们讲了一个关于一个穷人和他的母鸡的故事。一天这个穷人的母鸡下了两个蛋。他饥肠辘辘却抑制住了自己的食欲，他将鸡蛋装在一个碗里，然后坐在椅子上，闭上眼睛心想应该怎样处理这两个鸡蛋。或许应该把它们带到集市上去，他想道，仍旧闭着双眼躺在椅子上，装有鸡蛋的碗静静地立在他跟前的地上。他会用在集市上卖了鸡蛋后挣得的钱来买更多的鸡蛋，再将它们以更高的价格卖掉，就这样不断地进行买卖，直到他赚了好大一堆钱。于是他再将这些钱投资到其他商品的买卖中，再从中获利。很快，在他的想象中，他就有钱买下一幢房子并娶了一位妻子。他和他的妻子幸福快乐地生活在一起，直到有一天，他们为一件小事争吵起来，他的妻子不客气地回嘴。他对她不知感恩的态度大动肝火，于是一脚朝她踢去。他踢翻了跟前的碗，鸡蛋转眼碎成了一摊蛋液和破损的蛋壳。别再白日做梦了。你能卖得出去多少铅笔？这附近有多少孩子去上学？谁会放着印度商店里便宜的商品不管而要一路走到偏远的民宅里花更多的钱买同样的产品？他一下子就戳破了我们发财的梦想。我们做的那几根角柱和横梁在院子里站了好几个月，纪念我们那破灭的梦想。

戈慈尼舅舅对我们的计划遭遇中途流产而心怀愧疚。他试着通过教我如何抓到鼹鼠来安抚我失落的心情。对农民来说鼹鼠是祸害。它们吃掉植物的根，一段时间后你就会看到它们造成的小土堆和荒芜的土地。鼹鼠是看不见的敌人，因为它们只在地下活动。人们怎么才能抓住它们呢？舅舅告诉我，小菜一碟。一个陷阱就能搞定，拿一块木头，掏空中间的部分，再拿来三根绳子，将其中两根绳子都打一个活套索，套在木块的两端，中间那根绳子要绷紧，在上面放一块诱饵。然后在地里挖一条地沟，把陷阱放在鼹鼠们常常走过的路上，再把它用泥土掩盖好，然后将三根绳子的一端都和地面上一根掰弯的树枝拴在一起。当鼹鼠穿过活套去吃中间的诱饵的时候，地面上的树枝就会弹起来恢复原状，活套迅速收紧将鼹鼠拴住。我当时并没有相信他的话但是我们还是做了尝试。我们做了两个陷阱，一个给我，一个给他。他的陷阱并没有成功抓住鼹鼠。我的却在第一次试验中就抓住了一只鼹鼠。我拥有这项特殊技能的消息很快便传了开来。我于是成为了一名专业鼹鼠捕手，向需要帮助的农民们收取一定费用，还攒下了不少人情。我或许还能变成一位英雄，就像村里的传奇捕鼠人一样。

当我们还住在父亲家里时，有一段时间，一群几乎像猫一样大的肥硕的老鼠侵袭了我们的村庄。人们说这些老鼠都带有鼠疫，所以一旦有老鼠出现，不管女人、男人还是孩子，都一齐拿着棍子追打它。追逐老鼠过程中人们发出的叫喊声有时会吸引在地里工作的农民们的注意力，他们便会带上手里的工具，加入浩浩荡荡的捉鼠大队中。一旦老鼠被抓住了，它们就会成为人们发泄怒气的对象。当然，也有一些从我们眼皮下逃走了。其中有一只以机智在这场大战中完胜了追捕者、陷阱以及其他所有工具。甚至连猫都似乎对它畏手畏脚。这只老鼠会在某户人家的房子里或树丛里消失，然后又在另一户人家或另一片树丛里出现，它就像在捉弄人们。又或许只是有许多长相相似的老鼠在不同人家家里转悠。人们还说那只老鼠是被巫婆附身了。

一天，一个拿着一只带有陷阱的盒子的人突然出现在村庄里。他之前听说了那只神秘的老鼠。他少言寡语，只问了几个必要的问题。他把某样东西挂进了盒子中,然后将盒子放在一户受灾人家的家里。下一天,当他回到那户人家中,一打开盒子,哇塞,里面真的有一只肥肥大大的老鼠。整个村的人都对这位捕鼠人赞叹不已,但是他就和当初凭空出现时一样神秘地消失了。他没有收取任何回报。他也没有再回到村庄里,同样没有回来的还有那些大老鼠。至少人们是这样说的。但是在一件事上仍旧众说纷纭:人们看到的巫婆般的老鼠到底是一只老鼠还是好几只不同的老鼠?无论怎样,捕鼠人成为了村里的传奇人物。

我希望自己作为一个鼹鼠捕手也能名扬万里,赢得整个村庄的人们的敬仰。但是抓鼹鼠没有抓老鼠来得威风,除了我的弟弟,没有人认为我是个了不起的人物。鼹鼠们常常是神出鬼没的。抓鼹鼠需要技巧、耐心和运气。等待的过程往往漫长无聊,挣的钱却少得可怜,根本无法满足我们的需求。

在经济方面,学费是头等大事。弟弟和我于是和往常需要钱的时候一样,去斯坦利·卡哈乎地主的农场里做工,只不过这一次,我们不是为了买铁轮,而是为了挣学费。卡哈乎的庄园和我外公的庄园之间隔了一道篱笆。在我的新家与旧宅之间隔了一片广阔的除虫菊地。和我其他的兄弟姐妹再次一起在同一片地里工作让我感到有些不适应,因为我现在是以外公家来的雇工的身份工作。虽然我们只能在卡哈乎的农场里工作的时候见面,但是总体来说,和兄弟姐妹的团聚进行得非常顺利。除了在收工的时候,我们必须分手道别,朝不同的方向回家,所有人都感到一丝悲伤的尴尬。我们的薪水并不高。再说,我们只有在花开的时期才有工作,所以也就是大概七天的样子。

有时候,我陪母亲一起去印度商店找工作。或许我也能找到一些比摘除虫菊花和抓鼹鼠更挣钱的工作。与上次我和母亲来买校服时相比，这个地方给人带来一种不一样的感受。不过那时，我一门心思想着服装店。这一次，我有机会在食杂店里逗留。店里有一袋一袋的大豆、青豆、糖和盐，还有一桶桶的面粉、青椒、彩椒、大蒜、洋葱、辣椒、马齿苋和水果，比如木瓜、芒果和枣子。我又一次注意到了那张戴眼镜、穿着白色裤子、肩头挂着一条披巾的孱弱印度男子的照片，就跟我上次来这里看到的那张照片一样。我问母亲这个印度人是谁，为什么他的照片被挂在许多印度商店的墙上。他是一位印度神，母亲回答道，并没有将目光移到照片里的那个人上。她在专心找工作，找任何能给她带来收入的工作。一家叫"高福吉"的店最终给了她一份理土豆的工作。表面完整光滑的土豆装进麻袋中，个头小的土豆被分在另一堆，当做土豆苗出售，坏掉的那些则被扔掉。我帮着母亲做工。这绝对是我做过的最枯燥的活，比摘茶叶和菊花更加无聊、更加机械。我之前做的抓鼹鼠和老鼠的工作，甚至搭建文具店，都充满冒险的乐趣，虽然我从中得不到多少钱。我工作的热情一天一天地衰退。但是母亲需要钱来买她本来不需要买的食物，以及需要钱来付我的学费。即使我不在的时候，她也会一个人继续理土豆。有时，老板允许她将一些损坏的土豆带回家，作为对她任劳任怨的态度的感谢。

　　我记得那里有一个叫马努布海的印度商人，大家都叫他马努。他会说流利的吉库尤话，不过有时候他会把它和基斯瓦希里语搞混。他开了一家面包店，名叫马努布海利穆鲁面包店。他的面包被人们叫做马努包，以与内罗毕的艾略特面包店的面包区分，那里的面包被叫做艾略特包。马努包和艾略特包是彼此的竞争对手。马努面包店里常常供大于求，因此有时候他不得不扔掉成堆的卖不出去的面包，这些面包都在不同程度的发霉和腐烂阶段。当马努要扔面包的时候，消息就会立即传遍大街小巷。许多人，不管是大人孩子还是男人女人,都蜂拥而至,向面包扑去,用不了多久,这些面包就会被一抢而光。这样的场景有一次在我和母亲找工作的过程中发生了。我发现自己被一大群争抢变质的面包的人团团包围,抢到面包的人则带着战利品"衣锦还乡"。真可惜马努布海不天天扔面包,人们也无法预测他下次扔面包会是什么时候。

我与外公之间的感情逐渐浓厚起来,甚至超越了我和我的父亲之间的情感。当有一天他叫我去他的屋子里时,我感到受宠若惊。他坐在一张精心雕刻的三脚板凳上,我坐在另一张小一点的板凳上。姆卡密为我倒了一杯热牛奶。然后外公让她把"盒子"拿来。他从盒子中取出一个袋子,将手伸进去抽出一沓信件来。他说,读读这些信。我照着他的话做了。不,不,不是这封,他说,然后我就念下一封,他又会打断我。如此一直到我手里拿着他想要听的那封信。他说,对,就这封,把信读给我听。我读信的时候他在一旁不时地点头。不错!不错!他又欢喜又带有肯定意味地叫起来。我为自己的认字水平得到他人的肯定而倍感骄傲。再给他倒些茶,外公对他的妻子说。接着,他递给我纸张和一支墨水笔。他一字一句地口述回信,并在我记录下后让我重复我写下的文字,直到我的回复能正确表述他的意思为止。不错!不错!他喊道,轻声地笑了笑,声音里充满敬佩和赞赏之意。"他真的能使笔杆子!"当姆卡密端着茶走进来的时候,外公大声对他的妻子说。他看上去真的对我的学习成果很满意。于是我便成为了他的书记员。他常常让我去他的屋子里帮他写信,不过更多的时候是去读一些以前的信件,然后帮他整理文件,比如税费回执单。作为一个酋长,他对任何与政府相关的文件都毕恭毕敬的。他看重所有的书面文件,将它们装在袋子里,存放在漂亮的盒子中。他常常就这份文件或那份文件问我问题,"这上面说了什么?"当我告诉他后,他就教我怎样分类整理它们。逐渐地,我成为了他的密友,但是他从未问过我对这些文件的内容作何想法。我只是他的个人书记员而已。当我为他工作的时候,我顺便还能吃到好吃的食物,喝到加了许多牛奶的茶。我的外公有好多奶牛。我的母亲对这样的安排很满意,因为这对她来说就少了一张要喂的嘴。我察觉出她和外公的妻子并不亲近。

我的外公深爱他年轻的妻子姆卡密。她总是穿着西式的连衣裙。她全心全意地服侍我的外公。虽然她并非傲慢自大,更不会挑起邻里之间的矛盾,但是她举手投足间那种冷淡的气息将其他的女人,甚至我的母亲,保持在一定距离之外。没有人敢随意走进她的屋子,除非他们百分百确定自己是受欢迎的。有时候,我猜想是不是姆卡密将加冬妮外婆驱走的。

一天夜里,姆卡密在恩建格的小屋外把我叫下,告诉我我明天一早就得去外公那里。我猜想他一定是要我读信或者写信。但是为什么要一大早就去呢?当我在下一天早上去外公的屋子时,姆卡密为我开了门,让我坐下。然后我的外公穿戴整齐地走进客厅。我们一起喝茶、吃红薯。我等着外公交给我任务,但他却站起身来,向我道别,然后便出门做其他的事去了。姆卡密向我说了谢谢,于是我便离开了。我心中充满了疑惑,不过我的肚子里装满了食物。那天晚上,姆卡密让我下一天早上再去外公那里。

每天一早赶在其他访客敲响外公的大门前去见外公成为了我日常作息的一部分。我把它视为一种特权,默默地享受其中的荣耀。这也使我对外公愈加感到亲近。直到后来我才意识到我只是代替了戈慈尼的位置成为外公清晨的第一位访客。我的外公相信男孩能给他带来好运。他希望每天第一个见到的人是个男孩,而不是一个女人,任何女人,甚至女孩也包括在内。我是新一任吉兆的传递者。而且在我开始我的清晨拜访后,好事真的发生在外公身上了。

我的外公一定是注意到了恩建格小屋里让人难以忍受的拥挤状态和紧张情绪,又或许他终于认清了我的父亲不会来请母亲和孩子们回家的事实,于是他划出了两英亩的地给我母亲来建造她自己的小屋,讽刺的是,这块地恰巧就在卡哈乎的农田旁边。

我的哥哥华莱士·姆万吉那时候还是个木匠学徒,于是他一手包揽了建房工程,为我们建立了一幢泥墙、茅草顶的圆形土屋,它几乎就是我们之前在父亲的家宅地上住的那幢小屋的复制品。后来他还为自己建立了一栋四方形的二室高脚小屋。我的姐姐尼卓琪由于婚姻不幸,搬来跟我们住在一起。当雨季到来的时候,我的弟弟、姐姐和我决定在这两英亩地的中间地带插上某种灌木的枝条,我们盼望着它们会生根发芽,最终长成篱笆。然后旱季来了。母亲将某种树的树枝带回家里,将它种在庭院里。这是一棵梨树,母亲说。我们听了哈哈大笑。妈妈,你总是找你自己的想法做事。你竟然不在雨季种树,却在雨水都走光的时候种。她并没有与我们争论,只是微微一笑。但是她常常给树枝浇水,到了旱季快结束的时候,我们种下的植物全死了,那棵梨树却活了下来。篱笆又得重新种过了。

于是,新的生活就此开始:从一夫多妻制的大家庭变为了单亲家庭。我仍旧担任外公的书记员和吉兆的象征。除此之外,我还去曼果小学上学,每日从我的新家进进出出,这个新家的庭院里站着一棵孤零零的梨树。

学校距离我的新家有两英里远,但比起我当年去卡曼多拉上学时,这样的距离还算是近的。我是在三年级的学年中间离开卡曼多拉小学转校去曼果小学的。我当时以为这只是我的哥哥的建议,但我很快发现我并非唯一离校的人,还有一大批学生出于相似的原因选择了转校,这个发现让我大吃一惊。我并不知道其中的缘由,但我从其他孩子那里得知这一切和两个带有神秘色彩的学期有关——"克洛瑞"和"卡热加"。没有人知道它们到底是什么意思,或者它们出于何处。但是它们的确是有历史的。

一八九五年,肯尼亚从英国公司的私有财产转变为英属殖民地,之后,肯尼亚将它的教育系统全权转交给新教徒和罗马天主教传道士。其中的英行教会早在一七九九年便成立了,其他的教会则在之后也逐渐建立起来,比如一八九八年的福音传教士协会。在我住的地区最具影响力的是苏格兰福音会。它成立于一八九一年,位于距利穆鲁十二英里外的托高图。就在那里,J. W. 亚瑟医生建立起了一所学校,名曰"曼贝日",意思是"摩登"或"进步"。福音会后来逐渐扩大了它的教育事业,建立了更多的学校,卡曼多拉就是其中之一。这些学校都受到了现代化的影响,为民众提供了急需的医疗服务,甚至教授各种实用的技能,比如木工和农业知识,当然还有少量的读写教育。但尽管如此,这些学校的主要目的是劝服人们皈依基督教。这些机构非常成功,你可以目睹到人们能够多么迅速、多么深刻、多么彻底地从自己身上剥去他原本的文化,接受新的风俗和价值观。比如,在吉库尤人中,割礼一直被视为人生重要仪式之一,它意味着一个人从童年——不受任何法律约束的阶段,步入成年——对自己承担一切责任的阶段。一九二九年,一些中央省份的传教士协会,包括亚瑟医生的苏格兰福音会、福音传教士协会和非洲内陆传教会,已经将女性割礼视为蛮荒、反基督的行为。他们更进一步地推广反割礼运动,宣布为他们工作的非洲教师和中介人都必须郑重发誓绝不会对女性子嗣施行割礼,绝不会加入吉库尤中央协会——当时最大的非洲政治组织,绝不会成为乔莫·肯雅塔的追随者——肯雅塔是当时非洲中央协会的秘书长,也是该组织在英国的代表,也绝不会加入任何非政府或传教士建立的党派①。所有人都必须要在正式声明上签名。这份声明其实是在要求学校里的基督教追随者站出来反对割礼的习俗以及政治反抗运动。尽管在一九二二年哈里·图库的东非协会被命令禁止,他本人遭到流放和监禁,之后在内罗毕中央警察局外又发生了导致二十三名肯尼亚人死亡的大屠杀,肯尼亚的反抗运动还是在非洲中央协会的领导下星火燎原。对民风习俗的争论逐渐演变成了各方利益的冲突。从早期开始传教士们就被殖民者接受为非洲人民利益的代言人,亚瑟医生甚至作为非洲利益的官方代表在殖民地立法机构中占有一席之位,而欧洲和亚洲方面却有他们自己的发言人。所以,在女性割礼问题上的争执实际是各方在经济、政治和文化上的暗中较量,每一个人、每一个组织都在争取代表肯尼亚的非洲人民说话的权利。

斯瓦希里语中"齐多勒"一词意为"指纹",在吉库尤话中则变成了"齐罗勒"。经过这次政治事件,这个词又逐渐演化为对那些签署了条约或者赞同条约内容的人的蔑称。那些没有签署条约的人则自称"反齐罗勒派",他们离开了教会学校,加入刚刚起步的非洲独立学校运动,他们中的很多人影响了他们的学生,将他们也

---

① 西奥多·纳特索拉斯,"肯尼亚吉库尤卡林加教育协会的兴起与衰落,1929—1952"。《亚非研究杂志》1988 年第 23 期。

带入了那些独立学校。早期较为有名的一所肯尼亚独立学校在尼亚萨由约翰·欧瓦罗建立。在中央省,穆萨·尼迪冉哥,一位成功的商人,于一九二五年在格图恩格里①建立了一所独立小学。学校的第一位老师威尔森·加图鲁为小学捐献了他的土地。穆萨·尼迪冉哥一开始只是一名在白人庄园里干活的劳工,后来在一九一一年到一九一三年期间进入堪布依的福音教会学校上学,堪布依正是哈里·图库的家乡。他之所以离开农场去上学就是为了追求个人独立,他后来在自己的贸易事业中找到了这种独立性。他的思想与哈里·图库的政治理念志同道合,并被他和马克斯·加维建立起来的联系影响。加维的口号是"非洲人的非洲",体现了自治的远大目标。他同样在他的事业中寻找独立性。尼迪冉哥的自治精神通过建立一所由非洲人自己经营管理的小学体现得淋漓尽致。在一九二九年的宣言后,许多独立学校由当地长者和老师组成的委员会纷纷建立起来。有两个组织在这股大潮中应运而生,它们监督并扶持新学校的建立。一个是吉库尤卡林加教育协会(KKEA),它成立于一九三三年利罗尼,离卡曼多拉不远。另一个是吉库尤独立学校协会(KISA),它建于一九三四年木兰格的格图安巴。

  两个组织有它们各自的宗教同盟:非洲独立五旬节教会②与KISA为一派,非洲东征教会与KKEA为一派。两个教会都起源于南非的由乔治·亚历山大·麦克吉尔主教掌管的美国非洲原始宗教教会,这位主教先前担任马克斯·加维的全球黑人进步协会的首席牧师。"卡林加"是原始宗教为自己选择的称呼,这个称呼同

---

① 肯尼亚中央省中部的一个农业小镇。
② 五旬节派为基督教新教的宗派之一。

时适用于日常和宗教领域。基督教在这里被剪除了西式习俗和传统,被拔掉了消极的趋势,非洲人才是决定宗教发展方向以及变化的主人。于是,女性割礼仍旧被允许施行,但不再是强制性的。

"齐罗勒"和"卡林加"便成为了用来称呼不同学校的两个词。齐罗勒指代教会学校,这些学校故意限制非洲人对知识的获取,以培养为殖民地统治做贡献的人为教育目的,这就导致了非洲教育仅限于木工、农业和基本读写。对英语的掌握被视为不必要的。白人移民们想要"会干活"的非洲劳工,并不是学识渊博的非洲学者。卡林加和 KISA 想方设法地去打破限制知识的枷锁。英语被视作现代化的重要特征,同样也激发了矛盾。在政府学校和教会学校,英语课从四年级或者更后面才开始。而在卡林加和 KISA 学校,英语课从三年级或更早便开始了,课程安排因老师而异。

因此,卡曼多拉小学在这场教育大战中保留了所有陈旧的传统教育方式,它并不能够为我们提供帮助我们尽快适应现代化进程的教育。相反,曼果小学拥有更具挑战性的课程设置,在步入现代化的潮流下,要求我们快速掌握高水平的英语。

就这样,从卡曼多拉,一所齐罗勒学校,转入曼果,一所卡林加学校,我跨越了一条历史性的鸿沟。这条鸿沟甚至从我出生之前就出现了,多年以后,当我在撰写我的第一部小说《两岸之间》时,我仍旧在思索这条鸿沟的意义。不过在当时,我并没有试图解剖历史,也没有梦想创造历史,我只是希望能实现自己的教育之梦,兑现当年对母亲许下的承诺。

英语课或许被认为是大批学子从卡曼多拉迁移到曼果小学的

重要原因,但是在英语教学方式上,我想两所学校之间大同小异。几乎所有的教员都是政府学校和教会学校的产物,他们只能教授从政府和教会中学到的东西。事实上,我在曼果的英语老师弗雷德·穆布瓜和历史老师斯蒂芬·提罗就是吉库尤托高图的一所苏格兰福音会学校的毕业生,那里是亚瑟医生的传教天堂。

两所学校之间的区别是只可意会的。当我回想在卡曼多拉的时光,我脑海中出现的是教堂、沉默的祈祷者和个人成就。而曼果则给我带来表演、公众的关注以及团体意识等回忆。卡曼多拉的周日布道总是如出一辙:首先念一段从《新约》里摘出的文字,这往往就是当天布道的主题,接着全体默默地祈祷,然后大家一起唱赞美诗,这些赞美诗往往是从苏格兰教会的赞美诗集中挑选出来的,被翻译成吉库尤话,对其中的歌词和曲调略作修改后而成。若没有乐器的伴奏,这些歌曲缓慢、悲伤,几乎是疲倦的。《新约》中的段落、赞美诗以及布道在年长的人的心中激发起宁心静气的自省意识,却在孩子们心中激发起种种躁动。曼果的星期天则截然不同。

曼果小学建成于一九二八年,由科亚家族捐赠土地,莫里斯·科瀚格担任首任校长。之后由弗雷德·穆布瓜接任,再后来则是斯蒂芬·提罗。学校并没有正式的教堂。星期天,学校的大堂变为神圣的净地,寻常的桌子变成了装饰绚丽的圣坛,板凳变成了教堂长椅。我第一次参加曼果的礼拜那天,莫里斯·科瀚格担任当天的牧师,他在平日里只是学校里一名普通教师。他并非最受学生欢迎的,因为他常常会在课堂上使用木条来管教纪律和吸引学生的注意力。

那天是我在曼果度过的第一个礼拜天,我从未见过这样的礼拜仪式。大家唱赞美诗的时候有锣鼓伴奏,这就为我们的歌声增加了不少活力和韵律。其中的一些赞美诗是新谱写的,通过圣经中的故事形式来讲述当今时事。事实上,很多的歌词都是来源于圣经故事。"在艰苦的年代里,哦,主啊,请不要转身而去。当丹尼尔被关进狮笼,主啊,你派来了你的天使……",还有"当该隐用利刃刺穿了他兄弟亚伯的躯体……",以及"参孙和大利拉""大卫和歌利亚"等等。都是说如果上帝愿意,他可以重现当年的盛景:赐力量于卑微低贱之人,协助他们斩除恶敌。

歌词中的文字和图像对我来说都很熟悉,因为我在我那本《旧约》故事选集中读到过。但是这一大群追随者的嘴唇能够吐出一股庄严神圣的力量。独唱者的角色总是在更换,任何来做礼拜的人都可以加入,有时候两个人同时歌唱一段祷词或重复演唱一段之前唱过的。有时候某些一呼一应的段落由三个人来表演:一开始大家齐唱,然后分成交互轮唱,然后再一起转为昂扬的合唱。

接下来,便是布道部分,和之前一样,布道的主题也是从《旧约》中摘取的。牧师先是缓慢、柔和地讲道,逐渐地,他的声音越来越高。他高歌、他劝导、他辩护、他谴责、他许诺……他的语调忽高忽低、忽快忽慢,同时还配以富有表演性的肢体动作。激动时,他扯去衬衫,袒露胸膛,不断地捶胸顿足,以表现他的谦卑之情。他恳请他的上帝,也是以撒和亚拉伯罕的上帝,为如今的人们做多年之前他为以色列的子民所做的事:将他们从压迫中解放,带他们远离奴隶制,引导他们穿越炎热的沙漠、汹涌的大海,蒙蔽追捕者的双眼。他讲述故事的样子就好像他亲眼见过这场走出埃及的壮举。然后,他会传达上帝的声音:撕碎你们的心而非你们的衣裳,忠诚地跟随我,因为我是上帝耶和华!这个时候,下面的听众们各个都已经心醉神迷,对他们的牧师饱含溢美之词。在布道过程中,当出现适当的停顿或当牧师暗示性地提出问题时,某些人就会用一段歌曲来回应,牧师和其他众人也会参与其中,然后牧师会继续他的布道,好像刚才的演唱本来就是布道的一部分。一时间,科瀚格不再是那个我熟悉的普通教师了,他的身体和声音都发生了巨大变化。他同时变成了一支大型交响乐队的指挥和成员。但是到了周一,科瀚格老师又恢复了他平日里的普通模样,甚至还有些虚弱无力。我之前所见到的震天撼地的声音和表现力都去哪儿了呢?

虽然这样的公众表演不是每次都如此激动人心,但它的确渗透了曼果的每一个角落,它代表了人们共同的生活经历,以及对众人重获自由的希望。成功和失败并不只是关系到个人,它们涉及集体利益。我们不仅彼此之间相互竞争,还与其他的外界力量对抗,这股力量甚至包括时间。我们一直遵守"我为人人,人人为我"的处世原则。

没有什么比体育竞赛更能体现这一点了。曼果既没有平坦优质的运动场地,也没有专业的运动器材,但是它还是最大限度地满足了人们的需求。我人生中最激动的时刻之一便是第一次参加曼果的体育节。这项盛大的赛事在曼果沼泽地中进行,沼泽地在旱季通常会变得干涸坚硬,非常适合进行体育运动。

体育节总是以乐队游行开场,这对我来说是前所未见的。领头的鼓手穿着苏格兰裙,挥舞着一根由两端带有松散穗子的绿色尼龙绳装饰的指挥棒,带领乐队浩浩荡荡地走过街道。有时候,他猛地把指挥棒抛向空中,这时我总是紧张得屏住呼吸,生怕他接不住棒子,但是他每一次都稳稳地接住指挥棒,从未乱过阵脚。鼓声、喇叭声,以及号角声似乎互相组成了一段对话,一段由美妙的音乐组成的对话。

当乐队穿过集市和购物中心，我们这些孩子，甚至还有大人，都试图跟在乐队两侧和他们一齐游行至体育大赛的现场入口。只有买了入场票的人才能进入场地。场地被一堵由茅草和干枯的玉米秆建成的厚墙紧紧包围，防止那些心怀不轨的人企图挖出混入场地的通道。这样的诡计往往会被体育节官方护卫们挫败，这些护卫大多都是穿着童子军军装的男孩子们。但是组织者们通常对那些坐在隔离墙上以及那些爬上不远处的大树上的人束手无策。

体育竞技场内有许多余兴节目，包括侏儒的滑稽表演，事后人们通常会对他的笑话和喜剧动作谈论上好几天。但是真正吸引大众眼球的是同步俯卧撑、跳山羊、跳爆竹和场景表演游戏。它们似乎很简单，但在我眼里，却是充满危险的。两人三足，勺子运鸡蛋和推小车比赛往往能激起大批观众的加油助威声，但是没有什么运动能比赛跑更让人激动了，尤其是超过一英里的长跑比赛。比赛的冠军就是他们村庄的英雄。当他们在为荣誉奋力奔跑时，观众中的一些人有时也会情不自禁地加入比赛。当赛事结束时，规模更加宏大的人群会跟着英雄们一路去他们的家中，共同庆祝凯旋。有时，人群会把他们的英雄抬在肩上，英雄或他们的助手则把奖品高高举在空中。奖品通常是水盆、浇水管、弯刀或斧头之类的农用工具，而非奖金。

体育节是卡林加和 KISA 学校中一年一度的盛事，这些学校轮流做东以保证不同的地区都能参与进来。这些赛事使 KISA 和卡林加之间形成了紧密的联系，也促进了学校和当地民众之间的关系。这项节日的一点一滴全是由当地民众自己组织建设起来的，完全没有得到政府和教会的帮助。这一点着实加强了民众的集体自豪感。

这种集体自豪感或失落感同样在课堂上体现出来，尤其是在学年末公布考试成绩的时候。父母、监护人、亲戚还有邻居都来学校祝贺学生们取得好成绩。这是学校里一个隆重的场合，建校的元老们都会出席。其中就有科亚前辈，他捐赠了用于建造学校的土地，他的儿子斯蒂文·提罗则在学校里教书。那些荣获考试前三名的学生往往让大伙羡慕不已，他们不仅是他们的家庭，也是整个地区民众的骄傲。那些拖后腿的人，当时大家都是这么称呼他们的，则为他们的家人蒙羞了。因此，每次的成绩报告大会都伴随着欢笑和泪水，骄傲和悲伤。这种取得好成绩的压力必定大大提高了孩子们对体罚的忍耐能力，有时候这种惩罚甚至逼近于虐待，这在曼果是非常普遍的现象。这些身心受创的孩子从家长那里得不到任何同情。老师永远是对的，毕竟，他们是课堂上无时无刻的监督者。

在曼果的第一年，我并没有在任何课上出类拔萃，甚至在体育课上也是表现平平，不过几年之后事情就大不相同了。我当时虽然在学业上并不突出，但我还是做了一件引起弗雷德·穆布瓜的注意的事。我用吉库尤话写了一篇课堂作文，这是一篇关于与虚构的长老会见面的报告。他似乎被我对长老们说话时那种庄重的神情举止的生动描述震惊了，他对我文章中的辞藻、呈现出的画面，以及对熟语的使用赞不绝口。他在全校面前读了我的文章。我不记得我的哥哥是不是在场，不过我的母亲绝对不在。但是当我回到家里的时候，母亲已经听说了这件事。我被邀请上台向众人鞠躬致谢的经历是我尽我所能好好学习的最强证据。

我的母亲一定对我的表现非常满意，因为她允许我爬上她珍爱的梨树摇下些许果子。她一直都全心全意地照料这棵梨树，而如今，这棵树以丰盛甜美的果实来回报她的恩情。

当我看到自己的课堂作业让母亲喜笑颜开时，我的心里也乐开了花。我的成就为我的新家庭带来了集体荣誉感和自豪感。

✿

我当时并没有意识到自己很快会变成为一名游吟诗人。在卡曼多拉，音乐往往只跟宗教仪式，比如祷告，联系在一起。但是在曼果，音乐无处不在，不管是通俗的还是宗教的。甚至在体育节上，都有唱诗班在中场休息时间助阵，当然游行乐队也会为观众表演节目。学生演出，包括音乐和舞蹈，则是年末学校的学生家长会上重要的一部分，其中有一些只是简单的滑稽表演。

有两个表演在很长一段时间里都让我印象深刻。一个叫做《双人自行车》，讲的是一个三角恋的故事，故事中两个男孩斗智斗勇，都希望赢得姑娘的芳心。他们最后扭打起来，给了女孩一个趁机溜走的机会，于是两人都落得竹篮打水一场空的下场。另一个表演有关正义和用欺骗的手段将坏事变为好事。一位母亲给了她的两个孩子两根香蕉。俩兄弟争吵起来，他们都想要那根大的香蕉。一位看上去慈祥和蔼的老人正巧路过，立即看出两人之间的矛盾，于是上前说他能够将两根香蕉变得一样大小。他将两根香蕉拿在手中比较，从大香蕉上咬下一口，但是这下原来的小香蕉变成了现在的大香蕉了。于是，他又同样在这根没有咬过的香蕉上咬了一口。直到最后，他把两根香蕉都吃完了，留下俩兄弟品尝为追求公平付出的代价。但很快他们就向老人讨要说法，但他一溜烟地跑下舞台，好像刚才的香蕉瞬间让他返老还童了似的。所有的滑稽短剧在引人发笑的同时也引人深思，台下的观众鼓掌、大笑，同时也若有所思地点头赞同。

大会上的歌曲表演大多富有教育意义，创造出与短剧截然不同的效果,甚至让某些观众潸然泪下。

若我们仍旧生活在我们的祖先恩德米和玛莎提的年代,
我会作为一名初入社会之人向你请求赐予我盛宴,
然后请你赐予我长矛和盾牌,
但是今天,父亲,我只请求接受教育的机会。

我们的牛群不在了,
我们的公山羊老去了,
我不会向你讨要盛宴,
我的父亲,我只想要接受教育的机会。

当时还有其他的歌谣,表达了人们祈求书写材料、笔和石板而非剑盾的愿望。我对这些曲子的歌词和旋律有特殊的感受,就好像它们在描绘我的父亲的牧群。

逐渐地,这些歌曲从学校传了开去,在青年男女中引起了一种新的社会风气。在周日下午,他们会在某人家中或在公开场地举行集会,大家共同交流和唱歌。火车站站台不再是主要的社交中心了。我的新家有一次便成为了这样的社交场地。就是在这次集会上,在我哥哥华莱士的住处,我禁不住这群兴致昂扬的青年男女的怂恿,第一次演唱了《恩德米和玛莎提之歌》。我在演唱时注入的深情来源于一颗沉浸在失去一切的悲痛中的心灵:我的父亲失去了所有的牛羊,而我失去了原有的家园。众人对"失去"的情感以及我个人对"失去"的情感互相交错。所有人都加入我,与我一齐歌唱。我完全没有意识到,我的表演在所有人心中引起了共鸣。

我的哥哥华莱士说我是一位歌手。之后不管哪里有这样的青年人聚会,他都会通过这样或那样的途径确保我在场展示我的才艺。当时我的个头在同龄人中算是小的,所以每次出场我总能引起他人的好奇心。然而谈话的结局总是相似的:他们先问我是否成年,当得知我还未成年时,便会对我的才能大加赞赏。"这个男孩子很聪明","他就是写了一篇绝妙的文章,并被姆瓦里木还是弗雷德·穆布瓜在全校面前念出来的那个男孩,他还是个歌唱家呢"。

当时是我在曼果的第二年。我在四年级时就已经通过了高中入学考试并且取得了好成绩。这是一次一锤定音的考试,在入学竞争中扮演着至关重要的角色。这项考试后来被取缔了,因为许多孩子没有通过,于是只好结束他们的学习生涯,去茶园或咖啡种植园里做农工。通过这次入学考试因此更是让我在华莱士的朋友间树立起了名声。

一天早上,我比以往提前到达学校,发现一群学生正在唱歌而不是像往常一样趁着早晨集会前嬉戏打闹。我顿时停下了脚步。歌曲的旋律听上去是那么熟悉:我是在哪里听到的呢?

然后我记起来了。当我还住在父亲家的时候,有一天,我去了曼果沼泽地。在雨季,沼泽地自然是泥泞不堪,这种状况会持续几个月,有时甚至持续到下一个雨季的到来。在湿润的沼泽地里,芦苇生长得十分旺盛。许多鸟在沼泽上空飞行,并在草丛中和芦苇丛中筑巢生蛋。在利穆鲁和意大利战俘建造的内罗毕—纳库鲁公路之间有一条泥路。一些白人会来此猎鸟,他们的狗则冲进水塘为主人捡回落入其中的猎物。我当时在一个被我们称作奇穆雅角的地方,还来不及穿过那条泥路,就在这时,我看见一群由许多卡车组成的护卫队开过,许多男人和女人被关在卡车后的车厢中。

任何从这条路上开过的护卫车队都会让我想起当年在红土采石场的事故。当时还在二战期间,这起事故夺取了许多士兵的生命,造成重大伤亡。看到车队在泥路上行驶总会让我胃部收紧,生怕类似的事故再次上演。我那天见到的车队同样让我产生恐慌。所幸最后并没有事故发生,但是当时车厢里的人们唱歌时的声音和情绪就仿佛刚刚见证了一场灾难或预见了一场灾难即将降临。

我并没有听懂所有的歌词,但是歌曲的旋律和人们那饱含悲痛之情的唱歌方式深深触动了我,我真切地感受到他们的反抗情绪和无以形容的悲伤。我真想知道他们到底唱的是什么。

而现在在我眼前,这些学生唱的正是那天我听到的那首歌!

> 我目睹了伟大的爱,
> 在女人和孩童中。
> 当一小口食粮从地里被捧起,
> 人人都能平等分享。
> 我们虔诚地向他祈祷,
> 我们虔诚地向他诉求,
> 他是永恒不灭的上帝。

同样的歌词,同样的旋律,这些学生就好像是当时被关押在护卫车队中的人们的一部分。我从他们中学到了辞文和唱腔,并将它们融入我自己的曲目中。只要我唱出这首歌,大人们就会将它传播开去。

我在华莱士的单间小屋中向他和他的密友演唱了我的新歌,于是他们便开始向我讲述发生在我们的土地上的各种时事,他们对待我就像对待一位成年人一样。他们给我起了个绰号:穆兹,意思是前辈。这是一个尊称。同样,我也以"穆兹"称呼他们。他们都是成年人,是我的兄长的朋友同事,但是"穆兹"在我们中变成了一个带有趣味性的绰号。我们这个团体中学识最渊博的尼干迪·恩哲古纳。

"这是欧勒·尼古鲁厄尼之歌。"当我问尼干迪这首歌曲是否广为流传时,他如此向我解释道。

"欧勒·尼古鲁厄尼?"我问道,从未听说过这个名字。

"自从一九〇二年起,欧洲人从我们手中夺走了土地,许多原来的土地主人在威逼利诱之下成为租客。为了交付税款,人们不得不努力工作挣钱。在第一次世界大战结束后,更多的非洲土地主被迫将自己的土地拱手让给欧洲士兵。其中一些人去了东非大峡谷,租客的数量急速攀升。然后到了一九四一年,虽然我们的人奔赴战场为他们流血牺牲,但是欧洲人却冷酷地将租客们从他们的农场中赶走。这是第二次大规模的土地权的转换。欧勒·尼古鲁厄尼是纳库鲁旁边的一个地方,它成为了那些失去土地的人们的安居所。但是好景不长,三年之后,当我们的士兵从二战战场上回来后,殖民政府宣布欧勒·尼古鲁厄尼的居民必须全体迁出,这是政府第三次大规模剥夺非洲人民的居住权。欧勒·尼古鲁厄尼的民众决定站起来反抗:他们绝不从欧勒·尼古鲁厄尼搬走,他们绝不容忍三次被迫背井离乡。他们有什么力量?团结是他们唯一的力量。他们发誓永远团结一致,绝不向暴权妥协。其中一位领袖柯伊娜的家人就来自利穆鲁。政府对此如何反应?他们将反抗者像关牲畜一样关进卡车车厢,把他们带到肯尼亚东部的雅塔,雅塔则被他们称为黑石地。之后,他们将自己被迫从欧勒·尼古鲁厄尼迁往雅塔的故事写成了歌曲。"

我第一次听到这首歌是在一九四八年。我并不知道自己在两三年后竟然在曼果小学会再次听到它,也没有想到自己会对一群富有强烈社会责任感的年轻人演唱这首歌,他们其中一些人或许还是受害者的亲属。

尼干迪说,欧勒·尼古鲁厄尼的故事是一个关于迁居、流放和失去家园的故事,同时也是整个肯尼亚的故事。人们的反抗预示着更大的风暴的降临。

❦

尼干迪从格图恩格里的肯尼亚师范学院经过学习训练后拿到了教师资格。每当他谈起他的母校时,他总是充满自豪。他常说母校提供世界上最好的教育。

这个师范学院是 KISA 与 KKEA 建成的联盟和传统的政府和教会学校之间在竞争师资力量和生源时出现的产物。虽然从一九二九年起,独立非洲学校的数量急剧增加,但是政府和教会底下的教育机构仍旧是培养教师的主要场所,而它们却往往对从 KISA 和 KKEA 这两个独立机构毕业的申请人冷眼相待。KISA 和 KKEA 则继续不断地从教会学校中抢走优秀教师,以补充师资力量。但是,KISA 和 KKEA 仍旧以自己完全摆脱教会和政府的控制为荣。为了摆脱教会对符合资格的教师的控制,在格图恩格里建立肯尼亚师范学院的想法便逐渐形成了。将校址选在格图恩格里是因为那里也是肯尼亚第一所独立小学的建成地。在此建立师范学院象征着人们将独立教育传承下去的决心。

穆毕宇·克伊南格是提出建立师范学院并最终运行管理它的人。他是传奇的克伊南格酋长的长子。在吉库尤联合高中因为经费不足停止运营后,穆毕宇在一九二七年进入弗吉尼亚的汉普顿中学完成了他的中等学历。同样从这所学校毕业的还有著名的非洲裔美国教育家布克·T.华盛顿,他在一八七五年取得毕业文凭后选择继续留校任职，直到一八八一年在汉普顿中学校长阿姆斯特朗将军的推荐下，他进入阿拉巴马的塔斯克基学院继续深造。穆毕宇在校期间一定表现优异，当他从汉普顿中学毕业时，他的同学如此评价他：他是一个秉持原则的正人君子，并时刻牢记自己作为君子的身份。真可谓饱含溢美之词。

从汉普顿毕业后，穆毕宇进入俄亥俄州的威斯理安大学，并于一九三五年取得了本科学位。他在俄亥俄州的成就吸引了《时代周刊》的注意力。在一九三五年六月四日的这一期中，穆毕宇说黑人的精神世界是他的迫切关注点之一。《时代周刊》将他描述为一位舞蹈家之子，并写道他渴望回到家乡向当地人民推广"主动学习"的理念，因为这些非洲人民对教育并没有太多认识，他们"最大的愿望"只不过是在跳舞时"能用肩膀碰到耳垂"。这些是杂志上的原话。《时代周刊》很明显并没有听说过哈里·图库以及他在十九世纪二十年代开展的解放殖民地劳工的运动，显然也没有听说过那些长有长耳垂的长老们争取独立教育的斗争。穆毕宇后来进入科伦比亚大学攻读他的教育学硕士学位，成为第一位拥有高等学历的肯尼亚人。他在一九三八年回到祖国，在与他的父亲商讨后，他想出了这样一个挽救教育的方案：建立一所由非洲人运行管理、由地区民众共同拥有的师范学院，并以汉普顿和塔斯克基学院的教育模式为基础，由他担任执行校长。建校元老们梦想着学院有一天会发展成肯尼亚大学，学院因此也成为了至此为止肯尼亚殖民历史上最庞大、最具雄心的教育项目之一。学院建立在汉普顿和塔斯克基模式上，并且吸取加维的"自治"理念——这一理念通过哈里·图库和整个黑人积极分子团体的努力，催生了第一批独立学校。一九一四年，加维离开牙买加进入美国，他同样也被塔斯克基教育模式深深吸引。但是他错过了与华盛顿见面的机会，一年之后，华盛顿离世。

这群肯尼亚的梦想家们试图从他们的文化传统中为教育问题找到解决方案。讽刺的是，他们最终找到的办法却是和富有争议的割礼习俗密切相关。每个吉库尤的成年人，无论是男人还是女人，都根据他们的出生年份被划分入相对应的"年龄辈"中。所有年龄辈都承担着募捐的责任，各个年龄辈之间相互竞争，看谁能收集到最多的捐款。不过除此之外，民间还有许多富有创意和想法的扶持教育之士。

其中一个故事讲的就是一个叫恩吉瑞的没有上过学的农妇。有一天，她亲自去师范学院参观，却发现学校中所有的男孩都住在石头建起的寝室中，女孩却睡在泥巴墙茅草顶的土屋里。她为此感慨万分，于是回到村庄，呼吁女人们团结起来，尽自己的微薄之力为学校中的女学生购买石块和铝合金，让她们也能拥有良好的居住环境。她的这一举动逐渐演变成了风靡全国的女权运动。

这次募捐行动调动起了整个齐库予地区成年人的积极性。格图恩格里的肯尼亚师范学院也因此成为了当地人民集体自豪感的一部分，并被写入当时许多流行的歌曲中。

> 当你走进格图恩格里，
> 你会看到一所非洲人的师范学院，
> 它是一幢四层楼的建筑。
>
> 建筑工人是肯尼亚人。
> 工地监工是肯尼亚人。
> 学校委员会中全是肯尼亚人。

这所师范学院同时也包含中学教育，因此被视为对殖民教会之下的教育机构最有力的抗衡。教会学校往往认为非洲人民天性愚钝；相反，肯尼亚师范学院对所有肯尼亚非洲人开放，它真真实实是一所以培养人民教师为目标的学院，它所培育出来的人才为非洲儿童提供无限制的、客观公正的知识，使他们有能力与政府学校和教会学校中最顶尖的学生互争雄长。这所师范学院同时鼓励知识分子与普通民众和社区团体建立密切联系，他们承担着传播新闻要事这一重大职责。

尼干迪·恩哲古纳就抱有这般雄心壮志，同时也能够从传统中取其精华。他总是会说起师范学院正式成立的那一天，也就是一九三九年一月七日，并称它为肯尼亚历史上伟大的一天。虽然学校成立于战争期间，但是它坚强地熬过了那段困难的日子。他说，甚至许多欧洲人和亚洲人也进校参观，为了亲眼目睹学院的创新性。驻扎在内罗毕的非洲裔美籍士兵也去参观学院，甚至为学校师生演唱黑人灵魂歌曲。每次尼干迪说起什么的时候，他总是会情不自禁地将肯尼亚师范学院加入谈话中。

我第一次在人群中注意到他是当他借给我一本书的时候，这本书迅速成为了继我那本久经沧桑的《旧约》之后我最珍爱的书。书的名字是《得民心者》，作者为贾斯特斯·依托提亚，他是内罗毕附近的卡贝特琼斯学校的一名教师。这所学校建于一九二五年，为了支持偏远地区发展而诞生。这本书中收集了许多散文、谜语和故事，它们教育读者怎样成为一名文明、有责任心、值得信赖的君子，书中的价值观虽然都基于古老的传统文化，但是它们与基督教对当代社会提出的礼教如出一辙，甚至还弥补了基督教的不足之处。其中两个故事可被看作价值观的典型体现：一个是寓言，另一个是对一段旅程的记述。

一个要去外国做贸易的商人请求他的朋友，一个牧人，帮助在他远行期间照看他的带黑灰斑点的奶牛。这头奶牛与牧人的棕色奶牛几乎在同一时间生产下了小牛犊。由于斑点奶牛的产奶量较高,牧人就将两头小牛犊交换了母亲,将棕色小牛交给斑点奶牛喂养,而将斑点小牛交给棕色奶牛喂养。最终,商人回到家乡,向牧人要回他的奶牛和牛犊,却发现带斑点的牛犊在吸吮棕色奶牛的奶,而棕色牛犊在吸斑点奶牛的奶。当他意识到牧人做了什么后,他将此事汇报给当地长老。虽然长老们根据奶牛和牛犊的颜色对事实真相有个大概猜测,但是他们并不能够下定论,因为双方各执一词,并无证人作证。于是这件案子一拖就是好几年,在此期间,当年的牛犊长成奶牛生了小牛犊,它们的小牛犊甚至都生了更多的牛犊。为了帮助法庭长老们摆脱此案的纠缠,一个男孩主动请求来处理这个案件。虽然长老们对他抱有怀疑,但既然他们已对此束手无策,就决定给这个男孩一个尝试的机会。他们根据他的指示行动。在下一次开庭审理的前一个晚上,他们悄悄地将这个男孩藏入一个洞穴中,在保证有足够空气的前提下,众人一齐将一块大石块推到洞穴,堵住了洞口。当商人和牧人出庭的时候,坐在离石块距离较远的长老们首先要求牧人去将石块搬到他们面前。但是牧人屡屡失败,当他汗流浃背、精疲力竭之时,他独自呢喃道:我当初为什么要交换牛犊呢,还不如老实本分地将属于自己的东西照看好。他垂头丧气地空手回到长老们面前宣布任务失败。另一位当事人被要求做同样的事。无论他多么努力,石块就是纹丝不动,他自言自语道:无论任务多么艰巨,我永远不会放弃属于我的东西。此时,法庭上所有的人都聚拢到石块前,仿佛要接听神谕。石块背后的声音告诉了他们两位当事人各自说的话,于是这起案件终于告一段落,每个人都受到了公平公正的待遇。这个故事中的男孩后来成为了当时最富有智慧的人,人们同时也能从他身上看到少年老成的耶稣或所罗门的影子。

另一个故事讲述了去吉库尤的昂迪里沼泽地的学校郊游事件。其实并没有什么特别的事发生：学生们在学校操场上集合，他们走路到达沼泽地，他们在那里吃午饭，然后再走回学校。但是我们仍然能从中学到被普遍颂扬的价值理念：整洁、准时、合作、礼貌，这些不仅是新时代的非洲公民也是基督教徒的特征。

我并不知道昂迪里沼泽在哪里，但是我喜欢将它幻想成一个魔法之地。不然的话，我们为什么要花心思用好几页纸记录下一段平淡无奇、没有任何起伏跌宕的旅程呢？但是，尽管这本书并没有像当年《旧约》那样震撼我的心灵，但是它教会了我多多观察并讨论发生在身边的事。我从中学到描写周围的普通小事、普通场所照样可以使故事变得生动有趣。

尼干迪总是随身携带一份报纸，大多数是《观察者周报》，一份由亨利·莫利亚主编的吉库尤周报。这些报纸就像一个巨大的知识储存库。尼干迪将报纸整齐地折叠好，放在他的外衣口袋中。当他要表明某个观点的时候，他就会从报纸上读一段文字给他的听众听，但大多数时候他只是引用报纸上的论点。他就像一个云游四方的学者，每当他与别人聚在一起时，便会打开他的智慧之书。

他在音乐方面也颇有见识，为我的歌曲曲目增加了不少新内容。他最喜欢的是"来吧，我的朋友，让我们一起畅谈古今。为了我们孩子拥有美好的未来，但愿祖国的黑暗早日终结"。他用一种颤抖的嗓音来演唱这首歌，这种言语之外的悲伤情调是我无法模仿的。但是他教导他的学生歌曲的好坏与演唱技巧无关，每当学生们听从他的教诲，以真情演绎歌曲时，他都会为他们感到自豪。我就是他的发现之一。他热衷于在大大小小的聚会上向人们介绍我,夸张地说我不仅有歌唱天赋,还能够熟练阅读《圣经》《观察者周报》和《得民心者》。

不知不觉中,我渐渐意识到许多成年人都通过增加曲段来延长我创作的歌曲。他们反反复复地唱同一首歌然后巧妙地将另外的歌曲接在后面。对他们来说,我是燃起他们创作热情的一束火花。随着时间的推移,除了教育之外的话题也渐渐成为人们歌颂的主题,同样被写进歌中的还有瓦伊亚奇·瓦·辛加,穆毕宇·克伊南格和乔莫·肯雅塔这些名字。

> 我们的大英雄肯雅塔
> 从欧洲衣锦还乡。
> 他从蒙巴萨进入故土,
> 乔莫是我们的眼睛。

尼干迪常常会添加一些历史人物和历史事件的背景知识,就好像他认识这些人物、亲身经历过这些发生在非洲、欧洲和美国的事。他甚至谈起那些黄泉之下的人,比如瓦伊亚奇。当一八八七年欧洲人来到达佳瑞提①时,瓦伊亚奇·瓦·辛加是当时南基安布齐库予地区的主要首领。一八九〇年,他在达佳瑞提欢迎卢加德队长,并与他结拜兄弟,发誓友好共处。卢加德的手下打破了这个誓言,建造了史密斯炮台,并且用他们富有挑衅意味的行动明确宣布他们是来征服肯尼亚的。瓦伊亚奇用长矛对抗枪炮的进攻,但是最终反抗失败,他被敌方逮捕并活埋于齐布维兹②。如果你听尼干迪讲述瓦伊亚奇的命运,你会觉得仿佛他当时就在瓦伊亚奇的身边聆听他最后的不屈不挠的宣言:他的灵魂将永驻于肯尼

---

① 内罗毕西部的地区。
② 肯尼亚西部的小镇。

亚人民,他将不断与白人抗争,不到他们离开肯尼亚决不罢休。瓦伊亚奇在一八九一年的遗言也是鼓励全国人民团结一心抵抗外敌的号召,是尼干迪第一篇关于政治和法律信念的文章的主题。另一篇则关于一九二三年的《德文郡宣言》,宣言声明肯尼亚是非洲人的国家,以及非洲人民的利益是国家的首要利益。尼干迪说,这个宣言是对瓦伊亚奇临终之词的最好肯定,证明了瓦伊亚奇是时代的先知。尼干迪有一种特殊的能力,他能够随时随地发起人们的辩论和讨论,话题囊括土地、教育、宗教以及穆毕宇·克伊南格和乔莫·肯雅塔的性格特点。尼干迪总是能从数字、巧合甚至日期中看见命运之手,比如两位先驱出国的时间相差不到一年(穆毕宇于一九二七年去美国,肯雅塔是一九二九年去的英国),这预示着两者的人生轨迹必将在某处重合。

肯雅塔在我出生前就出国了,他作为齐库予中心协会(KCA)的代表赴英参加国际会议。虽然 KCA 是哈里·图库所创建的东非协会的后继者,但是它只能作为地区组织参会,因为殖民政府禁止了所有全国性的非洲组织。肯雅塔在一九三一年左右回到肯尼亚做短暂停留,但不久便又远赴英国,之后在那里以 KCA 代表的身份定居长达十五年之久。但是在一九四一年,由于肯雅塔长期不在肯尼亚生活,KCA 被殖民政府禁止了。在他定居英国期间,他渐渐成为了一名民族主义者和一位泛非主义者[①]。他在英国人的土地上告诉他们:肯尼亚是非洲人的国家,是由非洲人的祖先传承给我们的,没有人能够从我们手中夺去这片土地。1946 年,肯雅塔乘船回到肯尼亚,当船只在蒙巴萨港登陆时,他俯身捧起一把肯尼亚的泥土,将它紧紧地贴在胸膛,这一刻如神话般光辉传奇。

---

① 拥护或支持所有非洲国家政治联合的人。

他写了两本书,一本是《面朝肯尼亚山》,另一本是《肯尼亚:充满斗争的土地》。

至于穆毕宇,他不只是受过高等教育,有些人坚信他还是世上学识最渊博的人。人们说,当他开口说英语时,连英国人都要查字典。这两位智慧的伟人是彼此的竞争对手吗?不,这两位伟人其实是彼此的心腹之交,肯雅塔甚至娶了穆毕宇的妹妹为妻。但是肯雅塔真的没有在英国娶英国女人吗?坊间流传着许多故事和传说。

尼干迪说他读过《肯尼亚:充满斗争的土地》。他试着与他的仰慕者们一同解开这些谜团。但即使是他,在更加伟大的人面前也只能甘拜下风。肯雅塔拥有与生俱来的天赋,穆毕宇则从书籍中汲取精华。天赋是上帝的恩惠,学习则是人类的特权。这就是为什么肯雅塔在穆毕宇之前总是更胜一筹。看到了吗?虽说穆毕宇是肯尼亚师范学院的创建者,但是在一九四六年肯雅塔从英国回到肯尼亚时,穆毕宇做了什么?他任命肯雅塔为校长。穆毕宇提出了非洲自治的理念,他有智慧,他有手段,但是他没有号召力。乔莫有智慧,有号召力,却没有足够的手段。看,大规模的斗争总是需要两人来领导,就像甘地和尼赫鲁,毛泽东和周恩来,摩西和亚伦。天才之手段和天才之号召都是必不可少的:两者共生共灭。穆毕宇和肯雅塔都在第二次世界大战中幸存下来,他们中一人在战争爆发前夕回国,一人则在战后立即返乡。命运将他们带回他们的祖国是有原因的。他们命中注定要领导肯尼亚走出奴隶制度,迈入自由的国度。这条通往自由国度的征途险象丛生,充满了磨炼和苦难,充满了泪水甚至鲜血!

欧勒·尼古鲁厄尼的苦难只是全国千千万万背井离乡之人的苦难中的一小部分。从尼干迪的叙述中我了解到了租客的反抗以及各种其他虚构的故事和从报纸上读到的真实故事。尼干迪在我心中激起了一种特殊的情感,我隐约感受到在这片土地上,某种非同寻常的、某种如圣经故事般宏大的事件正在蠢蠢欲动。人们也同样能从纷飞四起的关于各地时事的流言中感受到这股躁动的力量。而内罗毕通常是这些流言的中心。事实和传言在短时间内又挑起了更多的事实和传言。最让人震惊的新闻是肯尼亚所有的工人都聚集在东非贸易大会的保护伞下,在一九五〇年举行了大规模罢工,反对殖民政府向内罗毕颁发皇室特许契约。这张特许契约的目的在于将内罗毕从肯尼亚的一个自治区提升为一个城市。逐渐地,"城市"这个词语蒙上了不吉的、邪恶的、危险的色彩。但是内罗毕从自治区变为城市又会有什么影响呢?它难道不还是当年我父亲慌忙逃离的那个地方吗?它难道不还是那些撞坏我母亲小屋的卡车的始发地吗?它难道不还是在我从乔治国王医院出院后和我母亲一起徒步穿越的那个城市吗?

皇室特许契约意味着非洲人不得不搬出内罗毕以及内罗毕周边的城镇,就像在南非的那些黑人的遭遇,尼干迪冷静地解释道。记得那些从南非来肯尼亚的布尔人[①]吗?政府在一九四八年赶走欧勒·尼古鲁厄尼的居民就和当时南非布尔人对黑人的恶行一模一样。白人计划将非洲,从开普敦一直到开罗,都归为己有。塞西尔·罗德斯[②],这个在南非大肆掠夺钻石和金子的矿主,是此项邪恶计划的幕后使者。他还对此计划做了详尽解释。二十世纪三十年代,肯尼亚出现了一个秘密的白人社团,他们计划谋杀刚出生的黑人婴儿,只留下一些身体健壮却头脑简单的人作为劳力使用,这

---

① 南非荷兰移民后裔。
② 塞西尔·罗德斯在1837年到达南非,与其他投资者一起建立了德比尔斯矿业公司。

样他们就不会策划谋反。他将此社团命名为优生学协会。在我的想象中，这个社团就是由白人杀人纵火犯和吃人的怪物（就是那些在二战期间卡巴依和其他人奔赴战场去消灭的怪物）组成的。而今，这道皇室特许契约中将黑人赶出城市和他们的土地的邪恶理念与尼干迪大力支持的1923年《德文郡宣言》背道而驰！整个白人种族对黑人种族虎视眈眈。但是尼干迪并没有将所有白人都归为此类，这其中就包括芬纳·布罗威，英国议会中的劳动党党员。除了这些人之外，尼干迪的描述呈现出一幅一只恐怖的白色爬虫向我们逐渐逼近要将我们一口吞下的画面。不过，虽然没有被历史书记录下来，但仍有无数勇敢的年轻人都在默默与白人的阴谋抗争，其中一些人曾经在战争中打败过白人，虽然他们是代表英国而战的。如今，在瓦伊亚奇精神的鼓舞下，无数年轻人都站起来为肯尼亚和非洲而战。这场对抗白人占领非洲计划的战斗如今都被压缩在这场随时都会爆发的反对皇室特许契约的战役中。1947年爆发了著名的蒙巴萨大罢工，尼干迪解释道，但是现今一九五〇年的工人大罢工引起了内罗毕街道上大大小小的斗争的爆发，这些斗争让人们更容易联想起一九二一年哈里·图库那个年代的矛盾。那个年代的矛盾最终催生了《德文郡宣言》，这在人们心中燃起了更具历史意义的宣言或许会在当下的斗争中产生的希望。就像一九二二年的时候，一九五〇年的今天住在偏远地区的人们同样为罢工示威者们提供食物，并为那些被政府残忍地赶出家园的人们提供住宿。

参与一九五〇年大罢工的工人中有一些就来自利穆鲁，他们带来了新的流言和传闻，比如关于比尔达德·卡吉亚、弗雷德·库柏、彻格·齐巴查、乔治·恩德格瓦、阿奇恩、欧尼克、德丹·穆古和保罗·恩格伊的故事。这些名字在真实与虚幻之间，在历史与故事之间游荡,我把它们添加到我的神秘英雄榜上。但是那些讲述内罗毕街头混乱局势的男男女女是有血有肉的真实存在,他们的一言一行都是严肃且充满意义的。我对他们讲述的各种冒险和死里逃生的故事听得如痴如醉,他们的故事表明苦难磨炼意志。的确,瓦伊亚奇仍旧活在我们心中。

我渐渐开始用《圣经》的角度来看待这些事件和奇闻。有一个故事讲的是一个印度先知来到肯尼亚,出现在卡洛勒尼大厅的人群前,宣布是时候白人离开肯尼亚,让非洲人为自己做主了。他遭到逮捕,但在法官面前说了同样的话:非洲人有能力自己做主。在他之前,从来没有人敢如此直截了当地公开发表观点。这位先知的名字叫马克汉·辛格。据我所知,他并不是第一次来肯尼亚,每当他出现在肯尼亚时,他说的话总会激起大骚动,大多数时候是罢工运动。尼干迪甚至声称辛格的占卜能力从他十三岁的时候就展现出来,他在一九二七年来到肯尼亚,同一年,年轻的穆毕宇离开祖国远赴美国求学。殖民政府不止一次地禁止他入境或将他遣返回印度,但是一次又一次,他都找到了偷偷溜进这个国家的办法。但是这一次,他的出生地莫名其妙地消失了,其中一半是印度,另一半则属于巴基斯坦,而没有哪个国家愿意接纳如此危险的一个预言家。菲利普·米切尔总督遵照来自伦敦的命令,将他从法庭上带走,流放到沙漠中,在那里,他的声音再也不会被人听见。但是大家相信辛格肯定有办法再次出现在人们面前,并像前几次一样制造出某些值得载入史册的事件,罢工运动便是很好的例证。传言说一场土地运动即将爆发,届时他的语言将再次被证明。在一九五○年八月,殖民政府宣布一个叫茅茅党的秘密组织被禁止了。

由于克伊南格和肯雅塔的名字几乎在所有我们唱的歌中出

现，所以在我心中，我将这两位天才与发生在肯尼亚的大事小事都联系起来。比如那个印度人的预言，尤其是当尼干迪向我指出这个少年先知一九二七年来到肯尼亚的时间与穆毕宇远赴美国的时间相差无几后，我就更加觉得此事相当微妙；以及欧勒·尼古鲁厄尼的女人们在歌中唱道当她们到达雅塔后，收到来自肯雅塔从格图恩格里发来的电报，慰问她们是否平安抵达目的地；当然还有全国各地揭竿而起的工人和秘密抵抗运动。在我的想象中，歌曲中和尼干迪的叙述中的肯雅塔和克伊南格成为了传说般的人物，远远超过了其现实意义。我幻想着肯雅塔巨大的脸庞上有成千上万只肯尼亚之眼。我无时无刻地盼望着亲眼见到这两位伟人，这种心情与一个人明知道不可能却仍旧迫切想要在现实生活中见到某位他喜爱的虚幻人物时的那种心情一样。

但我有幸遇见了穆毕宇。我的大姐加冬妮嫁给了一位叫科亚瑞的利穆鲁巴塔鞋厂工人，可惜他在一九四七年大罢工之后丢了工作。他们当时住在柯安巴，隔壁就是传奇人物克伊南格酋长的土地。科亚瑞的父亲负责照看克伊南格酋长广袤的李子树和梨树园。我的弟弟和我会常常去看望姐姐，并且帮她照顾她的头生子万吉鲁。我的姐姐的家与穆毕宇的弟弟，查尔斯·卡热佳·克伊南格的家也离得非常近。卡热佳的妻子妮杜塔和我的姐姐加冬妮之间常常互相登门拜访，我就是这样第一次见到查尔斯·卡热佳·克伊南格的儿子维尔福雷德和万杜佳的。维尔福雷德和我上同一年级，但是我们在不同地区、不同学校。他和我都十分热爱学校，所以我们有许多共同点。多年之后在二十世纪六十年代初期，我将会在坎帕拉的麦克雷雷大学与他重逢，他学医，我从文。不过，当我们在青春年少时期，虽然我们建立了友谊，但他并没有满足我内心的渴望：用魔力将穆毕宇从传说故事中召唤出来。

幸运的是,不久之后,一个上好的机会自己呈现在了我的眼前。我的弟弟和我当时都在我的姐姐家中做客。我们走在一条两面设有篱笆的小路上,篱笆外面是绿油油的玉米地。就在这时我们听到有两个女人对走在我们前方的一个男人指指点点、议论纷纷。"就是他!"她们说道。"他"指的正是克伊南格的儿子,穆毕宇本人。他大概是在拜访他的弟弟查尔斯后步行回家,又或许是绕着他父亲辽阔的庄园散步。我们的机会来了!我这样对我的弟弟说。尽管他并不像我一样对这个穿着灰色西服、若有所思地走在乡间小路上的步行者那么痴迷,但他的冒险精神丝毫不差于我。你确定吗?我们去和他打招呼吧!经过一番互相鼓励后,我们闪到篱笆后面,飞快地在玉米地里沿着小路向前奔跑。当我们确保自己已经超过穆毕宇时,我们便又挤过篱笆回到小路上,朝他迎面走去。"您好,穆毕宇·瓦·克伊南格!"我们齐声招呼道。他似乎微微吃了一惊,然后回应道:"你们好!"我们兴奋得忘记了和他继续谈话,只顾着边跑边叫道:"真的是他!真的是他!"但是我感到有些小小的失落。他与我想象中的穆毕宇和尼干迪口中的穆毕宇相比,少了些威风。但是一个人的心思总是反复无常的。几个月之后的一九五一年,我听到肯尼亚非洲联盟(KAU)的群众在内罗毕的卡洛勒尼大厅前齐声高歌,欢送穆毕宇和阿奇恩·欧尼克前往英国为肯尼亚人民争取权利,于是我想象中的穆毕宇形象又很快回来了,与我那天亲眼见到的那个散步的他截然不同。

或许现实中的肯雅塔,无论我是否有机会见到他,能与传说中的肯雅塔相提并论。但是他的家乡在遥远的嘉屯渡,我的亲戚中并没有人嫁到那个地区。见到穿着灰色西服的他若有所思地独自走在玉米地的乡间小道上的可能性几乎为零。

但不久之后,我从无所不知的尼干迪口中了解到乔莫·肯雅塔将要来利穆鲁。他并不知道他何年何月何日来，但是我下定决心绝不让这个机会从我面前溜走。我并没有将我的计划告诉任何人，只是愈加频繁地去我哥哥在利穆鲁非洲市场的家具店闲逛。

❦

华莱士·姆万吉，也就是人们口中的好人华莱士，是我母亲培养出来的第一个成功的孩子。他一九三〇年出生，一九四五年去曼果上了几年学。他有自己奇特的学习方式，尤其是在考试之前，他会在一张没有灯罩的煤油灯前通宵复习，将双脚浸在装有冷水的水盆中来保持头脑清醒。但是我并不认为缺乏睡眠时间真的能让他考出好成绩。他总是将他的学习方式和背后的理论传授给任何有一丝一毫兴趣的人。但他并没能说服我。由于我之前得过眼疾，我对通宵达旦地在煤油灯前学习并且将脚浸在冷水中这个主意没有一丝好感，但是他从来没有放弃向我宣传这个理论。我的母亲承担华莱士的学费，她对他的学习从来不加干涉，除了有一次，他宣布要成为一名童子军。在吉库尤话中，"童子军"这个词听起来像是"其考提"。我的母亲则将它误听成"其卡伊提"，意思是"埋土狼尸体的人"。一定是还有其他人也向母亲提起哥哥的"志向"，于是她对我的哥哥想要成为埋土狼尸体之人的职业追求深信不疑，这对她来说简直就是噩梦。她恳求他，她威胁他，更糟的是，她拒绝听哥哥的任何解释。她怎么也不愿想象她的儿子成为一名职业土狼下葬人。虽说若是埋葬其他动物也不会让我母亲宽心到哪里去，但是土狼在所有故事中都是十恶不赦的坏蛋：它们贪婪、肮脏，它们吃死人的腐肉。我不知道是不是因为哥哥最终屈服于母亲施加的压力，还是他后来离开了学校，最终他并没有成为一名童子军。

这或许给我哥哥留下了一个未完成的心愿,他于是将他的愿望寄托在一位他爱慕并最终娶为妻子的女士身上。查丽提·万吉库于一九三五年在柯安巴的齐穆佳村出生,离我姐姐加冬妮的家和查尔斯·克伊南格的庄园不远。她在柯安巴教会协会学校接受教育,在那里,她加入了女子护卫队。即使不穿制服的时候,查丽提也常常戴着一顶蓝色的贝雷帽,让利穆鲁所有的年轻男子都羡慕崇拜不已。"华莱士找了一个女子护卫队队员"。人们这样轻声议论道,甚至有的还会大声地评头论足。他们给她取了个绰号"香蕉山上的姑娘"。香蕉山坐落于内罗毕和利穆鲁之间的高速公路上,不像齐穆佳或柯安巴都只是普通村庄的名字,香蕉山更著名,且听起来更有神秘气息。当然过了许多年之后,直到一九五四年,他们终成眷属。我的母亲对一个女子护卫队队员进门并无反感,因为这个名字听上去并不像"其卡伊提"。

母亲对她的儿子听从了她的意见而感到如释重负,甚至心怀感激,于是她便支持他追求其他的梦想。她又一次靠出售被她养得壮硕的公山羊和她种在地里的黑合欢树挣得了一些积蓄。

华莱士在离开学校后作为一名学徒打字员加入了卡巴依的法律和秘书事务所。他的英语水平并不足以让他的秘书事务出类拔萃,但是无论他做什么事,他都会加入一丝新鲜玩意儿。他尝试着动手制作一台木制打字机,他声称这种打字机会比卡巴依的雷明顿打字机更快更安静。但是无论是秘书事业还是发明事业,他都没有坚持下去。他最后成为了一名与他年龄相当的木匠手下的学徒,这位木匠名叫乔瑟夫·恩乔罗格。一般的学徒期都会持续好几年,但是我的哥哥在几个月后就开始在空余时间做起他自己的生意了。在木活中,他的创造力和口才相得益彰,很快他就拥有比他师父还多的客户。他做了一件这个地区的工匠从未做过的事。他向一位叫高福吉(在吉库尤话中则是"恩鼓吉")的印度商店店主租了店铺后院,他将他制作的床和椅子在那里向客人们展示,与那些经验更丰富、技术更精湛的印度工匠们一比高下。他的生意越做越大,于是他在印度市场和非洲市场之间租了一个更大的院子。这片土地属于卡拉布,他在交通运输行业里打拼,不幸在一起交通事故中失去了一条腿。这个时候,好人华莱士甚至时不时地雇用他的木匠师傅乔瑟夫·恩乔罗格来处理某些生意。这块经营地的地主对华莱士蒸蒸日上的事业嫉恨不已,试图通过大幅度提高租金来逼他离开。他最终的确将华莱士赶走了,声称他需要这片土地来发展他自己的事业。我的哥哥于是在利穆鲁市场上租下一栋楼,在那里,他开设了属于自己的家具场和家具店。

在他自己的学徒中有一个叫卡罕亚·瓦·恩久的人,他也是华莱士最好的朋友之一。卡罕亚的哥哥卡冉佳是一名司机,人们通常叫他恩德瑞巴,他娶了我的同父异母姐姐恩雅佳琪,也就是佳克吉的第三个孩子。卡罕亚曾经也在曼果上学,但是在殴打瓦尹亚老师后就辍学了。瓦尹亚老师比他年轻很多,因此他对老师的管教往往嗤之以鼻。其他的学徒都要付学费给华莱士,但卡罕亚却能边干活边挣钱。他和我的哥哥是真正的如胶似漆的好朋友。他们一起搬到新的木工经营场,卡罕亚最终成为了华莱士的助手,虽然他的手艺和恩乔罗格师父的相差甚远。

当我哥哥的工场还在印度商店和卡拉布的后院时,我就常常去那里见华莱士,但是和我现在去工场的频率相比,简直不值一提。曼果小学离市场不远,午休时间,我就会跑到华莱士的工场,然后再赶在下午的课程开始之前回到学校。利穆鲁市场里聚集着各种各样的工匠:有修鞋匠、修自行车的师傅和汽修师、做铝制品的工匠、烧木炭的人，以及各种制作其他家用品的师傅，还有脚踩胜家缝纫机的裁缝。

以前巴塔鞋厂的工人常抱着一颗撩妹之心来我家，工匠们也和他们一样。因为他们有独立自由的职业，所以他们的社会地位在工人阶级之上，往往被人们视为有实力的单身汉。坊间流传着各种爱情佳话，比如绯闻不断的鞋匠兼技艺高超的舞者佳谭杰鲁（马里乌之子）俘获了我的同父异母姐姐米内·万吉鲁·瓦·佳克吉的芳心，又比如洗衣工万乔齐与木库鲁伯伯的漂亮女儿梦碧坠入了情网，还有虔诚的裁缝威利·尼格安佳在一大群追求者中脱颖而出最终迎娶了我的另一个同父异母姐姐、同样虔诚的万布库·瓦·恩吉瑞。不过市场上的大部分工人，包括餐厅和肉铺的雇员们，都备受姑娘们的青睐。科穆彻的商店和餐厅就开在市场的一个转角处。科穆彻舅舅是我的外公在他的表亲恩敦古去世后继承下的两个妻子中其中一个的长子。戈慈尼舅舅在离开卡曼多拉后也在那里工作。

时不时地，好人华莱士会给我几分零花钱。于是我就会跑到科穆彻舅舅的餐厅买一种类似炸面团的小吃，它们往往都是新鲜出锅的。科穆彻饭店是个非常受欢迎的用餐之地。店里总是有一沓《观察者周报》，但是并没有卖报的人。人们取走一份报纸后总会自觉地将应付的钱放入钱盒中，或者从钱盒中拿走找零。科穆彻是个肥胖、肤色较浅的大个子，他总是站在隔壁商店的柜台后面。我觉得他并不知道我是谁，因为他从来没有对我有一丝一毫的示意。

我十分享受那些在哥哥的工场中等待肯雅塔的日子。我喜欢闻木头的香味，不管是上过清漆的还是没上过的。我喜欢在落在地上的木屑和刨花中漫无目的地走动。我渐渐开始欣赏做木工活所需的气力和想象力。我注意到我的哥哥对从设计到完工的每一个步骤都一丝不苟。当他工作时,每当我以为他已经完工了,他却又一遍一遍地反复打磨手中的木材,直到最后的成品让他心满意足为止。他手中的所有产品都是独特的。他试图将他的工作精神灌输给他的员工,包括他的助手朋友卡罕亚,但是他们往往并没有这么耐心。他却坚持不懈地教导他们让顾客满意、赢得他们的称赞并将他们变成工场代言人的重要性。他不仅在口头上下了功夫,同时也以身作则、亲力亲为。

我想要学做木工活,尤其是现在的木工使用锯子、刨板机、木槌、榔头和钉子等有意思的工具。但是我的哥哥不允许我玩弄他的工具。我感到愤愤不平,因为他给我的弟弟更多的自由,就好像他故意要打击我对木工的兴趣似的。当他经不起我的强烈要求时,他就会给我一张砂纸,让我打磨桌椅的边边角角,这是一项十分无聊单调的活。在我看来,哥哥似乎比法庭上的法官还要苛刻、还要挑剔,我的表现很难入他的法眼。他似乎只有在看到我手里拿着书或报纸的时候才满意。然后,他就会跟他的朋友说我在读书看报。

我对此并不怎么介意,我有我自己的企图。我在工场里是为了等肯雅塔。就是在这段时间里,我迎来了人生中第一个骑自行车的机会。大多数孩子,无论男孩还是女孩,若是想学骑自行车的话,都要等他们某位有自行车的亲戚来他们家时才能如愿以偿。当这位亲戚被好生招待的时候,孩子们就会悄悄地"借走"自行车,出去溜达一圈,没有骑在车上的那些孩子羡慕地跟着那个骑车的孩子跑,等着轮到他们要威风的机会。当然,意外往往会在此时出现。孩子们身上的瘀伤和自行车上的刮痕往往给他们带来一顿好打,于是这些小犯人们不得不如实招来。但是这并不能阻止他们再犯。

我一直都想骑自行车,却苦于我认识的人中没有一个人有自行车。后来我的同父异母兄弟姆万吉·瓦·佳克吉除了经营他的裁缝铺外,又在离我哥哥的家具店不远处租了一间商铺,开了一家杂货店。他每天要在裁缝铺和杂货店之间来回奔波,这对他来说并不容易。在他的请求下,我不上学的时候便会去他的杂货店帮忙,于是这成为了我另一个去市场的理由。姆万吉娶了伊丽莎白为妻,她是我的同学帕特里克·木拉格·瑟格的姐姐。我与帕特里克之间的友情在较早的时候就建立起来了。

我不知道木拉格是从哪里得来一辆男式自行车的,这在当时是稀罕之物,我们只见过印度孩子们有这样的自行车。他决定通过出租自行车来挣些零花钱,每次出租都有限定的时间和距离,一次收取几分钱。我并没有足够的钱租车,所以每当他到他的姐夫店里来的时候,我都会求他让我免费骑自行车。但是他坚称友谊不应该被金钱交易污染。有一天,我从杂货店里拿了些糖果送给他。我当时并不认为这是偷窃行为,毕竟这个巨大的玻璃罐中有许多许多糖果,再说,我看店并没有得到任何报酬。我说服自己,这家杂货店可以说部分是属于木拉格的,因为他的姐夫是店里的店主。作为对免费糖果的回报,他允许我骑他的自行车。

木拉格先向我解释怎样控制自行车的车把,然后向我保证蹬自行车就和从葫芦里喝水一样简单。我跨上自行车,颤颤巍巍地向前骑行,他双手扶着自行车跟着我慢跑。然后他一声不吭地就突然放开手。我不知所措地狂蹬自行车。我朝后看去,几秒钟之内,自行车就偏离了姆万吉杂货店外的小路,朝下坡冲去,逼近对面的建筑。我不知道该如何控制自行车。我的双脚滑出了脚蹬。我因为恐惧而大脑一片空白。我紧紧地握住车把,双腿悬空张开。

自行车的速度越来越快。我几乎肯定自己要撞墙了，就在这时，突然间"嘭"的一声！我撞倒了两位路人。他们倒在地上，我也倒在地上，自行车躺在几码之外，两个轮子仍旧在疯狂地打转。我的受害者们站起身来，拍了拍身上的灰尘，差一点就要给我一顿揍。我对自己身上的瘀青刮伤并不怎么在意，毕竟结果可能更糟。然而，在我心底里，我觉得这次跌跤是对我偷糖果的惩罚。

但是我并没有为我受伤的心灵和身体自我怜惜多久，因为很快发生了一件吸引我注意力的事。离家具工场和杂货店几码之外的地方有一间叫格林酒店的茶叶店，那里有镇上唯一一台带有扩音器的收音机。之前，普通人总是通过莫利亚的《观察者周报》的读者来获取新闻，比如尼干迪就是其中一位，他常常向一群听众播报最新时事，他的听众则向更多的人将新闻传播出去。如今，人们将茶叶店的店内店外都挤得水泄不通，就为了听播音员穆布鲁·马特莫用抑扬顿挫的嗓音播报新闻。为了制造戏剧性的效果，他时而声如洪钟，时而呢喃细语。他的听众一天比一天多，因为这位隐身的穆布鲁·马特莫总是在午餐时间准时出现，这正是市场休业的时段。

一九五二年十月初，我们从广播上听到瓦热西乌酋长遭遇刺杀，穆布鲁·马特莫将这次骇人之行形容为芝加哥黑帮式的谋杀。当时，一辆小汽车尾随酋长的汽车逼迫他在路边停下，一些穿着假冒警察制服的人从车里出来，毕恭毕敬地要酋长表明身份，然后他们二话不说将几发子弹射入酋长体内，开车扬长而去。这一切都发生在光天化日之下。几天之后，我们听说肯雅塔在柯安布举行了盛大集会，公开谴责茅茅党，说：让茅茅党在迷宫格树根之下消失吧①！或许，肯雅塔真

---

① 肯雅塔领导的肯尼亚协会联盟（KAU）断绝了与茅茅党的所有联系。迷宫格树是传说中地下世界的一种树。肯雅塔的意思是要求茅茅党远离肯尼亚。

的在朝利穆鲁行进。然而，一九五二年十月二十日，更加令人震惊的消息传来了。乔莫·肯雅塔、比尔达德·卡吉亚、弗雷德·库柏、保罗·恩格伊、阿奇恩·欧尼克、昆格·卡鲁巴和其他领导人在乔克斯科特军事行动①中遭到逮捕。肯雅塔被迫离开嘉屯渡，被遣送到离内罗毕很远的图尔卡纳的洛基塘。继菲利普·米切尔之后的新任殖民地总督伊弗林·巴灵宣布全国进入紧急状态。矛盾似乎在不断升级。

从一九〇二年的艾略特到一九四四年的米切尔，每一任殖民地总督都对我们犯下了大大小小的罪行，尼干迪哀叹道，但是这是第一次一位总督在他上任几天内就对整个肯尼亚民族宣布战争。当然，巴灵总督是遵照他在伦敦的上司，也就是丘吉尔本人的指令，他才是英国的首相。你看到整件事的可笑可悲之处了吗？我们的人民帮助丘吉尔打败希特勒，而现在他是用什么报答我们的？

尼干迪并没有在二战中亲赴前线，但是我的同父异母兄弟卡巴侬亲身体验过战场上的腥风血雨。我记得他曾经说过整个世界都不会知道非洲人民在这场战争中所做出的贡献。自从被赶出父亲的家宅后，我很少见到他。不知道对于英国向我们肯尼亚宣战的消息（尼干迪总是这么形容），卡巴侬会作何感想。多年前那个晚上，和他一起回家的那些士兵是不是也和尼干迪一样对目前的形势悲痛不已？

这是对尼干迪崇敬的《德文郡宣言》又一次无情的践踏。在迎接黎明之前，我们总是要面对最深沉的黑夜。尼干迪想要通过谴责法律和公民自由的丧失来解释目前局势的严峻性——非洲人

---

① 这起军事行动是英军镇压茅茅党的行动，尽管 KAU 和茅茅党立场不同，它们共同被认为是反政府组织。

民本来就没有享受多少公民自由,现如今原来所拥有的也被军事法律剥夺得一干二净。他甚至说起其他被宣布进入紧急状态的地方。英国在一九三九年对爱尔兰实行同样的政策,一九四八年对马来半岛同样如此。最十恶不赦的,他低沉地说道,则是阿道夫·希特勒于一九三三年在德国宣布全国进入紧急状态。接下去发生了什么?战争。集中营。

很快,广播就像是赞同尼干迪的猜测似的,为人们带来的英国军队——兰开夏燧发枪手团①,进驻内罗毕的消息。尼干迪将这则消息解读成英国空军"护卫队"降落在伊斯特利机场来加强原有的殖民力量。一些人声称他们亲眼见到新来的英军在内罗毕的大街小巷巡逻侦查,身上装备着骇人的武器。这台原本瞄准希特勒的战争机器现在正瞄准了我们,尼干迪伤心地叹息道。

乔莫·肯雅塔被捕的消息或许对于大众来说是政治性打击,但当时在我看来,则是有个人意义的。它意味着一直以来我不辞辛苦地来利穆鲁市场的努力都付诸东海了。暂且不提我落空的希望,所有事件,甚至包括英军进驻肯尼亚一事,对我来说都是缥缈的,像是发生在被迷雾遮盖的遥远的另一个世界里,这些故事远如有弱水之隔,在虚境与噩梦之间来回。尼干迪对四处生出的紧急状态的描述,对战争和集中营的描述,对英国士兵的描述,以及对首都发生的大规模逮捕行动的描述,都没能让我感受到这些故事与我息息相关,也没能让这些故事在我心中显得更加真实。就连当他说起人们在瓦伊亚奇的灵魂的召唤下进入尼亚达瓦和肯尼亚山的树林里时,我仍旧觉得现实离我遥不可及。

但是很快,这些社会变动就渐渐逼近家乡。茅茅党的歌和所

---

① 英国陆军编制中的一支军团。

有关于瓦伊亚奇、肯雅塔和穆毕宇的谈话都被视为犯罪活动。我的民谣歌手的事业因为这条法律戛然而止。更让我有切身体会的是，格图恩格里的肯尼亚师范学院和所有 KISA 和卡林加学校都被禁止了，我的求学之路就这样被阻断了。

于是我经历了人生中一段飘忽不定的时期，不断涌来的流言蜚语和相互矛盾的消息更让我感到前景灰暗。有段时间，我不再去利穆鲁市场，不再去格林酒店听广播，只从尼干迪的演说中获取实时消息。但是我早已习惯于我哥哥的工场和家具店，因此没过多久，我就又出现在市场上了。再说，我现在因为不去学校上学，有了大把的空闲时间。

一天我像往常一样去利穆鲁市场，却发现那里突然出现大量男人、女人和孩子，他们扛着行李，带着绝望迷失的表情聚集在一起。整个市场及周边地区都被大批外来者占领了。他们被无情地赶下火车或卡车，遗弃在此。这和一九四八年的欧勒·尼古鲁厄尼驱逐事件大不相同。当时被驱逐的人都是租客，而这一次，所有的吉库尤人、恩布人和梅鲁人都被从大峡谷中赶出来。这样的场景在整个肯尼亚中心地带的许多地方都相继发生。就像欧勒·尼古鲁厄尼那些惨遭流放之人，这群新的难民中大多数人都遗失了对祖先发源地的记忆，因为他们都是百年前在大峡谷定居的人们的后代。这样的流放迁居过程持续了好几个星期。

当时我并不知道，我那住在埃尔伯贡的外婆也是难民队伍中的一员。

❦

我身边的大多数孩子都和他们的祖母有频繁来往，他们能从祖母们那里得到各种礼物,比如香蕉和甜薯,更重要的是他们能得到关心和疼爱。我从小就因为这一点常常嫉妒我的朋友们。当然,我有许多继祖母和在吉库尤的旁支家族里的祖母,在我们家族中,只要一个女人是家中某个孩子的祖母,那么其他年龄相仿的孩子也把她认作自己的祖母。但是我不能毫无缘由地走到她们面前,跟她们做游戏,或要求她们为我做某件事,或理直气壮地期待她们给予我无条件的拥抱和宠爱。当别的孩子说起他们的祖母时,我的心中对于父亲那边已故的祖父母和母亲那边远在他乡的外祖母的失落之情更加加深了。当我之前真的有一次拜访外婆的机会时,它却与我的学校课程相冲突,于是,我只能从弟弟口中听说他与加冬妮外婆共同度过的欢乐时光。因此我尽管为从东非大峡谷飘来的这片阴云感到不安,但我仍旧看到了阴云背后的一线阳光:我的外婆终于要回家了。

　　无论是什么导致了我的外祖父母分居两地,他们的心结仍旧没有解开。外婆在离开埃尔伯贡来到利穆鲁后,只在外公的地方待了一小会儿。然后她便搬到我们的新居与我们同住,这就给了我近距离观察和了解她的机会。

　　她的脸看上去闷闷不乐的,但是当她微笑的时候,所有的褶皱便消失了。而且,外婆的拥抱让我感到十分安心。但是我必须在她身边小心翼翼的。她的左臂松垮地挂在身体一侧,整条手臂,包括手,都是没有知觉的。当她坐下的时候,她几乎一直用右手握住左手,抚摸着她失去知觉的手指。发生什么事了,外婆?

　　她从未讲过她的故事。她年轻时一直是康健的,即使当她搬到埃尔伯贡之后也身体无大碍。在埃尔伯贡,她与她的兄弟达乌迪·加图讷和女儿万吉鲁阿姨(她也是母亲唯一的姐妹,但是如今已经去世了,留下一个大女儿碧翠丝和小孙子恩古吉)居住在一起。突然有一天,疾病降临到外婆身上。她无法抬起她的手。她感觉到她左侧身体的生命气息渐渐离她远去,她真切地感受到生命从她的血管中溜走。他们带她去医院,但是医生只能恢复她手臂的部分功能。他们无法根治她的疾病。如果她当时只在医院接受治疗的话,她最终逃不过死亡的命运。但是幸运的是,一个江湖郎中一眼就看穿了外婆体内的恶魔。一个坏人将几片碎玻璃插入外婆的体内。郎中将玻璃从她体内取了出来。我亲眼看见了这些凶器,外婆说道,回忆让她痛苦得喘不过气来。那是整整一堆的碎玻璃,有这么多。她边说,边抬起她的右手比画出玻璃堆的高度。玻璃瓶的碎片,你能想象有多么可怕吗?"但是,外婆,你的体内真的有玻璃碎片?""是的,坚硬的、带着锋利的棱角的碎片。郎中经过好几次才把碎片全取出来。每次我去他那里,他都会从我身体里找到更多的玻璃。"然后她就会感情强烈地说:"哦,我的孩子呀。那个人,那个恶魔想要杀了我!"如果她感到我对她的话有丝毫怀疑,她就立刻沉下脸来。

今天想来,她得的一定是轻度中风,但是那时候,我们并不知道这是什么疾病,也没有证据来反驳她那令人咋舌的故事。现在每当见到玻璃碎片时,我都会想起我的外婆和她受到的苦痛。她一定整日都在为那个恶魔是否会再次袭击她而惶惶不安。就算她有怀疑过这个恶魔是家中其他女人,或任何企图拆散她和她丈夫的人,她也从未说出过口。不过她曾经也含沙射影地说姆卡密(外公最年轻的妻子)来自恩布或尼迪亚,这些从她口中说出的地名听起来是某些遥远古怪的地方。没有什么能说服她接受从其他女人手中递来的东西,甚至连食物和水都不行。她的情绪往往在快乐和怨恨之间摇摆不定。当她高兴时,她开怀大笑,露出她整齐的满口白牙,这时的她是我一直向往的外婆。但是大多数时候,她都是充满怨念的,就好像所有人都有心加害于她,所有人都亏欠她,她总是认为自己应该得到所有人的注意力、怜悯心和好生伺候。随着她的脾气越来越坏,我对祖母这个形象的印象也在走下坡路。

她对我的母亲有莫名其妙却强烈的偏见。我母亲做的事情中似乎没有一件事能让外婆心平气和、乐观积极地看待生活,这就逼得我母亲不得不加倍努力地照顾她,满足她的各种需求,无论是明说的还是暗示的。有时祖母以一种几乎和蔼可亲的态度和我们谈话,但是一旦我的母亲出现,她就会条件反射似的恢复到她往常深受伤害的状态,不停地唉声叹气、对她的身体怨声载道、抱怨无法自力更生。于是,整个屋里又充满了紧张的气氛。

为了浇灭母亲和外婆之间的战火,好人华莱士在母亲小屋的旁边为外婆搭建了一幢独立的小屋,盼望着这样我的外婆就会得到她想要的独立性,我的母亲则会重新过上清净的生活。但是就算在她自己的住处,外婆仍旧要求母亲随叫随到。情况反而比从前更糟了。外婆开始不停地公开抗议自己遭到冷落。还有另一个名字,只要一提起它外婆的怨恨便变本加厉,那就是我外公的名字。但是他们很少见面,当他们不巧见面的时候,讥讽之语就会从外婆口中连贯而出,她的丈夫则一言不发地转身离开。

后来,死亡的阴影笼罩了外婆的小屋。

科穆彻的住宅就在我外公家宅地的另一面。他正在对新建起来的石头屋做最后阶段的修整,这座石头屋就建在原来那所木板墙铁皮顶的房子的旁边。一个白人,确切地说是一位英国军官,一天晚上带着一队非洲准军事部队的士兵敲响了科穆彻的家门。他的妻子推测他一定是和肯雅塔及其他人一样由于政治原因才被官方逮捕的。但是当她和亲属们去警察局询问时,却得不到任何消息。几天之后,事情才有了眉目。科穆彻、恩杰兰蒂、埃利亚·卡冉佳、姆万吉和内何米亚,利穆鲁最杰出的几位人士,都在同一个晚上被一齐带到科内尼的峡谷中(离"波诺"们建的马路只有几码远)被英国军官处决。恩敦古和恩乔罗格,科穆彻与第一位妻子万格伊生育的两个孩子,如今变成了真正的孤儿。

整个地区的人们都感受到了恐惧,我外公的家宅成为了它最大的受害者。科穆彻视我的外公为父亲,在他生前两人关系十分密切。我的外公深信自己就是英军的下一个目标,他们会在晚上将他抓走。于是他将母亲的小屋作为庇护所,每天夜里,在夜色笼罩下,他偷偷摸摸地溜进我们的家中。看到这位神通广大的人、这位备受敬仰的地主、这位全族人的首领、我的常常给政府写信的外公,如今在我和母亲的小屋里因为殖民军队的违纪行为而害怕得瑟瑟发抖,我第一次真真切切地感受到了国家进入紧急状态对我们意味着什么。在母亲的小屋里,他不得不用便壶解决内急需求。甚至我也能体会到他不得不在自己的女儿家里使用便壶所给他带来的痛心的羞辱感!几周之后,他渐渐放松下来,回到了他和姆卡密的居所。但仍旧时不时地,他会在夜晚出现在我们家中。

在外公胆战心惊、备受折磨的这段时间里,外婆变得不这么怨天怨地的了,她甚至向外公表示出同情心。他们仿佛被一张没有签字的休战协议控制住了。但是当外公回到他原来的住处,错误的死亡警报被移出后,生活又恢复了原先的模样,也就是说外婆也恢复了原先的怨妇形象,我的母亲对她的亲生母亲的惧怕又回来了。外婆抱怨说当她从埃尔伯贡搬出时,那位江湖郎中还来不及将她体内的玻璃片都取出来。那些残留的玻璃片给她带来了巨大的痛苦。

后来,我的外婆毫无征兆地变得温柔友善,这种状况持续了整整一周。她对我们无比疼爱关切,我真希望她永远都是这样的。她时不时地开玩笑,发出轻盈的笑声。人们可以不受约束地轻松谈话,不用担心外婆会提起她体内的玻璃碎片,以及那个将碎片插入她体内的恶魔。

发生在科穆彻身上惨无人道的刺杀事件总是被人们在不同情境下提起:他留下来的财富将由谁继承?他的寡妇菲利斯会不会平等地照料家宅里的孩子,不管是她亲生的还是她的继子们?这个问题又会牵扯到恩敦古,科穆彻的长子,他和我年纪一般大,还有他的弟弟恩乔罗格。恩敦古很快就要成人了,我的母亲说,她是从恩敦古的祖母那里听说的。成人后他就能掌控属于他的那部分财富。

外婆转向我,说道:"那我的丈夫呢?他可不能被落下。"她叫我丈夫是因为我与外公同名。我对长大成人这个话题一笑而过。我一心只在学习上,根本就没有想过自己的割礼仪式。但是由于某种原因,外婆就是揪着这件事不放,几天之后,她又提出了割礼一事,重申我不能被与我年龄相仿的恩敦古甩在身后,仍旧只做一个男孩。我试图转移她的注意力,不断问她更多关于江湖郎中从她体内取出玻璃的问题。要是在之前的话,这肯定会起作用。但是现在,她的回答却是不温不火的。

"我对这个恶魔毫无恶意,我从未想要伤害任何人。"她回答道。然后继续接着前面的话题。

似乎询问她的身体状况和心理状态让她对我多体现出些包容和慈爱。她不断地对母亲和其他人说她对任何人都没有心存恶意。似乎想要证明她的诚实中肯,外婆以吉库尤的祈祷方式,向双手和胸前吐口水以示虔诚。

然后她上床睡觉去了,从此再也没有醒过来。她在睡梦中平静安详地步入了另一个世界。我母亲的泪水流露出深深的哀伤，也表现出对往事的释怀。葬礼结束后的那天晚上，我们团坐在炉火边，光影在我们的脸上跃动。

"你的外婆是个好人，是疾病将她心中的快乐夺走。"母亲开口道，就好像是为了填补我们每个人都感受得到的空白。我十分想念她。我想念我曾经拥有的外婆，也想念我曾经失去的外婆。

"她的心中对这个家庭或其他家庭都没有一丝恶念。"母亲缓慢地说，就好像是在安慰自己。

就在那一刻，我才意识到母亲原来也有灰暗的一面，她一直都在害怕我的外婆会留下一道诅咒。在父母临终前的日子里，他们说过的任何坏话都有可能成为"父母的诅咒"，无论这些话是不是有针对性。若是他们弥留之际的愿望得不到满足，诅咒照样也会灵验。临终愿望是最后的要求。

"她说恩敦古不能丢下你。"母亲说道，一边转身看向我，语气中带有不容置疑的权威。

对卡林加和 KISA 学校，尤其是肯尼亚师范学院的禁令是对非洲人民独立自治的心愿的现实意义上及象征意义上的侮辱。人们对自己的组织的建设投入了大量心血。穆毕宇·克伊南格幸运地逃脱了肯雅塔的命运，没有遭到当局的逮捕，那是因为他当时恰好作为肯尼亚非洲联盟的代表驻扎英国。许多与师范学院相关联的人物都成为了全国上下成千上万被捕人士中的一员。但是，对我们的集体精神造成毁灭性的冲击的是殖民政府将师范学院改造成一座监狱，所有反抗殖民当局的人都在此被施以绞刑。

当尼干迪得知此事时,几乎落下了眼泪。他心爱的母校竟然变成了一座对民族人士的屠宰场?但是他心中的乐观主义精神并没有被摧毁,他相信上帝让穆毕宇逃过一劫必是要将重任托付于他。他一定会回来的。记得吗?他从美国为我们带来了汉普顿和塔斯克基。他将从英国给我们带来牛津和剑桥。不管用什么方式,格图恩格里会重新骄傲地立于天地之间的。

曼果小学因为是一所卡林加学校而被禁止的事实对我生活造成的影响更加直接、更加迅速。直到禁令的颁布,肯尼亚存在两种现代教育的模式:一种是政府和教会学校,另一种是非洲独立学校,它们相互竞争却共存于社会。我之前能够自由地从一所学校转到另一所学校,而现在,我没有选择的余地。我甚至不知道卡曼多拉是否还会接受我。

我不知道自己在游离不定的情况下到底过了多久,但是在一九五三年,政府宣布一部分 KISA 和卡林加学校将在政府的监督控制下重新开学。一些学校主管拒绝交出他们的独立权,因此这些学校仍旧无法开学。当然,许多学校并没有多少选择的余地。曼果小学就是其中之一,学校董事会的成员同意在政府认可的柯安布地区教育委员会的监督下重新运营。教学大纲则由殖民政府高层决定。

新制度所带来的变化是一目了然的。在新曼果,音乐和表演消失了。学校之间的体育节只存在于我们的回忆中了。游行乐队也一样成为了过去。学校丧失了作为当地民众节庆中心的地位。一些资历丰富的老师,比如弗雷德·穆布瓜被开除了。斯蒂文·提罗在新一任校长的到来之前暂且执行校长的职务。新校长来自卡古莫学校,一所政府认可的师范学院。

某些课程的教学重点出现了细微的变化。历史课和英语课是其中的典型代表。在旧学校中，老师们向我们讲述沙加、塞齐瓦约等非洲国王的故事，以及南非和肯尼亚的白人征服者和定居者的行径。但现在，课堂重点转移到白人探险者，比如列文斯通、斯坦利、瑞布曼和克拉普夫。我们学习基督教传教社团的好处。我们学习白人发现了肯尼亚山和许多祖国的湖泊，包括维多利亚湖。在从前的学校里，我们学到肯尼亚是一个黑人的国家。在新学校，他们说肯尼亚和南非一样，在白人到来前是个人烟稀少的国家，白人们只占据了那些没有人居住的土地。他们还说若是白人从非洲人那里得到土地（比如利穆鲁的提格尼），土地的前主人都会被给予一大笔补偿。还说肯尼亚之前各个部落间战争不断。白人为我们带来了药品、进步与和平。学校里的老师自然遵照政府许可的教学大纲上课，而学生也会据此被测试学习成果。

一位名叫多兰或类似名字的欧洲学校督察员时不时地来曼果巡视，确保新的规定得到落实。他通常喜欢来突袭，一踏进学校，他就要求全体教师都毕恭毕敬地聚集到他身边，打起十二分的精神听他训斥。有时候，他会将他的车停在离学校较远的地方，然后一声不吭地溜进学校大门。他会走进课堂，站在教室后面，观察老师在前台讲课。然后，他会走到黑板前，拿起一支粉笔，画出所有拼写错误的单词和语法错误的句子，再将正确的词句写在黑板上。老师们通常对督察员表现出满不在乎的样子，或者假装感激之状，所以课堂上的气氛总是因此变得很紧张。一开始，我们看到有人敢像对待学生一样对待我们的老师时心里偷着乐，但是当这样的行为一而再再而三地发生，我们便对老师受到的耻辱感同身受。我们或许对这件事一笑了之，或许彼此之间对此评头论足，但是这其实都是为了掩藏心中的羞愧之情。

我们一开始并没有充分意识到自己心中的羞愧之情，直到有一天,一位从乌干达麦克雷雷大学学院来的学生乔瑟夫·卡冉佳在他的假期期间来我们学校教书,我们心中的羞愧感才被唤醒。卡冉佳来自邻省格图恩格里。他总是一本正经地穿着灰色西裤、白衬衫、羊毛套衫,还打着领带,他的头发梳成偏分的样式。一开始,我们都为有一位来自麦克雷雷的学生来给我们上课而兴奋不已,但是很快,我们便希望他没有来学校。因为他对那些经常犯错的学生,甚至偶尔犯错的学生,频繁地施以体罚。

一天那位欧洲监督员开车来到学校,像往常一样站在操场上,倚着他的小汽车。除了卡冉佳,所有的老师都在第一时间赶了过去。监督员派了一位教师去找卡冉佳。我们能够感受到一场好戏就要上演了,当卡冉佳离开我们的教室时,我们都站到课桌上,透过窗玻璃想要看到底发生了什么。监督员看到卡冉佳不紧不慢地向他走去气得暴跳如雷,要求卡冉佳加快步伐。我们都暗地里希望卡冉佳在我们面前被教训一顿,但是他却仍旧保持着他不紧不慢的脚步。甚至当监督员朝他大喊"快点!"时,卡冉佳还是拒绝加快他的步伐。终于,他们面对面地站在一起。监督员要求卡冉佳称呼他为长官,但是卡冉佳面无表情地看了他一眼,转身走回了教室。监督员意识到此时许多双眼睛都在看他,于是他又草草说了几句话,然后钻进他的小汽车里,灰溜溜地开走了。从那以后,我们再也没有见过他。

我们赶紧回到自己的座位上,当卡冉佳走进教室时,我们全体站立起来,这次是出于尊重而非害怕。他在我们心中是英雄。他为我们找回了某种我们丢失的东西——老师和学生心中的自豪感。我们都希望他会回来再给我们上课。但是事与愿违。他因为领导或参与一起学生起义而被麦克雷雷大学开除学籍。他在印度完成了他的本科学位,之后去了美国的普林斯顿大学深造。后来他成为了驻扎伦敦的第一位独立肯尼亚高级专员①,获得了辉煌的成就。最终,他回到了祖国,先后成为了内罗毕大学的副校长和独裁者莫伊的副总统,但是时运不济,他在两个职位上都未能做出杰出贡献。我总是时不时地想起他在殖民统治下的肯尼亚小学里面对凌辱不屈不挠的那一刻。

后来来的一位学校监督员是非洲人,名叫詹姆士·穆伊盖。他事实上是肯雅塔的同父异母兄弟,相比于欧洲监督员,他友善得多。他骑在摩托车上、戴着头盔和护目镜的样子威风凛凛,还常常向人们吹嘘他的摩托车是一辆BMC,也就是伯明翰汽车公司的产品。不管他来学校巡视多少次,他总要提起自己骑的是一辆BMC。虽然我不认为他是在有意隐瞒,但是他从未主动说起他和肯雅塔的关系,也从不谈论肯尼亚发生的种种政治事件。

虽然在曼果小学,宗教课并非是我们的必修课,我也没有皈依原始宗教或其他基督教的分支,但是我十分想念科瀚格的礼拜日表演。这样的表演随着非洲原始宗教教堂被明令禁止而从我们的生活中消逝了。如今没一所非洲教堂和政府学校有合作关系。但是其他的一些教堂的确试图为那些迷失的灵魂提供一个家。

的确,一些原始宗教信徒尝试着加入其他教堂。但对于大多数虔诚之徒而言,若加入与传教士相关的教堂,比如卡曼多拉,将会落得革出教门的下场。但是对于某些人来说,天主教堂是他们真正的归宿。它来者不拒,善待原始宗教信徒,它并未对那些仍旧

---

① 英联邦成员国家之间交换的最高外交使节。

实行一夫多妻制的人或那些有心将他们的传统与基督教教规结合起来的人针锋相对。天主教教堂在二十世纪二十年代的关于女性割礼辩论中并保持中立。它对那些有心皈依教门的人们并没有表现出太多偏见和挑剔。在利穆鲁洛雷特女修道院的那所教堂是当地最古老的基督教教堂之一。人们说这座教堂的入会条件非常低,因此许多在曼果的学生开始渐渐朝那里涌去。你只要去那里报到,回来的时候你便成了一名天主教徒!后来,我们听说斯蒂芬·提罗的姐妹赫佳拉·佳堪毕,也就是曼果卡林加学校的奠基人科亚的女儿,收到了高中的录取通知书却选择进入修道院成为一名修女。这条消息着实让我们吃了一惊。

肯尼斯·穆布瓜和我也决定成为天主教徒。肯尼斯的父亲是弗雷德·穆布瓜,他就是几年前在全校面前念我的作文的老师。我和肯尼斯的友谊印证了"不打不相识"这句古话,那还是当我住在父亲家宅里的事情。从我父亲的家到印度商铺的那条小路经过肯尼斯的家附近。肯尼斯在同龄中人高马大,是当地的一个小霸王。他一度让我和我的弟弟感到害怕,有时候他还威胁说要抢走我们的铁环(玩滚铁环时用的轮辋)。我向母亲报告肯尼斯的种种恶行,于是她找到肯尼斯的母亲乔瑟芬传达我们的心事。但是肯尼斯并没有就此罢休,事实上他对我们的骚扰变本加厉。我的母亲很讨厌矛盾,如果她发现我挑起一场打斗,她总是第一个训斥我的人。后来,我又向我的母亲汇报了肯尼斯的行径。她说:"你想让我替你打他一顿吗?"我这才意识到我从母亲这里是得不到任何帮助的,但是我心里也清楚她不会因为我实施自我防卫而责难我。

一天,肯尼斯又来威胁我们,他料想我们一定会在他面前忍气吞声,却不知道这一次我决定与他一较高下。我说他肯定对我不敢动一根手指。肯尼斯朝我走近了一步，为我挑战他的权威的行为又气又怒。我出其不意地首先对他下手，他一下子摔倒在地上，被我坐在胯下。但他很快缓过神来，企图将我从他身上推下去来占得上风。我心里清楚得很凭他的力气，他能将我轻松打翻在地，但是我抱着视死如归的精神坚决不放手。我那临阵逃跑的弟弟这时改变心意，决定回来帮我战胜"恶魔"。我们齐心协力将肯尼斯制服在地上。我们给了他几拳，然后飞快地逃离现场。他站起身来在后头追赶我们，一边骂骂咧咧地说要报仇，但是他声音里的底气越来越不足了。他一直没有因为我们的偷袭对我们复仇。相反，我们渐渐成为了朋友，尤其是当我从卡曼多拉转学到曼果，又从父亲家里搬出来后，因为我的新家离肯尼斯家只隔着两块地。我从这次打架中第一次学到了反抗的积极后果，明白了权利和正义能够让弱者变强。

在学校课堂上，我和肯尼斯渐渐成为竞争对手。但是我们两人与班上其他人之间的差距巨大，这进一步加强了我们的友谊。我不记得到底是什么让我和肯尼斯决定成为天主教教徒的。他的父亲在那时对教堂之事毫无兴趣。他的母亲却非常虔诚，总是去卡曼多拉教堂做礼拜，尽管她的丈夫是曼果小学在卡林加时期的教学支柱。肯尼斯在婴儿时期接受过洗礼，但我却没有。我也不记得我们有过关于天主教的深刻讨论。很有可能，我们只是跟风图新鲜而已。我们没有告诉任何人，也没有向任何相关人士请教过宗教方面的问题，就这么莫名其妙地，我们定下了一个一起去利穆鲁洛雷特修道院的日期。我们期待走出修道院后，我们将正式成为罗马天主教徒。

有些事就是这么巧，让人不禁暗暗思考其背后的因果。在去教堂的路上，就在利穆鲁非洲市场附近，我们遇到了肯尼斯的母亲。当乔瑟芬得知我们的去处和我们的打算时,她着实吃了一惊。她坚定不移地说:"你们决不能成为天主教徒。"她说如果我想要接受洗礼的话,或者肯尼斯想要重新受洗礼的话,她会把我们带到斯坦利·卡哈乎教士那里,预定一个洗礼的日子。

我对自己与卡哈乎一家的关系有着相互矛盾的理解。我们虽然搬出了他们的土地,但是我们仍旧去那里工作。有一次,莉莉安·卡哈乎说她想要帮助我们,于是让我和我的弟弟给整整一公顷的地除草。她开出的价格跟我们当时的需求相比听起来简直是一笔巨款。当她将一半的报酬作为预付金交给我们的时候,莉莉安在我们眼中显得更加慷慨善良了。其余的工资我们将在完成任务后获得。但是经过几个月的辛苦劳作后,我们也只才完成任务的一支半节,那时我们才意识到莉莉安付的钱根本不值得我们为她洒下的汗水。我们陷入了两难的困境,我们不能停下工作,因为我们不能将她已经付给我们的钱还给她。我的母亲讨厌欠债,而我们仍旧需要任何挣得到的收入。当我们总算完成任务时,我对自己说,我绝不会再去卡哈乎家工作了。

但过了没多久,生活的压力又让我不得不成为除虫菊地里的季节性劳工。我们这些人里既有成年人,也有孩子,来自村庄的各个角落。有些孩子耐不住饥渴,翻过篱笆进入卡哈乎的果园里摘李子吃。但其中并不包括我。我若是有偷窃行为,母亲绝对会杀了我,而她对偷窃的定义是十分广泛的。一天莉莉安发现了工人偷李子的现象,傍晚,当我们带着一天的劳作去称重时,她要求行窃之人自首或者无罪之人告发。那是周五晚上,我们一周的工资将在那天结算。她重申她的要求。但是那些犯错的人就是不愿意承认,清白的人也硬是不做"奸细"。于是莉莉安做出了最后的决定。如果没有人告发犯人,谁也领不到工资。

我几乎不敢相信自己的耳朵。难道她不知道我们是多么需要这些钱来补贴家用吗？不，她一定不是认真的。但是，她并没有开玩笑。没有一个人，包括我们中的成年人，对她的话提出抗议。这个决定的不公平性深深地伤害到了我的心灵。于是我站了出来。所有人的目光都聚集在我身上！我开口道："你不能这么做。这是不对的。""我就是要这么做，除非窃贼出来认罪。"她冷酷地回答道。"你还算是基督教徒吗？"我问道。这时候所有的人都惊讶得张大了嘴巴。莉莉安，这位斯坦利·卡哈乎教士地主的妻子、庄园的经营者，从未被她的雇工如此当面质疑过。她今天雇佣你，明天就有能力解雇你。但是我知道在场的所有人都站在我的这一边。然而，仍旧没有其他的声音加入我的抗议。"你的基督教义毫无意义。"我说完这句话，便离开了，愤怒和沮丧的泪水不断地滑过我的脸颊。

这一出戏很快成为了村里的热门话题。万吉库那个少言寡语的儿子恩古吉，别看他平日里总是毕恭毕敬、成熟稳重的样子，却对一位成年人说出了大不敬的话。有些人这样评论道。但是也有人说，莉莉安的确做得太过头了，竟然为了几个李子就不分青红皂白地把所有劳工的工资都扣下了。在地里做工的孩子们的父母去莉莉安家讨要说法。莉莉安最终屈服了，但是并没有将工资全数付给工人们。她没有给我一分钱。我的牺牲维护了其他人的利益。这就是我学到的关于反抗的第二堂课。她去见我的母亲向她数落我的恶行，但是母亲并没有理睬她。我知道母亲是不会宽恕年轻人对成年人粗鲁无礼的行为的，但她没有责骂我。我对母亲说我不愿再去卡哈乎家做工了。她同意了。虽然我失去了我的血汗钱，但是我品尝到了自由的滋味。

这些回忆都在肯尼斯的母亲说要带我们去见卡哈乎教士后涌

上了我的心头。尽管莉莉安对人有失公平,我仍旧对卡哈乎教士当年带我去医院看眼疾的事感激不尽。我对卡哈乎传道士和莉莉安这位庄园管理人有着截然不同的看法。再说,肯尼斯的母亲并不打算带我们去他家中,而是去他的教堂里。

我在肯尼斯母亲的再三劝诫下终于在卡哈乎的教堂里定下了接受洗礼的日子。然后我在卡曼多拉必须上宗教课。我必须熟记基督教教理,并做一个测试,通过之后,还要为自己选择一个基督教名字。我在詹姆士和保罗之间犹豫不定。这两个名字都是卡哈乎的孩子的教名。但他说我只能选一个。于是我根据基督教的传统接受了圣水的洗礼,就这样,我成为了詹姆士·恩古吉。几年后我以这个名字发表了我早期的新闻报道和小说,直到一九六九年,我又恢复使用恩古吉·瓦·提安哥这一名字。

我一直都对自己生平中带有讽刺性的经历做深刻感想。在逃脱了险些成为罗马天主教徒的命运后,我却选择了加入苏格兰福音会教堂,同时还在一所政府学校中上学,而这所政府学校的前身却是一所与非洲原始宗教教堂有千丝万缕的联系的卡林加学校,非洲原始宗教又是被政府明令禁止的。那个时候,苏格兰福音会教堂已经改名为东非基督教长老会。

在此之上,我却在自己的人生中添加了更加具有讽刺意味的一笔:周日,我去卡曼多拉做礼拜、参与宗教思想交流;而在周一至周五,我去曼果学习世俗知识。

在新的曼果小学,英语仍旧被视为现代化的关键。但是,在卡林加时期,英语和吉库尤话同为教学语言,而现在吉库尤话则在校园中受到打压。在校园中说非洲语言的人就像从前的女巫一样会受到严惩。在某些情况下,"罪人"甚至会遭到体罚。老师会给他抓到的第一个说非洲语言的学生一块金属片,这个学生则会将金属片传递给犯同样错误的人。这样的惩罚行为会持续一整天,而最后拿到金属片的那个人则会被老师赐一顿板子。有时候,这块金属片上刻着羞辱人的话,比如"叫我傻瓜"。我也看见过老师将学生打得皮开肉绽的情况。但除此之外,我们都对自己的英语熟练程度感到自豪,也很乐意在校园之外使用这种新语言。

一个出乎意料的机会有一天突然降临了。为了赢取民心,国家信息部开始发行一本叫《帕摩哈》的杂志,这是一本教育杂志,信息部希望民众在获取知识的同时也传播关于政府为民服务的赞美之词。肯尼斯是我们之中第一个给位于内罗毕的国家信息部写信,诉说希望得到一本《帕摩哈》的人。他得到了官方回信,信件装在一个盖着看起来很正式的盖章的信封里。回信只有几行内容,感谢肯尼斯的来信并告诉他他们很快会寄给他一份杂志。这让我们所有人都感到不可思议。他用英语手写了一封信,结果竟然得到了一封打印出来的专门感谢他的回信?而且在回信的底部,竟然有"您忠实的仆人"的署名?两天之后,肯尼斯就收到了杂志。我让肯尼斯告诉我他是怎么做到的,我想要知道他在信中写了什么、邮寄地址以及所有的其他细节。然后我以自己的身份也写了一封这样的信,几乎与肯尼斯的一字不差。几天后我也得到了同样的回信,称呼我为"尊敬的先生",并署名"您忠实的仆人"。很快,我也成为了令人羡慕的得到杂志的人。在杂志的邮差上,还清晰工整地印着"詹姆士·恩古吉,曼果小学,66号邮箱,利穆鲁"。

虽然我收的信件和杂志和其他人收到的如出一辙,但是看到我的名字被印在信封和杂志上,我仍然欣喜若狂。那一整天,我总是时不时地瞟一眼它们。放学回到家后,我将信和杂志拿给母亲看,并自豪地说政府给我写了一封信。在此之前,外公是我见到的唯一一个拥有政府来信的亲戚。"为什么政府会给你写信?"母亲的声音中充满怀疑。我于是解释道我之前给政府写了一封信。"用英语写的信。"我强调说,试图在她面前炫耀。

"我的英语"为我带来了如此了不起的回复让我想起了当年我和我的弟弟试着用我们仅会的几个外语单词与外地人交流的情形。那时我们在父亲家中。每当我的母亲遇到农作物大获丰收或她的谷仓中有充足的玉米、土豆、大豆和青豆时,她总是非常大方地施舍食物。她不仅为家里的人烹饪菜肴,还总是为突然登门拜访的客人奉上一顿盛宴。我记得有好几次,一些在各个地区做生意的坎巴族流动女商人在我家门前停下,虽然我们并不认识她们,母亲还是让她们寄宿一晚,并慷慨地为她们提供用心烹调的晚餐。我的哥哥姐姐们若是带朋友回家,从来不会提前对母亲说。但如果客人空着肚子离开,母亲会感到十分羞愧,就好像她对不住客人似的,所以她无论怎样,也至少会给客人们一碗燕麦粥。家里的一些常客基本上是来拜访好人华莱士的,他们是利穆鲁巴塔鞋厂的工人。他们来自不同的肯尼亚社区,说着不同的方言。于是从他们那里,我们学到了用来打招呼的简单的词句。从卢奥人那里,我们学会了问"Idhi nade?①"。从坎巴人那里,我们学到了"Nata? Wi museo?②"。从卢西亚人那里,我们学到了"Mrembe?③"。但是我们怎么知道自己真的掌握了这些问候语呢?如果我们对除了

---

① 卢奥方言,意思是"你好吗?",通常用于晚上问候。
② 坎巴方言,正确说法是"Naata! Wemuseo?"意思是"你好!你怎么样?"。
③ 卢西亚方言,正确说法是"Mulembe"意思是"你好"。

教我们这些话的人之外的卢奥人或坎巴人或卢西亚人说这些话,他们会听得懂吗?

我母亲的一片土地就在那条从巴塔鞋厂住宿区穿过卡拉布对面的非洲商铺,一直延伸到印度市场的道路边上。我们曾经在这片地里劳动,帮母亲除草和翻地。在非洲市场和印度市场之间总是挤满了人。我们觉得这是测试我们的外语水平的大好时机。但是我们并不能从过路人中区别出谁是坎巴人,谁是卢西亚人,或谁是卢奥人。于是我们就藏在玉米地中,等在路边观察并倾听那些不说吉库尤话的人。我们第一次尝试就运气不错。我们猜对了面前站着的是一群卢奥工人。于是我们飞快地从玉米地里跑出来,朝他们大喊"Idhi nade?"。这些吃了一惊的工人回答道"Adhi maber",至少听起来是这样的。我们不知道该如何作答。"Ero Kamano,"我说。我的弟弟则撂下一句"Ahero"。说完,我们便又钻回到玉米地中了,因为卢奥人能听懂我们的话而沾沾自喜,但是我们并没有深入学习的想法。我们在坎巴人和卢西亚人身上做了相同的试验。有的人并没有听懂我们说什么,但每次我们成功后,我们就会欣喜若狂地钻回到玉米地里。

那时是口头上的交流,这一次,则是书面交流,但是我的心情和当时如出一辙。一位不知名的读者能够读懂我写的英语,这让我感到无比激动和欣慰,尽管我写的英语是照抄肯尼斯的。几年后,当我得知自己的投稿被学校杂志接受时,以及看到出版社对我的书稿做出积极反响时,我再次感受到这种激动和欣慰。

那封署名为"您忠实的仆人"的信件给我们带来了意想不到的结果。自从政府得知了我的名字和地址后,我不仅收到每一期的《帕摩哈》,还收到各种各样的政府出版物,它们都是英语读物。由于《观察家周报》和其他非洲语言刊物都被禁止,除了政府广播和英语报纸之外,我们获得新闻的唯一途径就是口耳相传。

吉库尤的口头新闻和政府的英文刊物总是在同一件事上有相互矛盾的观点,那时候我对此百思不得其解。一开始,这样的矛盾观点对我来说并不重要,我所关注的是我能够读懂英文出版物,而不是这些出版物到底传达什么内容。对我而言,过程比信息更重要。但是后来有一天,我收到了一张大幅报纸,上面的标题是《拉里大屠杀》,这下我没法再对其中的信息视而不见了。

拉里是利穆鲁的邻省,两者相距大约十二英里。一九五三年三月,拉里的殖民长官卢卡·瓦·卡罕格拉以及他的部分家人被谋杀。报纸上登出了令人毛骨悚然的照片,上面显示多具正在腐烂人类尸体和奶牛尸体被遗弃在空地上。上面还刊登了巴灵总督和殖民地秘书长奥利弗·利特尔顿视察现场的照片。这些照片比配文更震撼人心,我无法将它们从我脑海中赶走,因为我无法想象这些照片背后的原因。报纸将这些图片呈现出来的方式暗示无常的行为和没有缘由的仇恨。

当尼干迪前辈来拜访华莱士的时候,我将报纸展示给他看。这件事真可怕,太可怕了,我说道。他接过报纸,开始阅读这篇报道。他和往常一样带着忧郁的气息。但是这一次他在读文章时并不像以往那样自顾自地吹口哨。然后他从口袋里掏出一份《东非时报》。在《观察者周报》被封禁之后,《东非时报》这份英语报纸便取代了它在尼干迪外衣口袋中的地位。你会在这份殖民者的报纸中看到相同的标题、相同的图片和相同的故事。每一起事件都有多面性。你现在看到的、读到的是殖民政府的观点。自由战士们没有属于他们的报纸或广播,因此他们无法传达他们的观点。所以,不要相信你在这些报纸杂志中读到的一切。它们都是政治宣传。

这些话是我从来没有听到过的。但是看这些！我说，一边指着报纸上遍地横尸的照片，试图表明在我面前的这些照片不可能有第二种解释。

这时，尼干迪的身边聚集了一群听众，营造出了一种让他兴致昂扬的气氛。拉里发生谋杀案是真的。但是记住这一点：马歇尔·德丹·基马蒂①严格禁止他的游击队滥杀无辜，若是没有人民的支持，游击队是绝对没有立足之地的。所以他们为什么会做出如此丧心病狂之举呢？他进一步解释道，这起悲剧的根源还是要追溯到我们土地上的欧洲殖民者，他们将我们的土地霸占为白人高地。但是想想拉里在第一次世界大战中的情形。我想起了父亲是怎样躲避战争的事。但是一九五三年发生在拉里的大屠杀和一九一四年到一九一九年的英德之战又有什么联系呢？

你看，第一次世界大战之后，在提格尼或肯雅瓦的非洲保留地也被殖民政府夺走，为了给更多的英国士兵定居。你看到其中的不公平了吗？英国士兵上战场为国效力，政府却拿非洲人的土地奖励给他们。非洲人和英军在同一战场上出生入死，其中既有士兵又有兵工团的劳工，但他们却落得失去家园的下场。第二次世界大战后这样的不公平待遇重新上演。凯旋的欧洲士兵被分配到工作，而非洲战士们却相继失业。现在在肯雅瓦，受到战争和政府虐待双重打击的非洲家庭拒绝撤离家园。一九二三年《德文郡条约》生效后，肯尼亚是一个黑人的国家，当非洲人和世界其他民族的利益产生冲突时，非洲人的利益应当得到优先考虑。这些非洲家庭知道继承权、法律和正义全站在他们一边。他们发誓要共生共灭。一九二七年，一位名叫卢卡·卡罕加拉的非洲利益代言人

---

① 茅茅党领袖，二十世纪五十年代领导了反抗英国殖民政府的茅茅党起义。

打破了僵局。他同意顺从政府安排，迁居到拉里。他纵容了英国政府掩盖它的偷窃行为。那些仍旧抵抗的家庭则被迫搬迁，他们的屋子被一把烈火烧成灰烬。他们失去了家和土地。一些人搬到了尼德亚，一些搬去了别处。尽管拉里屠杀看上去是罪恶之举，但其实背后是有缘由的。卢卡长官的房子以及他的支持者的房子和当时殖民地警察火烧提格尼的合法居住者的房屋一样，被大火吞噬得一干二净。我本人并不认为以牙还牙是合理的解决方式。但是我们这样来看此事：当茅茅战士们攻击卢卡长官、他的家人和他的支持者的时候，殖民警察们表现得就像所有活着的人都应该对此事负责一样。他们处死了许多人，遇害者们横尸旷野，死无葬身之地。

他讲述了一个拉里人的故事。"此人和许多其他非洲人一起都被捆在一根绳子上，站成一排。一名英国军官命令他的非洲民兵向这些人开火。当非洲民兵们表现得犹豫不决时，他就亲自开枪射杀了所有人，当时他用的是一架机关枪。被捕的人们相继倒下，尸体堆成一座小丘。为了确保所有人都被杀绝，这位军官又拿起机关枪猛烈地朝这些已经毫无声息地躺在地上的人们开了一轮火。然后，他和他的士兵才离开了现场。但是其中一个人却活了下来。他奇迹般地毫发未损。下一天早上，当村民们来辨认尸体的时候，这个人从死人堆中站了起来。一开始，村民们都向后撤退了一大步，以为他是个冤鬼。但是当他们听到他微弱的求救声时，大家将他救了出来。这个人时常来利穆鲁市场。我下次会指给你看的，"尼干迪向我保证道，然后继续讲他的故事。"可惜，这个人再也不会讲话了。但不管怎么样他都是幸运的。有上百个非洲人在这样的酷刑中丧生，被殖民军在那天晚上和接下来的几天里残忍地屠杀。然后殖民政府将这样的恶行推到茅茅党游击队头上。

为什么？因为他们想毁掉这些自由战士的形象。他们还想要转移全世界的目光，不让人们知道事情的真相。在卢卡遭袭的那个夜晚，纳伊瓦沙警察局恰巧遭到茅茅党游击队的偷袭。游击队队员们释放了囚犯、闯进了武器库，抢走了许多枪支弹药。但是你在新闻中看到了这个故事吗？你在他们寄给你的报纸中读到这条消息了吗？你还记得播音员穆布鲁·马特莫吗？你再也不会听到他的声音了。他被电台开除了，因为他提到纳伊瓦沙警察局被游击队占领的消息。如今他像其他成百上千人一样被关押在集中营里。拉里大屠杀的确是一场大屠杀，我承认，但是这是一场英国政府策划的、为了为死去的殖民官员以及沦陷的纳伊瓦沙警察局复仇的大屠杀。"尼干迪不容置疑地得出此结论。

　　拉里大屠杀和纳伊瓦沙警察局的沦陷让政府做出了一系列反应，这些反应让大城市以外的人们也真切感受到了国家处于紧急情况下的后果。事发之前，殖民政府就已经在肯尼亚广招效忠政府的积极分子，将他们组成了一股新的力量，叫做"地方志愿军"。现在，这支队伍在政府的推动下越来越庞大。逐渐地，这股力量成为了殖民政府手下最残暴的工具之一。在我居住的地区，他们最明显的存在就是建在卡密里图最高的山脊上的那座地方志愿军基地。这座基地，更准确地说是这座堡垒，最独特的地方就是有一座高耸入云的瞭望塔。全副武装的士兵日日夜夜都在瞭望塔里巡视。堡垒周围是一条干涸的壕沟，壕沟中竖立着许多削尖的木桩，如果有人摔在木桩上，他会被当场刺穿身亡。除此之外，这条壕沟还被密密麻麻的带着倒钩的铁丝层层围住。碉堡的唯一出入口则是一座吊桥，晚上的时候被拉起，白天的时候被放下。地方志愿军们睡在营地里。这座碉堡既是警区，又是军事指挥中心，同时还是一座监狱，它在人们眼中就是恐怖的象征。

像恩吉利利和他的兄弟科姆雅这样的警官和地方长官对当地人都很友好,但是现在他们都被革职,由对殖民政府死心塌地、对民族战士和普通民众残暴无情的人替代。其中,最恶名昭彰的是地方长官拉格伊,他比所有人都要更加残酷,尤其是对那些从大峡谷中迁来的移民暴虐无道。是什么能让一个人对自己的族人如此铁石心肠呢?我经常试图理解这个肩上扛着来复枪、身后跟着全副武装的保镖的人的内心世界。有一天,一些游击队员趁着他从利穆鲁市场大摇大摆地走回地方志愿军基地的时候向他开了一枪。他直接倒在了路边。他们以为他已丧命,就将他留在了现场,但是他并没有断气。之后,游击队员们扮成医生的模样,闯进格拉伊接受治疗的医院,将他果断了结。没有一个人为格拉伊的死伤心,相反,人们公开庆祝。

警长、村官和地方志愿军的其中一项任务就是确保人人完成社区劳役,以及人人履行参加"巴拉扎"(民众必须参加的政府集会,通常一周内会举办好几次)的义务。巴拉扎集会的内容和社区劳役包括修剪草地、翻挖平地、清扫街道,以及满足长官的临时要求。在此期间,所有的商铺都禁止营业。所有人都禁止在他们的土地上农作。甚至学生有时候也被赶去加入这些集会。那些没有参加社区劳役和政府集会的人便会遭到逮捕并被羁押在地方志愿军基地,这样的监禁一般持续好几天。这两项强制活动严重地影响了生产活动,导致大规模饥荒和人民体质下降。

曾有一次,我被迫参加警长的巴拉扎集会,集会上,他花了大量时间向人们宣传遵从政府旨意的好处,并讥讽般地强调"卡彭古里亚法庭绝不会让你们的肯雅塔无罪释放。他将在格图恩格里被施以绞刑"。

对我来说,乔莫·肯雅塔的审判是一场由尼干迪指导呈现的说书表演,他叙述时所表现出的镇静和果断让人相信他亲眼见证了那场审判。我猜想,尼干迪和他的一些听众一样,都没有全盘接受殖民者报纸上及政府广播中报道的内容。但是,他将从四面八方收集到的消息与他细节丰富的叙述方式结合起来,为人们带来了一个完整的故事。他坚信肯雅塔会在法庭上取得最后的胜利,这一信念深深地影响了他的故事。也正是因为这一点,他的听众们都心甘情愿地抛开所有对故事真实性的疑虑。

尼干迪从未去过卡彭古里亚,也没去过任何位于图尔卡纳①的城镇,但是他是这样开头的:一条狭窄、尘土飞扬的小路上,有两三所商店。一座由荒废的教学楼改建成的法庭站立在一片荒芜的土地上,几株干瘪的杂草和仙人掌、几丛荆棘在风中颤抖呻吟,牧人和他们的牛羊也在这片土地上像孤魂野鬼般地游荡。突然有一天,他们看到了汽车、武装的警察和他们从未见过的白人在此来来往往,这样的景象每日都发生,一直持续了几周、几月。

接着尼干迪向我们介绍故事中来自国内外的角色。其中一个主角并没有在兰斯利·塔克法官的法庭上现身,他就是穆毕宇·克伊南格,KAU 的代表,英国的自由公民。他其实是肯雅塔强大的辩护律师团队背后真正的天才,毫无疑问,他的老朋友芬纳·布洛克维和劳动党的其他成员也伸出援手。你猜结果怎样?尼干迪向他的听众问道。这位曾经在格图恩格里创立肯尼亚师范学院的伟人、这位曾经将不同地区的人团结起来追求共同目标的领袖,如

---

① 卡彭古里亚是图尔卡纳的一个镇。

今又一次展现出他举世无双的才华。

接下来出场的是 D. N. 普利特,辩护律师团的律师长。他可不是普通的律师,他是一位王室法律顾问,也就是说,他为大英帝国的女王提供法律意见。尼干迪解释道,强烈暗示女王对巴灵总督逮捕肯雅塔的极端行为并不赞同。肯尼亚是她最喜欢的国家,尼干迪坚定地说道,并提醒他的听众当女王从公主荣升为女王的时候,她正在尼耶利附近的树顶酒店度蜜月。那是一九五二年二月六日,她是站在肯尼亚的土地上得知她成为女王的消息的。同年十月,她获悉丘吉尔首相和他在肯尼亚的代表巴灵总督逮捕了肯雅塔。

辩护团队中的其他成员来自大英帝国的各个地方,包括牙买加的达德利·汤普森和尼日利亚的 H. O. 戴维斯。但是来自世界其他国家的律师在机场被官员禁止入境,他们都是想与当地的三位律师——菲兹·德·索扎、贾斯万特·辛格和 A. 迦毗罗合作。迦毗罗是继普利特之后最优秀的律师。如果他住在英国的话,他肯定早就成为了王室法律顾问这一神秘团体的一员了。印度总理尼赫鲁亲自派出了查曼·劳尔律师,同时也是议会成员,加入辩护律师团队。

印度总理亲自派出律师这一举动进一步增加了肯雅塔赢得胜利的确定性。印度作为英国殖民地已有几百年的历史。在甘地和尼赫鲁的领导下,印度人民不断争取国家独立。就像现在肯尼亚人民在乔莫·肯雅塔和穆毕宇·克伊南格领导下一样。看看他们的领袖!尼干迪随即描述了圣雄甘地穿着一块印度缠腰布的瘦弱形象。全世界的印度人都热爱甘地并将他的照片挂在店铺的墙上。圣雄甘地?他是印度人的领袖?缠腰布?这正是我当初在利穆鲁印度商店里见到的照片。我一直以为他是印度众神之一,因为我的母亲对我这样说的。

他们在一九四七年终于获得独立,尼干迪继续传播他那乐观主义的逻辑。我们没有理由不能在一九五七年也获得独立。甘地用真相与英军对抗,肯雅塔则会用他的正义之声沉重打击大英帝国的。印度为我们开了先河。

尼干迪随即讲述了印度和肯尼亚历史悠久的外交关系,两国的关系可以追溯到铁路和铁路城镇兴起之前。在欧洲人踏入东非土地前,印度商人就在蒙巴萨和马林迪活动。第一个向无赖般的葡萄牙航海家瓦斯科·达·伽马展现通往印度的航线的人就是一位住在肯尼亚海岸线的印度人。但是尼干迪的听众中响起一片反对声,因为他们从未在利穆鲁见到印度人参与公共事务或被迫参加警长的巴拉扎及社区劳役。面对听众的激烈反应,尼干迪则说起了印度人在肯尼亚人民的斗争过程中所作出的积极贡献。听众们早前对印度先知马克汉·辛格的事迹坦然接受,此时却对印度人民在肯尼亚的贡献持高度怀疑态度,这一点让我疑惑不解。但是尼干迪并没有就此放弃,他继续热情洋溢地举出各种印度组织和个人在肯尼亚不同的历史时期与非洲人民同甘共苦的例子,其中就包括他们向非洲语言的报纸和杂志社提供办公室和印刷机。他还提到德赛①在二十世纪二十年代与哈里·图库联手对抗殖民者,以及在图库被捕后,甘地表达了他的深切关怀。

我不确定尼干迪是否知道历史文献为他的观点提供了充足的证据。但是当这位工人领袖被逮捕并羁押在基斯马尤(那时是肯

---

① 德赛(1896—1995):1977年到1979年间担任印度总理,在印度独立运动中做出巨大贡献。

尼亚的一部分），甘地亲笔写了一篇名为《年轻的印度》的报道，称图库为"追求权力的欲望"之下的受害者，并说如果图库"有幸看到这篇文章，他或许能从中得到些许安慰，因为即使在遥远的印度，千万民众也会带着悲切之情读到关于他受到不公正的审判并且被驱逐出境的故事。"①

历史上的每一次工人起义，无论是哈里·图库时期的起义还是一九二七年阿普兰兹培根工厂和利穆鲁巴塔鞋厂的起义，印度都为我们提供了大力支持。尼干迪坚定地说道。

我认识几位参加起义的人。一位叫科亚瑞的巴塔鞋厂工人，以前总是来母亲家里做客，后来他娶了我的大姐加冬妮，与她一起住在柯安巴，临近克伊南格的庄园。在他失业后，他回到老家做农活，不停地抱怨巴塔的波尔人。对我这位姐夫来说，所有的白人都是波尔人。

印度人并不全来自利穆鲁，尼干迪说，将伽马·平托②等人作为例证支持他的观点，并以艾达·达斯陪伴穆毕宇去英国的事迹一锤定音。现在你就会看到穆毕宇在国外团结各方力量为这场审判呕心沥血的结果。

从尼干迪的口中，乔莫·肯雅塔的审判成为了一出结合地理、历史、政治、文明及神话的庞大戏剧。在他的叙述中，审判过程中涉及的地点——曼彻斯特、莫斯科、丹麦——变成了辽阔的虚幻领域中的背景。在这片领域中，尼干迪加入了各式各样的人物，有的备受他的赏识，有的则成为他发泄的对象。他在讲故事时，若故事中的人物发生矛盾冲突，他总是情绪化地支持某一方。对于早期

---

① 《年轻的印度》，选自《圣雄甘地选集》，第25卷，第398页。
② 伽马·平托（1927—1965）：印度裔肯尼亚记者、政治家、自由战士。

殖民者塔克,他积蓄着满腔的鄙视厌恶之情。"他原本来自一个离退休老人的破烂居所,却被任命为殖民者社区的代表,处理涉及肯尼亚民族人士的案件。塔克往往先入为主,根本不在乎案件中的证据。开庭时,他要么玩弄他的眼镜,要么打盹,时不时地醒过来对被告方的辩词说'反对',对原告方的控告说'同意'"。尼干迪同样还强烈反对起诉者安东尼·萨默霍夫和他的证人们,其中一些人,比如法庭译员路易斯·李基着实让尼干迪火冒三丈。"路易斯·李基和我们肯尼亚人一起长大,他的父亲是卡农·李基。他之前甚至还是克伊南格家族的朋友。当他与妻子玛丽结婚时,穆毕宇担任他的伴郎。但是他是一个间谍。他学习吉库尤话就是为了能打入肯尼亚人民内部,将珍贵的情报传给殖民政府。这就是为什么他被叫做'老鹰'。其实他是一匹特洛伊木马。"

我对马的了解少之又少,更是从来没有听说过特洛伊的马。于是尼干迪对此稍作解释。我是他的听众中最投入的,而每当我在场时,他就会耐心地解释故事中的每一细节。如果他看到我,他会有意无意地插入更多的英语俗语和句子,若是我听得懂他的话,他就知道其他大部分听众也能听懂。

真正让他怒不可遏的人是那些控告方的非洲证人,比如罗森·玛卡利亚和戈兹利利。"叛徒",他这样称呼他们,真心为他和这些证人共同呼吸利穆鲁的空气而感到厌恶。但是有时候他会用另外的方式发泄怒火——祈祷。"上帝,原谅他们吧。他们显然已经迷失了心智。"

戈兹利利这个名字在我听来与故事中其他角色的所作所为格格不入。我在利穆鲁见过他。当地人都认识她。他甚至还是遭遇刺杀身亡的科穆彻的朋友。他的女儿万吉库和我在同一所学校里上学。她对人友善、有很好的人际关系,她看上去一点也不想尼干迪口中的怪物的女儿。然而,每当我想起戈兹利利,我都能感到脊背发凉。我无论如何也无法想象一个非洲人怎么会同意在法庭上指控他的同族,尤其是在这起案件中,卡彭古里亚六杰之一的昆格·卡鲁巴来自利穆鲁的尼德亚。

尼干迪对发生在各地的事,无论是眼见的还是耳闻的,反反复复地向人们在几天内说了好几遍。这其实有利于赶走人们心中的阴霾并燃起希望。他从各种能想到的角度看待这次审判,得出肯雅塔获释指日可待的定论。渐渐地,我也与他一样相信肯雅塔和其他卡彭古里亚六杰(这个称呼来自民众)的成员一定会赢得此案的。

所以,当一九五三年四月八日,我得知肯雅塔和其他人被宣判有罪并被判七年苦役时,我的心顿时如石沉大海。怎么会这样?女王、尼赫鲁和来自帝国各地的律师怎么会让这样的结果发生呢?我困惑不已,于是找到尼干迪,似乎希望通过质问一个说书人就能得到事情背后的解释。我无法理解现实为什么没有像讲故事的人暗示的那样结尾。

但是尼干迪并没有灰心丧气。"仔细回顾肯雅塔在法庭上说的话:'我们的行为是为了反抗非洲人民受到的不公正待遇……我们所做的事和我们将要继续做的事是为非洲人民争取作为人的权利,让他们也和其他种族的人民一样享受作为人的特权。'你觉得他只是在对萨默霍夫和塔克庭长说话吗?要是这样的话那简直是对牛弹琴。他的话语是向穆毕宇和基玛蒂表明坚决不放弃斗争,非洲人民愈战愈勇。当更伟大的胜利来临时,他会重获自由。别忘了,肯雅塔的朋友科瓦姆·恩科鲁玛一九五一年成为黄金海岸的总理,但是一年之前,他还被关押在监狱中呢。他称呼自己为监狱毕业生。还有尼赫鲁,他也不是一位监狱毕业生吗?"

我注意到随着时间流逝，尼干迪故事中的主角逐渐变成了陆军元帅德丹·基玛蒂，他的将军们，以及游击队，他们都是历史的推动者。我问尼干迪为什么其中一位将军名叫"中国将军"。尼干迪毫不犹豫地对我讲起在印度独立一年多之后，中国人民在一九四九年赢得解放战争胜利的故事。但是他并没有详细解释其中的原委。我说我听到传言，美国黑人和南非黑人将来肯尼亚帮助我们。

　　"南非人民和美国黑人有他们自己的斗争，但是他们对我们的处境充满同情。"尼干迪这样回答道，"南非的亚历山大主教曾经作为 KISA 和卡林加的贵客来过肯尼亚，那时是一九三五年到一九三七年之间，他来参与原始宗教的神职人员的任命仪式。接受大主教任命的有来自外塔卡的亚瑟·G.加屯格。美国黑人早就已经参与进我们的斗争中了。"他提到马克斯·加维，他的杂志《黑人世界》在二十世纪二十年代传到 KCA 的领袖手中。一九二二年，当肯尼亚的殖民者和殖民政府残忍地杀害了要求释放哈里·图库的示威者，马克斯·加维亲自在纽约自由宫前组织了大规模游行示威集会，并且代表肯尼亚人民给劳合·乔治①发去一封电报，在电报中预测三十年后，肯尼亚人民会展开对抗英国的武装起义。马克斯·加维的确是一位先知。他所预测的如今成为了现实。尼干迪又提到肯雅塔和保罗·罗伯逊②、乔治·帕德莫尔③及 W.E.B.杜布瓦④的友谊，以及一九四五年在曼彻斯特举办

---

① 英国自由党人。
② 保罗·罗伯逊（Paul Robeson）是美国著名的黑人男低音歌唱家、演员、左翼社会活动家以及人权斗士。
③ 泛非主义人士、记者、作家。
④ 美国社会学家、历史学家、泛非主义支持者、作家。

的泛非大会。穆毕宇在美国接受教育，他一定在那里结识了许多朋友。但是一九四四年来到肯尼亚师范学院、高声歌唱黑人灵魂歌曲的士兵们或许才是帮助我们抵御英军的人。尼干迪提醒我们，穆毕宇是自由人，身处国外，什么事都可能发生。所有的一切似乎都和穆毕宇这位天才有关，不过基玛蒂将军开始越来越频繁地出现在舞台中心。

最终，德丹·基玛蒂成为了解放肯尼亚的英雄。为了说服充满疑虑的听众，尼干迪讲了一个关于德丹·基玛蒂伪装成白人警察并和总督一起进餐，事后还寄给总督一封感谢信的故事。尼干迪还讲过其他不可思议的故事：基玛蒂能用他的肚皮爬上好几英里；他能让敌人以为他就在眼前，但是当他们拔枪时，他却变成了一头双目炯炯的豹子，一头窜进树丛中去。这一版本的基玛蒂十分符合我想象中的基玛蒂，因此我渴望听到更多关于他的壮举。

我总是为尼干迪的知识面之广瞠目结舌，格图恩格里的师范学院一定是一所杰出的学校。但是更让我佩服的是，他能够自由自在地从符合自然规律的描述过渡到超自然的神话故事，然后又从超自然的神话故事折回到现实，整个过程毫无违和感。无论是事实还是虚构故事还是两者的结合，尼干迪前辈都能以他一本正经的口气和时不时的嘲讽自圆其说，而他那自得其乐的口哨声更是为故事增加了趣味。

几年后，在我的小说《孩子，你别哭》中，我给予了小说人物恩乔罗格事实与谣言、信念与怀疑、绝望与希望融合在一起的双重性，但是我仍旧不能肯定自己准确地刻画出处于战争期间的国家中的普通大众，在面对种种翻天覆地的变化时所表现出来的令人惊叹的不寻常性。对乔莫·肯雅塔的审判和监禁的传闻和事实，以及对德丹·基玛蒂英雄般的描绘，这其中真实与虚构已融为一体。或许神话传说和事实一样，保护人们心中追求梦想的火苗生生不息，即使是在生灵涂炭的战争中亦是如此。

❦

"我要告诉你父亲你已经准备好成为一个男人了。"母亲在一九五三年底的一天这样对我说，这是在她多年前离开父亲后第一次对我谈起他。父母双方必须在他们的孩子该何时进行成人仪式上达成一致。但是这一次，我遵从的是一个来自地下的声音。我外婆的遗言非常明了：科穆彻的儿子恩敦古决不能丢下我不管，独自进行成人仪式。因此，我成年的日子便取决于恩敦古了。幸运的是，他们定下的日期正巧在年末的学校假期中。

在殖民时代之前，吉库尤人以割礼作为步入成年的象征。在当今社会，政府、军纪、法律和道德共同影响了几代人的观念，人们在新与旧的冲突中各执一词，因此为了社会的平衡和延续，割礼习俗在社会发展过程中仍旧占有一席之地。整个典礼，包括准备、割礼和愈合，不仅关系到个人，也关系到邻里和家族。早前，典礼的日子是由管理整个国家的长老会决定的。受礼人，无论是男孩还是女孩，将会几乎同步地经历典礼的三个阶段。所有在这一时段步入成年的人们共同组成了那一年里的"辈"，他们会被赠予一个只属于他们的名字。同一辈的人在他们各自的家庭和宗族中照样使用原本的姓名并对家庭和宗族保持忠诚。但是同一辈人之间的忠诚更加牢不可破，因为它突破了家庭、宗族和地区的局限。

这就是为什么穆毕宇·克伊南格能够利用同辈人之间的忠诚为肯尼亚师范学院募集捐款。但是在殖民社会里，权力的形成依据不同的法律条约，一个国家就好像被分成了几个不同的小国家，每一个小国家的权力机构要求当地的前殖民时代的风俗习惯与殖民国的法律条约相互吻合。因此,在我成长的时期,甚至是对吉库尤人来说,割礼也不再像从前那般有相当大的政治、经济和法律影响。它既不赋予人公共权利,也不要求人履行公共义务。在我那个年代里,此项古老习俗的一小部分仍旧被人们敬仰。许多男性,甚至那些不信奉宗教的男性,都去医院接受包皮切割手术。我并不愿意像他们那样。我想要遵循传统毫不马虎地接受典礼。我希望这样我就能找到我始终追寻的个人身份认同感和归属感。

在准备、行礼和愈合的三个阶段,我最喜欢的是准备阶段。这一阶段简直就是家家户户的狂欢时期。在早先,这样的庆祝活动会从一个村庄延续到另一个村庄,一个地区延续到另一个地区,只要能在步行范围之内的,都会加入狂欢。父亲和母亲家里的兄弟姐妹们都来我家为这次典礼做准备,他们帮着烧饭做菜、做各种各样的家务活。他们中的大多数人都留下来与我一齐度过"马拉兰佳"之夜,也就是典礼前夕。这一夜,人们彻夜狂欢。

我曾经也见过这种全体出动的盛大庆典,所有人,包括成人、孩子、男人和女人,都可以加入唱歌和跳舞。但是我心里始终记挂着下一天就要面对利刃,所以我很难像在其他时候那样心无旁骛地沉浸在节日中。再说,我已经进入了变声期,嗓音不再动听了。我曾经常常演唱填有固定歌词的固定曲目,但是现在家中的歌曲都是一呼一应式的,即将进行割礼之人还会时不时地被问到疑难问题。所以他必须时刻保持警惕,又要懂得随机应变,不过幸运的是他可以向一些更有经验的人求助,我的亲戚们就是这样的救星。一些难题带有色情意味。事实上,所有的舞蹈和歌曲都带有淫荡的内容,尤其跳舞的人们,总是暗示性地摆动他们的臀部。在这样的场合,人们可以自由自在地谈论性,但并不能参与性交。性行为的模仿表演和真实的性交之间有着严格的分界线。讽刺短歌与色情的问答歌曲交互轮替,并最终以和解般的歌词结束。整个夜晚就是一场音乐的盛宴,这个屋子里歌舞升平,恩敦古和我家之间的人流如江水般不停涌动。

我很享受这一切,但是却仍旧克制不住地担心那把即将割去我的皮肉的刀。我同时还牵挂着我的朋友肯尼斯,我只知道某种家庭矛盾让他的割礼仪式迟迟不能进行。恩敦古和我不得不丢下他。我为他和我的其他朋友感到惋惜,因为过了明天,我就不能再和他们做伴了,因为那样的话,就好像一个成人跟一群孩子玩。行割礼之人与未行割礼之人间的鸿沟来得很突然,它深不见底、不可逾越,只有行礼才能让鸿沟这边的人跨到另一边。

终于,这个人生的重要时刻到来了。虽然我一夜未眠,但我仍旧一大早就被叫起来接受"清门",一种剃光头发和阴毛的仪式。首先我必须脱光衣服,这意味着摆脱童年。然后将剃下的毛发埋进土地中,象征着对人生第一阶段的埋葬。我赤身裸体地和众人一齐走到曼果河边。我感到这是一段无比漫长的道路,但其实只有一英里半。男人、女人和孩子们都跟在我身后,推推撞撞、手舞足蹈,有些人还在空中挥舞绿色的树叶。当所有即将受割礼的人都聚集在河边时,前来支持的民众逐渐形成了庞大的人群,人们摩肩接踵。

就在这时,一个惊喜突然出现了。肯尼斯·穆布瓜最终得到家人允许和我们一起参加割礼。他的父母认为肯尼斯决不能被他的玩伴和同学甩在后面。但是他们没有来得及剃除他的头发和阴毛,所以他是我们中唯一一个带着毛发的人。我很高兴见到我的朋友,但是我们并没有机会说上话。我们正像绵羊一样被赶上命运的大道。

河水冰冷刺骨,但是我又开始想象那把刀。我到底能不能忍受割礼的疼痛,带着勇气步入人生新的阶段?我知道我的族人都为此担心。人们对懦夫的定义往往非常浅薄。如果在割礼过程中,我眨眼睛,或发出任何声响,或者甚至只是显露出任何疼痛的表情,我就会给我的家人和邻里蒙羞,"懦夫"这一标签也会像烙印一样跟随我一生。等待受礼的人中既有上过学的,也有没上过学的。人们往往认为学生们被书本和现代教育软化了。他们受不了疼痛。我清楚那些好奇的目光都落在我身上。

我们每个人都有一位监护人。我的是恩津居·瓦·恩吉瑞,父亲第四位妻子的第三个儿子。勇戈是恩敦古的监护人。我并不认识肯尼斯的监护人,但是现在,当我在草地上坐下时,我更担心的是我即将面临的命运。我双腿张开,膝盖弯曲,稳稳地坐在地面上。我的双手握成拳头,大拇指夹在食指和中指之间,胳膊肘轻轻放在膝盖上。我的生殖器一览无余地展现在众人面前,但事实上他们并不关心我的生殖器,他们关心的是当刀刃砍下我的包皮时我的反应。我听到一些动静。是外科医生来了。我的监护人站在我身后,稳稳地按住我的双肩。我仍旧一动不动。哦,上帝,让我毫不畏缩地通过这场考验吧!在准备时期,就有人跟我们讲了关于割礼的可怕的故事,比如刀不小心割得太深了,甚至把部分生殖器也给割了下来。我不相信这样的事,但是如果……如果真的发生了呢?我不知道外科医生是谁,我之前听说我的亲戚姆万吉·卡鲁提亚可能会来。但是我看不到医生的脸。不可思议的是,割礼过程在我反应过来之前就结束了。我根本没有感觉到那把刀划开我的皮肤。冰冷的河水麻痹了我的神经。我的监护人立即用一块白色棉布将我从头到脚包裹住。所有的女人都带着骄傲轻轻地哭泣。我知道我通过了考验,恩敦古和肯尼斯也同样成功了。在手术之后,人们可以用任何形式表达身体上的疼痛,甚至连泪水也可以,此时,这样的反应并不与"懦夫"的标签挂钩。但是,我仍旧尽力保持坚强的形象。我不愿意强化人们"书本使人软弱"的观点,我想要证明这不是真的。

我们慢慢走回家。我的白色裹身布的一边用一排别针固定着。吉库尤人在割礼时并不把包皮完全割下,而是让割下大半的包皮悬挂在阴茎顶端的下方。他们教我如何走路。双腿分开,一只手抬起阴茎,并用一根手指将阴茎顶端与挂在下面的包皮分开,这样它就不会与包皮或衣服产生摩擦。我走得艰难而缓慢。护送我们走到河边的随从人员们此时都不见了身影,估计都回家补觉或做落下的家务活去了。

肯尼斯、恩敦古和我三人最后来到了治愈室,那是我外公土地上的一座小屋,但是这座小屋离各家的住宅地都有一定距离。我们这些刚刚受礼之人躺在铺有床单和毯子的稻草床上。肯尼斯有一个叫卡冉佳·辛古力的监护人。我们的三个监护人睡在我们对面的房间里,他们与我们之间隔了一个客厅。但是我们能听到他们说话,他们也能听到我们说话。没有人被允许回到自己的家中。我们被完全与外界分隔开来了。我们必须在这里至少住三个星期。指导们为我们提供食物,但是若没有他们的特别准许,就连亲戚也不能随意来探视我们。在治愈期间,我们的三个监护人是我们与外界的唯一联系。他们是将我们引入成人世界并教给我们如何承担男人的责任的老师。

虽然我们的监护人关心我们的健康状况,但是他们也要求我们学会自我控制。我们的包皮像肿瘤一样胀得巨大无比,当我们向他们询问此事时,他们说我们正在长新的阴茎,这一回答让我们都惊恐无比。要是我事先知道割礼仪式会让我们有两个阴茎……

我根本不愿思索接下来会发生的事。我们的导师偶尔会带女孩子进来让她们假装发生性行为,这其实是极度夸张的做爱表演,同时她们不断发出带有色情意味的叫喊声。我们听得一清二楚。这让我们的阴茎勃起,使正在愈合的皮肤不断拉长,给我们带来酷刑般的疼痛。终于我们大喊停下!停下!监护人们大笑着走进我们的房间,教育我们要学会自我控制。当我的包皮逐渐长成了阴茎顶端下方的一个小突起时,我才确信自己不会有两个阴茎。他们这才解释愈合的包皮有什么好处:它能取悦女人,它能在性交时给女人带来愉悦的摩擦,这就是为什么我们叫它"爱的使者",它能为我们带来爱。

之后,当我们愈合得可以走路时,我们被允许和其他村庄的受割礼之人见面。他们也可以随时来拜访我们。所有受割礼的人都穿着别着别针的长长的裹身白布,所以人们很容易就认出我们。我们手中的竹拐杖则让我们更加显眼。当我们走在路上时,无论多大年纪的人都会主动给我们让路。

终于有一天,监护人们还给了我们平日穿的衣服,我们向他们和治愈小屋道别,回到家中,回到我们的日常生活,但是我们却如脱胎换骨一般。如今我成为了一个男人。我属于一个不同的年龄辈。我不再和没有接受割礼的朋友们交往。我不能和他们交往,不能和他们游戏,不能和他们分享秘密。我们的接触和谈话少之又少,且十分正式。这就好像我从生命的这一边翻越过一座无形的墙,来到了生命的另一个阶段。墙的那一边是曾经的自己,墙的这一边是如今的我。我现在能够加入哥哥华莱士和他的朋友们的社交圈。我能够参加他们的聚会,分享他们那些关于女人的笑话和故事。

卡罕亚,我哥哥最亲密的朋友,主动承担起照顾我的责任,将我带上和其他男人交际的道路。他还向我介绍了一个女孩子,于是我很快便失去了童贞,这是步入新世界的最后一步。这个过程并不完美,但是这是我长成一个男人所必要的证据。

虽然整个成人仪式给我留下了深刻印象,我却从中越发感受到,在这个年代,只有教育和学习,而非肉体上的磨炼,才是让人们强大的途径。

我们回到了肯约格里初中,这是在小学和高中之间的两年学习。但是我在那里只上了一年的学,因为新址的新教学楼来不及完工,我们不得不在曼果小学完成初中第一年的学业。新的学校隶属柯安布教育局。这将是我初等教育期间的第三次转学。

那是一九五四年,历史上至关重要的一年,也是我小学生涯的尾声。在期末,我将会参加肯尼亚非洲初中入学考试,这是一场"一考定音"的考试。当时也有专门为亚洲学生和欧洲学生准备的初中入学考试,他们的学校和非洲学校一样,只招收自己种族的学生。不同种族之间的交流与融合并不是反殖民政策的核心思想,当然反对种族隔离是全体非洲人民的呼声。校园里的种族融合直到一九六三年肯尼亚赢得独立才开始。人们主要的要求是土地和自由,以及平等享用教育资源的权利。专门给非洲人建立的中学很少,入学的竞争极其激烈,许多学生在此被挤下了教育之路。在独立学校和肯尼亚师范学院被禁止后,情况越发糟糕。尽管《比彻报告》旨在合理化并且扩大非洲中学体系,却与当时的需求完全不符合。教育竞争愈加激烈。

对我们来说,困难不只是学业上的,也不仅仅局限在校园里。

从家到学校的距离就成为了一个首要难题,因为肯约格里初中在离家六英里之外。更大的挑战则在学费和校服上,这一点向来不变。走去学校的这段长路上给了我收集新闻和找乐子的机会。我们一路上交换各种发生在家里和附近的新鲜事。由于国家进入紧急状态,我们不断想象出这个神秘的恶魔的千张嘴脸,想象着它无情地朝我们一步一步逼近。每个人都能讲出这个恶魔对他们的家人、邻居或在内罗毕的亲戚做出了什么伤天害理之事。我们那些在内罗毕的亲戚大多都是从乔克·斯科特的军事行动到厄斯金将军的铁钻行动(在茅茅党起义期间英军发起的在内罗毕赶尽杀绝吉库尤、恩布和梅鲁人的行动)下的受害者。这个恶魔变成了殖民政策的走狗,导致上千人无家可归。利穆鲁离首都只有 18 英里。坊间流传着无辜的人被杀害,以及上百人被赶进集中营的故事。当然,也有些故事说起某某侥幸逃脱,但更多的是国家进入紧急状态所给人们带来的苦难。

在村子里,人们说着某些试图逃避强迫劳役和巴拉扎会议的人的下场:某些父亲或母亲将自己锁在臭气熏天的公共厕所里,但仍旧被地方志愿军揪了出来;有些人装病装死,却还是无济于事;另一些人则躲进自己挖的洞中,并将洞口掩盖起来,掩人耳目。不分白昼黑夜的突袭以及大规模的监禁造成普通民众家破人亡,它们带走或伤害养家糊口之人,它们让孩子失去父母的照料。人们活在双重恐怖下,既要为白天政府的军队提心吊胆,又要在夜里为茅茅党游击队坐立不安。两者的区别是游击队为争夺土地和自由而战,殖民政府则为了保留欧洲殖民者的居住权和保护他们在非洲的特权与财富。

英军和他们忠诚的走狗地方志愿军在白天的袭击往往是迅猛且出乎意料的。他们能在短时间内包围利穆鲁市场并在周围拉起警戒线。那些被圈在警戒线内的人被要求三三两两地抱头蹲在地上，若是人数较多的话有时也四人一组，所有人都被全副武装的英国白人军官和当地黑人警察严格监控。这些无辜的人们被迫在烈日下以这种折磨人的姿势等待接受检查。他们一个接着一个地走到一张坐着一位携带枪支的白人军官的桌子前。在他身边，站着一个或两个戴着兜帽的人，他们被称作"加科尼亚"，他们会点头和摇头来示意接受检查的人是否和茅茅党有关。如果他们点头，那么犯人就会受到进一步的审讯，然后被送上开往集中营的车。这样大规模的检查令人毛骨悚然，所以每当人们看到军车开来，消息便会立即传播开去。许多年轻男人得到消息便立即放下手头的工作，躲进藏身之处或索性逃跑，有时甚至要躲避密集的机关枪扫射。每次听到这样的故事，我就会想到至今为止还没有任何灾难发生在我和母亲的家中，并为此感到十分庆幸。不过发生过一些有惊无险的事件。其中有一件事我总是想要将它封锁在回忆的深处。

事情发生在我的成人仪式前的几个月。当时我仍旧在曼果上学。不知道什么原因，我突然决定中午的时候跑回家吃午饭，尽管当时我也不晓得家中到底有没有午饭。我的母亲和姐妹尼卓琪坐在院子里整理大豆，为那天的晚餐做准备。当她们看到我出现在院子里时大吃一惊，但意料之中的是，家里并没有能让我填饱肚子的东西。我的母亲说她可以给我烤些土豆，那是家里唯一的食物。但是将土豆烤熟要好几个小时，那样我就会错过下午的课或迟到很久。我饥渴地将目光转向梨树上还未成熟的梨子。母亲不允许我们摘下未成熟的果实，她说这会打乱树木生长的节奏，她不愿意伤害树的感情。但是这次她并没有干脆地拒绝我的请求，尽管她也没有完全首肯。吃完之后，我冲进小屋中灌下了几杯水，然后跑回院子里,准备回学校上学。

是我的母亲首先注意到了那些在屋子周围的玉米地里鬼鬼祟祟地穿来跑去的人。她大声喊我回到屋里。看到我犹豫不决,她提醒我是她让我保证认真对待学校所以她也可以将这条约定收回。尽管吃了未熟透的梨,我仍旧感到又饿又恼。我决定对母亲的要求置之不理,继续沿着篱笆旁的小路走向学校。没走多远,我就听到了枪声。接着,我远远地看到了那些在玉米地的人。那是很多的约翰,我们称呼英国士兵为约翰,他们分散在玉米地的各个地方。我藏到一棵蓝桉树后,缓缓地往回走,心里祈祷这棵树能挡住英军们的视线。接着我听到更多的枪声,还有尖叫声和喊叫声。又是一轮枪声。我摔倒在地上,四肢着地地往回爬,直到快到家时,才又站起身来冲进庭院。我的母亲和姐妹都还站在院子里,慌忙将我拉回小屋中。我们仍旧听得到枪火声,但过了一段时间后,寂静再次降临,约翰们并没有来到我们家附近。我浑身颤抖,但是庆幸自己没有走进那片枪林弹雨中。这大概是我第一次不是因为生病而旷课。

晚上,当华莱士和他的朋友们回家时,每个人都说起他们逃脱英军的军火袭击的经历。也有许多人不幸被带走审讯及押送到集中营里。他们提起死亡事件,但是他们并不确定受害者的身份,或许这些传言只是和以往每次突袭过后的流言一样,都是无中生有的。但有一点很明确,这不是第一次华莱士和他的朋友们从利穆鲁市场的突袭中逃脱。

几天后,我们得知的确有一些人被杀死了,其中就有我的同父异母兄弟吉托格,万格里最小的儿子。他的经历十分不幸。吉托格在利穆鲁的肉铺工作。当他看到所有人都在逃命时,他也拔腿就跑。他是个聋子,所以他没有听到白人军官在他后面喊"停下"。于是,他们开枪射中了他的后背。

他的死代表了千千万万家庭的悲剧。吉托格是乔瑟夫·卡巴依的弟弟。卡巴依就是那位退伍军人,也是法律和秘书事务所的主人,他现在为殖民政府工作,是少有的被允许携带手枪的人。但是他一直都只穿普通民众的装扮。

我记得吉托格是他母亲小屋里的故事会上的常客,虽然他听不见,但他常常是一副快活自在的模样。他是一个相貌英俊的年轻人,非常讨人喜爱,从来也没有做过伤害他人的事。他总是乐于帮助他人,尤其是当需要搬运重物的时候。听到他被杀死的消息,我十分难过。但是,我们毕竟不住在同一个屋檐下很多年了,吉托格的死虽然令人心痛,但这样的不幸若是降落在和我交往密切的人身上,我想我会更加痛苦。

到了我进行了成人仪式并去肯约格里上学的时候,这起悲剧也在我心中被渐渐淡忘了。人们为了生存,刻意忘记生活中的无常。我仍旧为自己感到庆幸,因为虽然国家进入紧急状态这一恶魔将魔爪伸向了父亲的家,它却还没有影响到母亲的领地。

我们甚至还迎来了一桩喜事。华莱士与那位来自香蕉山的漂亮的女子护卫队队员查丽提·万吉库结婚了。不久,他们便迎来了他们的第一个孩子穆图利。看到华莱士这位"叱咤风云"的木匠变成了一位顾家的男人、一位温柔的父亲,总是急匆匆地回家陪伴妻子、凝视他的孩子,就好像他不敢相信这个婴儿真的是他们的血肉,我一时感到有些不适应。在他的儿子出生之前,他仍旧过着单身生活时的日子,有时候在他的工场或他的朋友家过夜。但是如今,我们几乎每天晚上都看到他,这让我们感到更有安全感,更有家庭凝聚感。

军用卡车、突袭、搜查、尖叫、地方志愿军基地的警鸣声和机关枪的开火声,都成了我们日常生活的一部分。这让我感到那个丑陋、弓着背的恶魔正在逐渐逼近母亲的土地。

然而,在一九五四年四月的那一天,当恶魔终于袭击我们时,我仍旧对此一无准备。

❦

好人华莱士是民族游击队、土地和自由军的供给部队里的一员。他和戈慈尼舅舅与一个可靠的线人约好,从他那里获取子弹。这个线人是我哥哥曾经的女朋友的兄弟,华莱士和这个姑娘最终友好分手了。见面的地方定在连接印度商铺和非洲市场的那条道路的路边。这条路和我母亲的耕地间隔了一道篱笆。当华莱士和戈慈尼舅舅来到约定的地方时,我的母亲正在地里照料青玉米和大豆。他们向母亲大声打招呼。不然的话,她也不会注意到这条繁忙的路上发生了什么事。他们和线人见了面,一手交钱一手交货,然后线人便迅速离开了。华莱士和戈慈尼将买来的十二颗子弹平分,每人六颗。华莱士将他的子弹放进夹克衫的内兜里,戈慈尼舅舅则放进他的裤兜中。

戈慈尼舅舅和我的哥哥走出没多远,一辆警车就突然出现在他们面前将他们拦下。他俩没想到那个线人是个告密者,所以以为这次警察只是像平日里那样来故意骚扰路人。他们想若是对警察一番甜言蜜语或给点好处,他们就会没事的。然而警察一下车就开始搜身,他先搜了我哥哥,检查了他身上所有的口袋,除了那个装有子弹的夹克衫内袋。然后,警察开始搜查戈慈尼,并在他的裤袋里找到了六颗子弹。就当警察的注意力完全集中在戈慈尼身上时,我的哥哥悄悄将手伸进夹克衫内,掏出子弹,将它们扔到篱笆的另一边,也就是母亲正在劳作的地里面。警察知道线人卖给他们的子弹的数量,但是他们只能找到六颗。于是那个之前搜身的警察将戈慈尼铐住,又来搜查华莱士,这次他没有忘记检查夹克衫内的口袋。但是他仍旧什么也没有找到。

他们两人被带上了警车,前往警察局接受审讯,但是在车上,两人受到的待遇则不同。被警察们视为危险分子的戈慈尼被塞进前排座位,戴着手铐,夹在两个全副武装的警察之间。我的哥哥则蜷在卡车的车厢里,没有被铐起来,只有一个警察监视他。这时,喧闹声吸引了我母亲的注意力,她走到篱笆边来一探究竟。我的哥哥告诉她不要担心,他会没事的,并让她"thikirira mbembe icio wega"。这句话有两个意思。常用的意思是将刚刚长出来的玉米茎秆用覆盖物盖住。但是它也有将玉米粒埋在土里的意思。"Mbembe"是玉米粒,但是在茅茅党的暗语里是子弹。所以这句话也就有了"好好将子弹藏起来"的意思。当时的法律十分简单残暴:一旦有人被发现携带子弹,他会被带到格图恩格里的肯尼亚师范学院施行绞刑。

一路上,好人华莱士决定逃跑。他从卡车上跳下,然后飞快地逃进印度市场里。子弹在他身后飞过。这次潜逃引发了许多不同版本的故事,那天我从肯约格里回家的路上听到的只是其中之一。

事情的真相一直到后来才浮出水面。那天晚上,我的母亲对她在华莱士被捕时扮演的角色只字不提。哥哥的妻子手里抱着他们的婴孩,她同样也是一位母亲,被悲喜交加的情感折磨得身心俱疲。哥哥的逃脱或许成了当地的传奇,但是对母亲,对他的妻儿,对我们来说,这只是让我们悬着的心微微落下一些。他毫发无损地逃跑了,这实在是幸运。但是我们仍旧在恐惧和希望中浮游不定。他会逃脱追捕吗？他在山里要怎么生活？但是我们甚至不敢对自己人表述我们的恐惧或希望或其他任何情感。我们只是静静地围坐在火炉边，任由光影在我们脸上跃动。母亲是唯一说话的人，警告我们所有人不要随意乱说。可怖的国家紧急状态终于袭击了母亲的家。

"我们绝对不能让别人知道我们知道华莱士去了哪里，其实准确来说，我们不知道他去了哪里。听到我说的了吗？"她神色凝重地看着我和弟弟，警告我们道。"如果有任何人问你们华莱士在哪里，就说不知道。"

母亲不说我也知道，我心里十分清楚目前的局势。当我下一天早上醒来时，一切都还跟前一天一样，这让我心生某种莫名的感觉：天空、土地、周围的房屋，一切都没变。然而，一切又都不一样了。明天，当我去学校时，或看报纸时，或听尼干迪讲述茅茅党的英雄事迹时，一切都不再抽象，不再只是发生在遥远的恩雅达瓦树林里或肯尼亚山里的事了。我会想到我爱戴的哥哥：他在事业上的奋斗、他的决心、他的想象力、他的爱和对朋友的忠诚。我还会想到乔瑟夫·卡巴依，是他教会了华莱士如何使用打字机，现如今老师和学生却站在矛盾的对立面。是的，我会想到父亲家里的分裂，万吉库的两个儿子"大肚子"汤博和卡巴依在为殖民政府服务，他们的同父异母兄弟却在深山中为了推翻殖民政府而抛洒热血。啊，是的，曾经相亲相爱的兄弟，如今却在战争中相残相杀。

有故事说我的哥哥华莱士有一次去看望姆万吉·瓦·佳克吉，我父亲第二位妻子的儿子。姆万吉那时在利穆鲁巴塔鞋厂工作，住在员工宿舍中的一个单间里。就好像命运开的玩笑一般，政府的便衣警察汤博，也就是万格里的大儿子、卡巴依的兄弟，也恰好在同一时间来到姆万吉·瓦·佳克吉的住处。当他们在大门口相遇时,他们不约而同地迅速朝不同的方向离开了——好人华莱士回到山中,而汤博回到了警察局。过了不久,警察就来大规模地扫荡。但是很明显汤博并没有提起姆万吉的名字,因为他没有被带去审讯,也没有被指控协助反殖民政府的游击队战士。或许汤博并不知道华莱士要去看望姆万吉,工厂的员工宿舍总是拥挤不堪、鱼龙混杂,他说不定只是出于忠心和战争时的警惕恰巧去那里视察。

但是对效忠对象的意见不合并没有影响到大家庭的和睦。父亲的其他几个妻子并没有对我的母亲冷眼相加,她们仍旧会抽出时间来母亲家里或她的地里看望她。但我猜想她们并不会谈起卡巴依或汤博或我的哥哥。又或许她们心底里都明白这些互相开战的儿子们自始至终都是她们的儿子,她们唯一希望的就是她们的儿子都能平安回家。吉库尤有句老话:夺人性命之人与救人性命之人本是同根生。

哥哥被迫逃入深林一事大大改变了我们与外界来往的关系。我对此有些难以接受。一开始,无论是我还是哥哥的妻子都很难相信卡罕亚,我哥哥最亲密的朋友、他的木工学徒、他在工场的助手,竟然加入了地方志愿军。不,卡罕亚绝不可能加入那些正在追捕我哥哥的人。卡罕亚的妻子来自科合卡家族,这一家族是有名的武装反殖民派。卡罕亚绝不可能如此公开站在他岳丈家立场的对面。他的哥哥恩德瑞巴·卡冉佳娶了佳克吉的女儿恩雅佳琪,我的同父异母姐姐,所以不,他绝不可能背叛我们。我拒绝相信这是真的。

一天我遇到卡罕亚,他戴着白色的袖章,这是地方志愿军的标志。他和另一位地方志愿军季肯约·马林达走在一起,他同样也是一位与哥哥年龄相仿的朋友。我们在一条路过爱德华·玛屯毕家的小道上相遇,小道两面长满了高高的青玉米。我见到他们几乎僵住了。他们也停下了脚步。季肯约狠狠地瞪着我,就好像我与魔鬼同流合污一样。卡罕亚虽然没有正眼看我,但还是主动向我打招呼,并问我"好人华莱士有没有跟你联系过?"我说没有,这是实话。他打趣着说,甚至嘲讽般地说"我们了解到你哥哥一路平步青云,升到了队长级别"。我说我不知道,然后绕过他们继续赶路,他们也大笑着继续走他们的阳关道。我后来得知,他们两人曾经都发誓追随茅茅党。然而他们现在却彻底改变了立场。我要如何才能分辨清这场斗争中的善恶双方?从尼干迪的说故事表演中,我将在互相抗争的力量双方理解为亲殖民政府派和反殖民政府派,它们一个代表恶,一个代表善。如今在我身边发生的事则如昏沉的迷雾一般。

一天早上,我和平常一样到外公的屋子里去。虽然我现在已经成年,我仍旧担任他的书记员以及吉兆的传递者。他没有提到我的哥哥在山里打仗的事,但是我注意到他不像平时那样对我的清晨来访表现得那么积极。之后有一次,他告诉我我不用再那么早去他的屋子里了。接下来的一次拜访发生在大白天,他明确表示我不再是他吉兆的传递者了,无论在一天的什么时候我都不用去他的屋子里。同时,他也撤去了我作为书记员的职务。

一开始,我感到十分心痛。他是我母亲的父亲,我是随他被命名的,他曾经为了躲避士兵在黑夜里藏在我和母亲的家。但我猜,这正是外公这样做的原因。他已经失去了科穆彻,他心爱的继子。现在他又有可能会失去戈慈尼,他的亲生骨肉。他的孙子,借住在他的土地上的女儿的儿子,如今却成了茅茅党游击队员。我为自己失去了我在他心中作为书记员和好兆头的特殊地位而伤心,但是我似乎能理解他。母亲的家对其他人来说是危险的存在。

但是在我们家中,我们仍旧是一个紧紧抱在一起的单亲家庭。除了母亲为我提供的温暖的家外,我还有学校给我带来的乐趣。虽然我时常担心我可能会被肯约格里中学开除,但这样的不幸始终没有发生。我对此心存感激。我在学习中寻找现实中失去的快乐。

有许多小学老师以他们特有的方式帮助我在智力上成长。但是其中对我人生影响最大的是塞缪尔·G.科毕筹老师。他毕业于卡古莫师范学院。他后来成为了重新开学的曼果小学的校长。就是在他的主张和努力下,学校搬迁到肯约格里。他是我在曼果和肯约格里的最后两年里的英语老师。

从五年级开始,我们使用的英语课本是《牛津英语读物:非洲版》。这一系列课本中有两个主角约翰和乔安,他们住在牛津但是在雷丁上学。我们学到,他们每天乘火车上学,这一点让我感到无比嫉妒。当然,牛津在英国。我觉得学校里没有一个老师去过英国,所以书本里的地名对他们来说一定同样陌生。我们跟着约翰和乔安去了很多地方,尤其是伦敦,他们在那里逛遍了各种自然景点、历史景点和建筑景点。其中包括泰晤士河、英国议会大厦、大本钟和韦斯特敏斯特教堂。现在,曼果小学必须遵照政府规定的非洲教学大纲来上课,所以老师们必须使用由教育部门审批通过的教材。科毕筹老师有特殊的本领,他能够跳出书本的制约,从我们的日常生活中寻找许多例子加入到课堂中。他的英语语法知识十分全面。他让我理解了英语的结构,如何用简单和复杂的句子,以及如何在简单的句子上逐渐增加句子成分使它变成一个复杂句。从简至繁:这种看待问题的眼光让我终生受益匪浅。如果他对我的帮助仅限于此,那他在我心中并不能从其他的好老师中脱颖而出。

他在他的私人图书馆中藏有小说读物。我不知道他是如何注意到我对阅读的兴趣的,但有一天他递给我一本狄更斯的《远大前程》的简化版,读完后我将书又传给了肯尼斯。然后肯尼斯向他借了理查德·布莱克默的《洛娜·杜恩》,然后又把它传给了我。我们每次只能借一本书,且必须把前面借的书先还给老师后才能借下一本书。但是跟肯尼斯换书让我们同时手里有两本书。我们很快成为了如饥似渴的书虫,并且经常交流读后感。在我们读过的所有书中,最吸引我们、最让我们印象深刻的是罗伯特·路易斯·史蒂文森的《金银岛》。其他的书基本上都是简略版,但只有这一本是完整版,或只做过细微删减。我们一遍又一遍地借这本书看。肯尼斯和我常常谈论这本书,谈论其中的故事、人物,尤其是独脚海岛西尔弗和他的鹦鹉。我在吉姆·霍金斯身上看到了自己的影子,他的希望和恐惧、他的创造能力和他化险为夷的经历都让我感到熟悉。我们还记住了其中的一些段落和歌曲:

> 十五个人站在死人的胸膛上
> 哟吼吼,再来一瓶朗姆酒
> 酒和魔鬼将事了结
> 哟吼吼,再来一瓶朗姆酒

有时候,在学校里,我和肯尼斯会朝着同学们大喊"哟吼吼",这往往让他们大吃一惊又迷惑不解。我们讨论出海成为海盗的可能性,但可惜的是,利穆鲁除了几条河和曼果沼泽外,并没有其他水域,而蒙巴萨离我们很远。

正是史蒂文森激发了我和肯尼斯的第一场关于文学的争论。我向肯尼斯吐露道我想像史蒂文森那样写故事,但是我需要得到特殊的证书才能写作;而且若是要达到写作的要求,我必须得接受高等教育才行。但是肯尼斯坚定地反驳说写作是不需要证书许可的,也不需要任何教育资质。我又对此提出反对,说如果一个人没有拿到许可就写故事,那他就会被抓起来的。我也不知道这个无证写作会被关进大牢的想法是从哪里来的。也许是在跟尼干迪谈话时,他提起过许多民族主义作家,比如贾卡拉·万佳、穆格亚和斯坦利·卡格卡,都因为国家紧急状态下的法律被殖民政府逮捕。非洲语言的报纸被禁止了,一些编辑,比如《观察家周报》的亨利·莫利亚遭到流放。不管我的观点从何而来,当时我和肯尼斯之间的争论热火朝天。如果我们向科毕筹老师请教这个问题的话,我们之间早就会相安无事了,但是我们却并没有这样做。

肯尼斯被我的固执惹恼了,于是他说他要写一本书来证明我们是不用特殊许可就可以写作的。他并没有告诉我他的书是关于什么的,也没有告诉我他是不是已经起笔。但我猜他肯定写了没多少,因为我们的时间和注意力很快就被肯尼亚非洲高中入学考试占据了,这是一场决定我们命运的考试。

❦

肯尼亚非洲高中入学考试是骇人听闻的大事。参加考试的学生里只有百分之五的人才会被高中或师范学院录取。考试前的复习过程往往让人心力交瘁,而处于战争期间更让每个人都神经紧张。我们的睡眠不断地被时不时的突袭打断,我同时还一直为山里的哥哥担忧。怎样为考试做准备成了一个难题。考试的范围只包括今年的课程,还是包括两年、三年甚至四年的课程?除了英语课,我们的其他科目并没有课本。我们的复习资料只限于在课堂上从老师的黑板上抄下来的笔记。几乎没有哪个学生做到将整整一年间的笔记都整理在一起。

但是我尽量将我手中有的笔记一遍一遍地阅读,甚至条件困难的时候也如此。有的日子我们买不起点灯的煤油,我不得不借着炉火的亮光看书。干燥的玉米秆能产生明亮的火光,但是持续的时间却不长。我不得不不间断地向炉中填柴火。这简直就是一场与柴火的赛跑,我要在一轮柴火燃尽之前,尽可能地看更多的书。这给我的眼睛带来很大压力,不过我渐渐习惯了。当然白天的自然光线是最适合看书的。但是,我仍旧需要抽出时间来做家务事,包括为晚上学习收集柴火。

入学考试是一件非常严肃正经的事。考试一般都在当地的一所学校里举行,其他学校的报考者都得从外地赶来。一九五四年,我们地区的考点设立在利穆鲁的洛雷特修道院学校,离我家有三英里远。我们都感到非常幸运,因为有些学生必须要从十公里之外赶来,而当地的公共交通又十分落后。

洛雷特学校所在地的天主教教会是在一九〇六年由意大利传教士创建的。教堂所拥有的大片土地是提格尼的一部分,曾经在提格尼发生的那场利益冲突最终导致了一九五三年的拉里大屠杀。虽然当时有"牧师与殖民者只是五十步笑百步"的说法,但是广大群众的怒火仍旧大多指向占领土地的欧洲士兵而非神职人员。

在考试前的一周,我正在睡梦中,突然被母亲开门的声音吵醒。一群人拥进房屋里。他们穿着长大衣,腰间扣着腰带,腰带上挂着装在皮质剑鞘里的长剑。其中有几个人肩头背着枪支。其中一个人朝我微笑。我简直不能相信我的眼睛。那正是我的哥哥,好人华莱士,活生生地站在我面前朝着我微笑,一手举着一个火把。这时,他的妻子和孩子都从他们的屋里走出来与华莱士相聚。我因为恐惧和兴奋而全身颤抖。他现在安然无恙,但如果地方志愿军正在追踪他呢?站在我眼前的这些战士没有透露出一丝恐惧,他们虽刻意压低了声音,但是却谈笑风生。他们吃了一些食物,喝了几杯茶。他们的哨兵一定在外面站岗,因为总是有人进进出出。然后我的哥哥转向我,说:"不要害怕。我知道你马上就要参加考试了。我来祝你好运。就像我们的母亲说的那样,你要尽力所为。知识是我们的希望。"然后他们便离开了。一切发生得十分突然。我的母亲向我反复强调,今夜发生的事情绝对不要和任何人说起,甚至也不要和我的弟弟说。他在他的房间里熟睡,对发生的一切浑然不知。第一天早上,当我醒来的时候,我感觉自己似乎做了一个奇怪的梦。

我为自己没有机会向华莱士问出心中所有的疑问而感到遗憾,我想要知道他死里逃生的那天到底发生了什么,我想要知道他们在山里是怎样生活的,我想要知道他们打了哪些仗,我想要知道他们的领袖德丹·基玛蒂是怎样一个人。但是一想到我的哥哥为了祝我考试顺利而愿意拿他的生命冒险,我心里就十分感动。他就是曾经那个不让我玩弄木匠工具却一看到我沉浸在书本报纸中就满脸放光的人。他的这次冒险行为激励我更加努力地学习,但是这也让我更加焦虑。

大约一周以后,乔瑟夫·卡巴依这位国王的手下出现在我家门口,这让我的焦虑情绪顿时升级为恐慌。他身上一股酒味但总体来说还算和善。那是傍晚时分,他的腰带上别着一把装在枪套里的手枪。他当时正巧路过此处,想到他从来没有来看望过我们,于是一时心血来潮,决定向我们打个招呼。卡巴依是这样解释他的来访的。我的母亲为他泡了一杯茶,但是继母和继子之间并没有太多话语。我敢肯定母亲心里一定是在想:为什么他在华莱士夜访之后的那么短时间内也来了呢?那个我一直在心中问自己的问题这时又浮上表面:为什么这个曾经在二战中攻打白人的人如今却不去山里打击白人殖民者呢?然后,他突然转向我,对我说:"我知道你马上就要参加考试了。不要害怕考试。它们仅仅是纸上的文字,用你的笔击败它们。你的笔就是你的武器。"然后,他将他的手枪从皮套中取出来,将它举在我面前。他想让我摸他的枪,或许是想要赶走我心中的恐惧,但是我没有摸。我母亲的双眼冰冷如霜,流露出强烈的反对之意。当卡巴依离开时,我们齐声松了一口气。他的来访与华莱士的来访相隔如此之近,这不由地让我们心中升起一团害怕与焦虑的阴云。卡巴依拿出他的枪,是在向我们炫耀,还是向我们传达某种信息?我们都注意到卡巴依一字也没有提起在山里的哥哥。所以我用最积极的眼光看待整件事:他是我们家族里受教育水平最高的人,或许他真的只是来祝我考试顺利。游击队队员和国王的手下都来对我说几乎相同的话。

考试前夜,我心中焦虑不安的心情与行割礼前夜的心情如出一辙。这是对未知的恐惧,失败的结果一目了然,成功的结果却如雾里看花。没有任何人能够帮助我,我只能靠自己和我的笔记。而且,到洛雷特学校还有三公里的步行距离,我希望我能够准时到达考场。

我从未到过洛雷特修道院学校,但我在路上见过那里的学生。我当初打算前往那里的天主教堂成为天主教教徒,但是半路却被肯尼斯的母亲拦下了。现在,我总算来到了这里,虽然目的不同。这所学校和肯约格里中学相差甚大。所有的建筑,不管是教堂还是教学楼,周围都有大片空地,上面铺着精心修剪过的草坪、竖着整齐的篱笆。远处,则有小片小片的青草牧场,几头奶牛在那里宁静地吃草,它们的肚子胀得都鼓鼓的。所有的教室都由走廊连接着,很容易就在里面迷失方向,但是一些女孩子站在走廊里领我们去考试的教室。这一切新鲜事物中最奇妙的是,这里的马桶只要在使用后按一下,就能吸走所有的排泄物。我们在肯约格里和早先的曼果小学的马桶都是公用的便坑。女孩子们告诉我们学校里还有淋浴室。无论从哪方面看,他们的生活水平都远远高于我们的。我之前从未见过一个如此让人惊叹不已的地方。

但是最引人注目的是她们的校服——红色的连衣裙。和我们单调的卡其校服相比,她们的要艳丽得多。我简直不能将自己的目光从这些女孩子身上移开。她们每个人看上去都那么美丽、那么聪慧、那么容光焕发、那么纯洁,好像随时都准备好化身为天堂里的天使。一两个修女出于习惯在走廊里盘旋视察。整个学校的氛围和环境让人生畏,而真正的试场更是如此。考场里的桌子专门为了防止作弊而排开,我们坐在书桌后根本看不见别人的试卷。监考官是一位从内罗毕来的白人教官,在读完考场须知后,便在教室前面坐下,但是他有时候也走下来在考生之间走动,确保没有人作弊。整个考试持续了四天。在第一天,考生注册报到,老师们介绍考试秩序并分发考号。另外三天则是真正的考试日,每一天都有一到两门考试。考试的内容包括数学、英语、斯瓦希里语、历史、地理和政治。当我看到摆在我面前的试卷和那些看上去自得其乐的穿着红色校服的女孩时,我顿时紧张起来,甚至吓得不知该做什么。但是当我提笔写字的那一刻,我感到一阵充满活力的平和感。每一天,我都经历相似的紧张、相似的试图平静内心的过程和相似的平和感。在英语考试期间,我与不久前的一段经历出乎意料地重逢。在试题中,有一段英语段落,目的在于测试我们的综合理解水平。试题是"读以下段落,并回答相关问题"。这个段落是从史蒂文森的《金银岛》中节选出来的。试卷上并没有标明书的标题或作者姓名,但是段落中包括了《金银岛》里经典的内容:"十五个人站在死人的胸膛上/哟吼吼,再来一瓶朗姆酒"。这对许多考生来说或许没法理解,因为很多人都在事后抱怨这道题目。但是对肯尼斯和我来说,这道题轻而易举,可谓是对我们课外阅读的奖励。

当考试结束时,所有人都感到松了一大口气。

对我来说,同样结束的是在肯约格里几年的学生生涯。我的求学过程充满坎坷,先是在卡曼多拉,然后转校到隶属卡林加的曼果,最终在政府经办的肯约格里中学完成我的初级教育。同样,母亲家中运道的起起落落,整个国家的战火硝烟……任何一件事都能将我从学习的道路上拽下来。如今,是时候对学校和学校中承载的记忆说再见了。令人伤心的是,这也是对科毕筹老师和他的图书馆说再见的时候了。

等待考试成绩公布的那几周简直是我人生中最漫长的阶段。我们不再受益于学校的保护伞,我们和其他民众一样是这场折磨全国上下的无尽头的紧张局势的受害者。时不时地,我的母亲会被传唤到地方志愿军基地接受审讯。很明显,某人向当局揭发了"玉米粒"的另一层意思。但是我的母亲自始至终都否认她在保护华莱士中扮演的角色。她说她那时在玉米地里干活,玉米就是玉米,她不知道人们怎么能把玉米当成其他的东西。我母亲在最严肃紧张的情况下也能保持镇静。

因为不必再忙于学校课程和考试,我不由自主地开始胡思乱想。我害怕母亲的房子有一天会被摧毁,但大多数时候,我都在担心远在寒冷的深山老林里的哥哥。对他那天夜里来祝我考试成功时发出的快活的笑声的记忆并没有让我对他的处境安心多少。那次来访是经典的华莱士之举——他总是喜欢出人意料,至少在我眼中是这样的。当我还年幼的时候,我将他视为一位大学者,因为他总是整夜整夜地学习,将脚浸在装满冷水的水盆中。但后来,他却成为了一名木匠。每次我在《圣经》中读到耶稣的父亲乔瑟夫是位木匠时,我都会想起好人华莱士。但现在,他丢下了一切,丢下了他的工场、他刚买的二手车、他的妻子和孩子,甘愿成为一名自由战士过着艰苦的生活。在现实生活中,我从来没有将华莱士看做一位战士。在我眼里,他总是看起来弱不禁风的,所以虽然他比我年长许多,但我总是对他产生保护的欲望。

之前有个与我哥哥年纪相仿的人,他的穿着打扮、走路的姿势、说话的语气和带有威胁性的名字——穆图利,有"铁匠"的意思,都让我感到他随时都可能将我哥哥暴打一顿。我那时候还在卡曼多拉上学。尤其是当我得知他和华莱士相识后,我想要警告华莱士留心那个人,但我不知道该怎么提醒他。于是我拐弯抹角地提起这个话题,问华莱士他们最近有没有见面,就好像我只是想要结识那个人。但是我的哥哥似乎对穆图利毫无戒心,他叫我将心思放在学习上,不要对成年人的事瞎操心。他这种对危险毫无警惕的表现让我更加为他坐立不安。接下来的日子里我总是担心他会出事,直到有一天,我听到卡罕亚向我哥哥祝贺他在一场街头斗殴中将穆图利打倒在地。

现在同样的担忧因为卡罕亚而在我心中升起。他肯定会与哥哥作对的，但我却没法告诉哥哥他的朋友背叛了他。但是朋友之间怎能彼此作对呢？尼干迪似乎对所有的事情都了如指掌，包括发生在山里的事。尼干迪之前跟我讲过德丹·基玛蒂、斯坦利·马森格和中国将军的丰功伟绩，描述之详细就好像他亲眼见过他们一样。所以他一定能解释这些让人迷惑不解的事。说不定他还知道如何往山里送信。但是自从华莱士离开后，他便不再来我们这里了。或许我应该去找他，我希望运气好的话能在路上碰见他，但是我马上又提醒自己我决不能和任何人讨论关于我哥哥的事。算了，我再也不能见尼干迪了。我只能靠自己解决这些相互矛盾的事。

于是我开始主动搜集新闻消息，而不是等着别人将它们讲给我听。我没有钱买报纸，所以无论在哪里，只要看见散落在地上的零散报纸，我就会将它们捡回来。印度商铺是捡报纸的最好场所。因为店员们常常为顾客用报纸包糖或其他食品、商品。甚至在垃圾堆里，我也能这里捡到一张、那里捡到一张，有些残缺不全，但有时候我甚至能找到连续几页的报纸。我在这些报纸上看到的新闻有些已经过时了，但在这一方面我并没有奢求太多。我希望能像尼干迪将地方、全国、全球的事件都串联起来那样，将眼前发生的一系列事件也连接起来。关于茅茂党是崇尚落后、反对进步、反对宗教和反对现代化的报道与我所认识的哥哥的形象完全不符，他上次冒险回家祝我考试顺利的行为就推翻了这些报道。其他的一些新闻大多关于政府的胜利，列举被杀死、绞死或抓捕的茅茅党成员的名单，其中最轰动的是中国将军的名字，那是在一月中旬的时候。

唯一令我欣慰的是我哥哥的名字从未出现在这些名单上。我希望他凯旋，就像当年卡巴依从二战中回家那样。但是报纸上从来不像尼干迪以前那样,详细报道茅茅党的胜利。我也从来没有读到过尼干迪提到的国际援助,他说埃及、埃塞俄比亚、俄罗斯和包括伦敦在内的欧洲各首都都在为我们提供人道救援。我看到的唯一关于伦敦的消息是两个名叫奥利弗·利特尔顿和亚伦·博伊德的议员和殖民地秘书来肯尼亚访问。除此之外,丘吉尔仍旧执掌大权,他派遣更多的军队进入肯尼亚,同时也召回原来驻扎在此的军队。其他的一些报道甚至否认了铁钻行动,就是那场由埃尔斯金将军策划的将上千的吉库尤人、恩布人和梅鲁人赶出内罗毕的恶行。在这之前,殖民政府也以相似的手段对待住在东非大峡谷的人们。利穆鲁由于离内罗毕较近,整整一年中都深受铁钻行动的影响。这次行动在利穆鲁引发了数次骚乱,就和那些发生在首都的骚乱一样。当我读到印度支那的法军被武元甲将军①在奠边府②挫败的消息时,我心里激动万分。与此同时,肯尼亚人民正因为铁钻行动处于水深火热之中。我真心希望基玛蒂能像武元甲一样取得对英军的胜利。那样,我的哥哥就能回家了。在另一篇报道中,我读到美国学校取消种族分离的消息,就在这里,我了解到了艾森豪威尔。我当时并不理解这是什么意思,因为我从未见过也没想象过非洲学生、亚洲学生、欧洲学生共存的学校。在利穆鲁,亚洲学校用石头围起来,坐落在印度商店后面封闭的场地。学校是市场的一部分。我从来没有见过哪个印度学生赤脚跑六英里上学。而欧洲学校则是无形的。我一所都没有见过。

  要想做到像尼干迪那样把零散的事件串成一个完整的故事并不简单,这就像试着拼一块拼图却丢失了几块拼图片。或许尼干

---

① 越南军事领袖。
② 越南城市。

迪也遇到这样的状况，但是他知道如何用他丰富的想象力来代替那些缺失的拼图片。我没有讲故事大师的水平没关系，我这样安慰自己，因为我并不需要对一大群如饥似渴的听众讲故事。但是，我仍旧对肯尼斯展示我的知识和叙述技巧。不过肯尼斯可不是一个只会点头的好好先生。他对我说的每一句话都提出疑问，指出我在讲述发生在肯尼亚和国外的事件时所出现的种种纰漏。但是试着独立地理解发生在我身边的时事，并尽我所能地反驳肯尼斯提出的种种对我的故事准确性的质疑，让我觉得自己成熟了许多，让我觉得自己长成了一个独立的人。

大约就是这个时候，死神第一次降临在我身边。事情发生在我和恩敦古恢复友谊之后，他是我在成人仪式上结拜的兄弟。他中途辍学，所以没有和我一样为等待考试成绩而惶惶终日。但是虽然他在学业上半途而废，他是个眼光长远、聪明机灵的人。许多年后，当肯尼亚获得独立后，他的才智让他成为了利穆鲁最成功的商人，同时还拥有大片土地并且在镇政府中供职。不过在当时，人们都为他的前程摇头叹气。

成为一个成年人意味着我能够独立自主地做决定。我可以不征得父母同意就在外过夜。但是我的母亲迟迟放不下她那颗时刻为我担忧的心，并且时刻密切关注与我交往的人。作为一个单身母亲，她不愿处理各种纠缠不清的邻里矛盾。她坚信，要想避免这些矛盾，我们就应该做到"老死不相往来"或者谨慎择友。她对我和恩敦古的友情并没有提出反对意见，因为他其实也是我们的亲戚，但是不知通过什么途径，她对我的一言一行都了如指掌。

在科穆彻被处死前，他建造了一幢 L 形状的石墙、铁皮顶房屋。这所房子的大部分是空的，因为恩敦古的继母通常睡在他们在利穆鲁市场的店铺里。恩敦古住在房屋较短的那根分支中的一个房间里,这也是我在某些晚上过夜的地方。对我来说,他是我的好朋友,跟我相比,他更谙世俗,尤其是在男女情长方面。

出事的那个月出奇的寒冷。我们一直将窗户紧紧关着,并用木炭来烧火取暖。在一个尤其寒冷的夜晚,我们不停地向炉火中添加木炭。当我们上床睡觉时,我们并没有将炉子拿到外面或打开窗户。渐渐地,我沉入了梦乡。下一天早上,恩敦古听到细微的敲门窗的声音。他费了九牛二虎之力爬到大门口,终于打开了门,然后便昏了过去,就像被下了迷药一样。而我同样也瘫在地上,几乎失去了意识。但是涌进房间的新鲜空气大大帮助了我们,当我睁开眼睛时,我看到母亲站在门口。至今我仍旧不知道我们是怎么从床上滚到地面上的。那天晚上,我和恩敦古差一点就死于窒息。

当我跟着母亲走回家时,一路上她沉默不语。后来她解释道,她发现天亮了很久我还没回家就感到有什么不好的事发生了。她害怕我被地方志愿军抓去了,于是就走到恩敦古家里一探究竟。当她看到我倒在地面上,身旁的木炭炉子仍旧在燃烧时,她大惊失色。

后来我得知母亲的头生女儿就是因为掉进火堆里因烧伤感染而死的,我这才意识到母亲看到我晕倒在炉火边上时该有多么惊恐。这也就解释了为什么以前她每次见到我和弟弟在火边玩耍或举着燃烧的木棍时,总是狠狠地教训我们。

我母亲的直觉总是准确得让我惊讶。我记得很多年前我在国王乔治六世医院里无比想念她时,她立马就出现在我眼前的事。现在,她又将我们从一氧化碳中毒中解救出来。在这起事故之后,她再也不允许我睡在石墙屋里了。

肯尼斯是我另一个成人仪式的结拜兄弟。他和我经常聚在一起讨论世界上发生的各种各样大大小小的事。但是大多数时候，我们一起校对课堂笔记，预测考试结果，互相安慰对方。但是就这样过了几天后，我们决定最好还是忘了考试的事。于是我们又拾起了关于写作和坐牢的争论，我们仍旧各执己见、毫不妥协。他提醒我他要写一本书来证明我的观点是错的。但是他既不承认是不是已经动笔，也不透露什么时候动笔。于是我们继续争论，争论的话题涉及书本、国家，甚至世界。我们从来没有在哪件事上意见一致，但我们仍旧继续见面、继续争论。

每个周日，我和他一起去卡曼多拉的教堂。他常带一本英语版《圣经》，我们在教堂里一起看。做布道的牧师会照着吉库尤话的《圣经》念布道，我们就在下面看着英语版的听他讲道。我们听得懂吉库尤话，也能毫无障碍地阅读用吉库尤语言写的书，但是我们却越来越喜欢这样的礼拜方式。

一九五四年十二月的一个星期天，在参加完卡曼多拉教堂的礼拜，我们并没有直接回家，而是决定去尼德亚参加下午的露天祷告仪式。尼德亚离家有六英里远。露天祷告仪式是在更加正式的教堂礼拜之后的活动，这种仪式逐渐成为了星期日的普遍活动。这样的活动并不是由某个教堂特别组织的。在这里，个人与上帝的关系而非教民与教派的从属关系才是最重要的。这些祷告仪式更像是精神交流大会，在这里即使是非宗教人士也能参与布道和祈祷。

这些活动和在国家进入紧急状态之前发生的席卷全国的基督教原教旨派复兴运动如出一辙。如今这样的风气越来越重，几乎成为了能与殖民政府和茅茅党相提并论的第三大社会力量。"耶稣救我于危难"是追随者们的口号。年轻人们尤其对此狂热，我记得一些女孩子获得救援后会捐献她们的首饰比如串珠项链和耳环。那些来自富有家庭，视自己为摩登人士的人们，被耶稣拯救对她们来说是赢得与他人自由做伴的机会，甚至是与男性做伴，因为耶稣是不会让她们成为世俗诱惑的受害者的。我不知道他们为什么要用卢干达语唱歌"我们赞美耶稣，耶稣是我们的救世主"。但也有可能是因为这一波原教旨派复兴运动最初起源于乌干达和卢旺达地区。当在他们之间意外怀孕例子越来越多时，顾虑和限制又重新浮出水面，再多的忏悔和对魔鬼的指责也不能减轻这些新晋父母肩头的负担。

这些周日露天祈祷仪式受欢迎的还有一个原因是这是少有的不需要得到殖民政府许可的公共集会活动。再怎么说，它们并没有与政府的观念相悖，它们赞颂的是耶稣而不是肯雅塔，目的是从邪恶中获得精神救援，而非从殖民者的胡作非为中争取政治自由。

我和肯尼斯去的那天是个晴朗的日子，不管是布道还是唱诗都很不错。一些牧师在解读《圣经》时，加上了自己的理解并与发生在我们身边的事联系起来。战争、内乱、饥荒和错误的先知都有在《圣经》中耶稣复活时期出现。一些布道和歌曲让我感到灵魂得到了升华，我好像被从常年的焦虑忧思中解放了出来。

当我们开始朝家返回时已是下午三四点钟。我们没有朝着原路返回，而是决定走一条穿过恩格伊热比的捷径。我不记得我们当时是在讨论祷告仪式还是在争论写作，还是我从读到的报纸中东拼西凑出来的故事，不管怎样，我们突然听到有人叫我们停下来。

站在我们面前的是一位穿着迷彩服的白人军官，他正拿枪指着我们。他命令我们双手抱头、慢慢走到其他士兵聚集的地方。就在这时我才发现我们前面有许多人双手抱头坐在地上。带我们过来的军官的同伙也在附近。我注意到在树林两边有更多双士兵的眼睛在注视着我们。其中有一名士兵端着枪、牵着一条狼狗,看守着坐在地上的犯人。当我们也坐下时,我发现其中很多人和我们一样都是刚刚参加完祈祷仪式的。一辆绿色的军用卡车和一辆小一些的吉普车停在树林外,离我们有几码远。我和肯尼斯被拖进了可怕的大规模搜查。

接受审讯的人们被分成三组:坏人组、恶人组和恶霸组。恶霸组的人被那名牵着狼狗的肥胖的白人军官看守着,狼狗看上去凶神恶煞,不停地喘气,就好像渴望尝到鲜血。即使离它有一段距离,这只畜生仍旧激起了我被卡哈乎家的狗袭击时的恐惧。当肯尼斯被叫出列时,他被分到了坏人组。一个白人怎么能够光看别人的脸就决定他是属于哪个组的呢?当轮到我的时候,我找到了问题的答案。在吉普车旁边,有一顶帐篷一样的东西,里面坐着一个人,从头到脚都用白布包得严严实实的,除了两只眼睛露在外面。这就是臭名昭著的"加科尼亚",戴兜帽的男人。一张掩藏在白布后面的脸用一双冷酷无情的眼睛打量你是件让人毛骨悚然的事。我心想当他们打量完我后应该会把我放进肯尼斯的组,因为我和他一样都穿着校服。

但是出乎我的意料,我被分进了恶人组,就是说我不得不回答更多的问题。在第二轮审讯中,犯人会被分配到坏人组或恶霸组,被分到恶霸组的人会被带到集中营去。我尽可能地保持镇静,但其实我的心里恐惧的火焰在熊熊燃烧。我知道身上背负的重担。要是他们问起华莱士·姆万吉,我该怎么回答呢?他上一次的拜访,也是唯一一次拜访至今还历历在目。是不是有人看到他来我们家里?据我所知,我的母亲和嫂子还没有就这次拜访被讯问过。

我站在一个白人军官面前,那个戴兜帽的人就在他身边。他问我会不会说英语,我说会,希望这样会让他产生好感。

"你从哪里过来?"

"露天基督教祷告仪式。"

"叫我'阁下'!"他大吼道。

"阁下。"

"你在哪里上学?"

"肯约格里初中,隶属区教育局。我刚刚参加了肯尼亚非洲高中入学考试,正在等成绩。"

"你有兄弟吗?"

"有。"

"叫我'阁下'!"他又说。

"是,阁下。"

"有几个兄弟?"

"我父亲有四个妻子。我有大约十个……"

"叫'阁下'。"

"十个,阁下。"

"你所有的兄弟都在家吗?他们是做什么的?"

"两个在政府工作,"我说,心里想着卡巴依和"大肚子",刻意躲避了第一个问题,"其中一个叫卡巴依,是一名退伍士兵,他曾经在第二次世界大战中为乔治国王打仗。"我继续说道,想尽量用我们与英国的关系来讨好他。

但是我忘记说"阁下"了。我顿时感到脸颊上一阵火辣辣的疼痛。我打了个趔趄但是并没有摔倒。

"叫'阁下'!"

"是,阁下!"我说道,泪水在我眼眶里打转。我已经是一个男人了,我不能流泪。但是一个男人应该维护自己的权利,保护他自己和属于他的东西,但是我却连一丁点自我保护的姿态都无法展现出来。

出于某种原因,他将我拒绝落泪或出声求饶的行为视作公然反抗,于是他又抽了我更多的耳光。我摔倒在地。我不知道自己是应该站起来还是待在地上,但是似乎我的犹豫不决更加激起了他的怒气。

"站起来,站起来。"

我站了起来,由于恐惧而颤抖不止,尤其是当我看见那个牵着狗的军官向我走来的时候我更加害怕,似乎现在轮到他来解决我。他对我的施刑者说了几句话,然后便回到了他的那群受害者中。他们或许只是讨论了什么和我无关的事,但是我仍旧胆战心惊。

我的施刑者对戴兜帽的男人说了几句,然后他又走向我。

"你有没有哪个兄弟不在家中?"

我的胃顿时一紧。我应该撒谎吗?我决定先尽量拖延时间。

"对不起,阁下!请问您说了什么?"

"你有没有哪个兄弟不在家中?"

这时已经没有拖延时间或撒谎的意义了。我决定撒一个并不完全是谎言的谎言并对此绝不改口。

"我有一个兄弟不在家,阁下。"

"他的名字是?"

"华莱士·姆万吉。"

"叫阁下!"

"阁下!"

"他在哪里?"

我想起母亲的教诲。

"我不知道,阁下。我知道他逃跑了。"我说。

"逃到了哪里?"

"他逃跑的时候我在学校,没有人知道他去了哪里。"

"他有没有回过家?"

"没有,阁下。"我毫不犹豫地答道。我在想是不是应该加上我们认为政府已经杀了他这样的话,但是我并没有说出口。

他又向戴兜帽的人问了几个问题。显然我承认公众都知道的关于华莱士的消息这一举动救了我的命。当他回来后,他示意我加入坏人组,坏人组里的人很快就可以被释放了。

我仍旧因为严酷的折磨而浑身发抖,但是我对自己没有哭泣而感到骄傲。肯尼斯和我沉默地走回家,不敢往后看一眼。甚至是当我们听到枪响和尖叫时,我们也没有回头。我再也没有听到关于这些人的消息。我们心里能猜出个大概,但是我们谁也没有说出口。

然而,我们确信那个罩着白布的人是利穆鲁的居民,很有可能正是那些被推向枪口和被送进集中营的人的邻居。虽然仍然心有余悸,但我很庆幸他们没有逼迫我吐露更多的事。

肯尼斯和我对刚才发生的事什么也没说。我们时常听到有关大搜查的故事,听到过许多不同的版本,但是我们第一次成为如此惊心动魄的故事的主角。或许我们受到的区别对待也让我们之间产生了隔阂,也更加重了我们沉默。我们各自迷失在自己的思想中,并没有注意到前面只有一座小山要爬就可以到家了。但是我们都需要时间来理解刚才发生的事件。

天色还早,于是我们决定绕到曼果小学去看看科毕筹先生(他那时已经成为了校长)能不能借我们一些书,即使我们不再是他学校里的学生了。肯约格里的教师宿舍还没有建好,所以老师们仍旧住在曼果的旧房里。虽然我们去学校的理由是借书,但是我们心里都想知道科毕筹老师是不是知道了我们的考试成绩。但是他并不在家。我们忘记了在假期期间,他通常会回到他自己在尼页里的家。

我们顿时感到一阵失望,于是便决定离开学校,一路上正好经过副校长斯蒂芬·提罗的家。他一定是透过窗户看见了我们。他走到门边叫住我们,请我们进门。在经历了一天的折磨后,能在老师家里喝茶实在是一种安慰。

"肯尼斯,"他开口道,微笑着,"你通过了考试。"

这来得太突然了。我们完全没有心理准备。那我呢?我心里默默地想。但是他一直没有看向我。

"但是我们还不知道哪所高中打算录取你。"他继续说,目光仍旧落在肯尼斯身上。

我看不出肯尼斯到底是不是开心。但是我的胃部紧张地扭曲在一起。我是不是没有及格?

"而你,你被联合高中录取了,"他这么对我说,同时给了我一个大大的笑容,"联合高中今年比其他学校都提前公布录取名单。"

我不知道该以怎样的心情来对待这大悲和大喜同存的一天。我的大脑一时并没有反应过来发生了什么。即使当我回到家中告诉母亲我通过了入学考试,并被联合高中录取,她也只会说一句话:"你真的尽你所能了吗?"而我却不能说出我真正想说的:这样的成绩简直是意料之外的惊喜。实际上,联合高中并不是我的选择。科毕筹先生一定是将这所学校加到了我的申请表上了。对其他人来说,我的嫂子、姐妹们和我的弟弟,都是第一次听说联合高中这个名字。但是他们对我通过考试并且要去上高中的消息都欣喜若狂。消息很快就在整个地区传开了。我是那一年整个利穆鲁地区唯一一个被联合高中录取的人。慢慢地、慢慢地，我渐渐习惯了我的未来道路的走向。尤其是当斯坦利·卡哈乎教士来母亲家里向她恭喜我的成就时，我更加清楚地意识到到底发生了什么。我对此事有真正全面的了解是一直等到后来我去见科毕筹老师的时候。他向我道喜并告诉我联合高中是全国最好的高中，它只招收顶尖的学生。然后他将一沓入学通知递给我，其中包括关于学费、校服等相关事项的信息。

但是我们不得不面对残酷的现实。我的母亲承担不起学费，所有人都知道这一点。原本能为我提供帮助的哥哥如今却躲藏在深山中！人们开始说那些富有、忠于政府的人一定会上书请求政府不要让一个茅茅党游击队员的兄弟去一所如此顶尖的高中上学。我不知道该怎样面对这些流言，它们大大加深了我对未来的怀疑。为什么，为什么会有人想要团结起来和我作对，而我一直以来都如此努力才获得今天的成果！我想起那些我必须在摇摆不定的火光下读书或写作业的日日夜夜，还有那些因为柴火和煤油短缺，我不得不中断学习的夜晚。

但是救援很快从一个我怎么也想不到的人那里来了，他就是恩佳伊鲁，一位由政府任命的地方长官，有着为了达到目的不择手段的名声。他时常残忍地强迫当地民众参加社区劳役和巴拉扎集会，可以说他是众矢之的。他也是人人憎恶的地方志愿军的头头，若是我的哥哥出现在他们面前，他们绝对会毫不犹豫地将他当场击毙的。然而就是他终结了所有的流言。他说没有人能阻止我去联合高中上学。他亲自去我的所有同父异母兄弟那里向他们强调我所取得的成就的重要性。其中一些人无条件地向我提供资助。

对于那些犹豫不决的人，恩佳伊鲁对他们不断施加压力。

捐款从各方涌来。终于，我能够支付得起首付款，但离一年的学费还相差甚远。不过这解决了我的燃眉之急，至于以后的坎，只能到时候再跨。我有了一套新衣服和一个木制旅行箱。所有的必需品我都已经有了，准确说，基本上都有了。必需品列表中包括一双皮鞋和一双长袜，但是我实在负担不起它们。我可以向人们为大笔开销募捐，比如学费。毕竟教育不仅被视为个人大事，也同样是地区民众共同的关注。但是皮鞋和长袜？这要我怎么开口呢？

我到现在从来没有买过皮鞋，也没有穿过皮鞋。除了有一次，我偷偷穿上哥哥的鞋子和裤子，尽管它们对我来说都大了许多。后来我哥哥发现我穿着他的鞋和长裤在院子里昂首阔步，我的弟弟则在一旁大声叫嚷着也要穿。我因此被狠狠地教训了一顿，还遭到了弟弟的嘲笑。除此之外，我一生都是光脚走路的。我对人生中第一次穿鞋的经历无比期待，就像当年我要去卡曼多拉上小学时，盼望着人生中第一件衬衫和第一条短裤一样。而现在，这双鞋却横在我和高中之间。

我的姐姐尼卓琪向我伸出了援手。尼卓琪是我母亲房子里最少言寡语的。她总是一副心事重重的样子。命运并没有对她展现出偏爱。曾经有一次她与一位尼格卡的拖拉机司机相爱了。他在利穆鲁隧道工程中工作，这条隧道在一片属于巴克斯顿先生的土地下面。这位巴克斯顿先生是在一战之后在这里安家落户的士兵之一。在修建隧道之前，火车要绕着山丘行驶，这使得行程大大加长。二战之后的这项隧道工程激起了各种各样的谣言，有人说白人们打乱了自然规律，也有人说他们是想给非洲人带来各种灾祸。不然的话，为什么他们要偷偷摸摸地做事呢？然而，那些在工程中工作的人们仍旧被给予了某种声望，尤其是司机们。当她爱慕的拖拉机司机来到我们家,和她说起他们在工程中使用的用来炸开山石的炸药时,她乐得心花怒放。他说起他每日面对的危险,甚至说起有些人被炸药和石块夺去生命。这些被他夸大的危险和他所描述的英勇事迹进一步俘获了尼卓琪的心。那段时间,她整个人都充满活力。她甚至大声欢笑、载歌载舞。但是我的哥哥华莱士对她的恋情强烈反对。他和他的朋友不顾尼卓琪的意愿,硬是阻止了婚礼的举行。她后来嫁给了一个更富有的求婚者,他拥有一辆卡车和一份为修路队提供红土的合同。他们的婚姻很快陷入绝境,并以离婚告终。不仅如此,她在此期间还永远地失去了她的初恋。我们听说他在隧道作业时被落下的石块砸死了。这条不幸的消息和失败的婚姻带走了尼卓琪生命中所有的快乐。她不再欢笑。她在铁路对面的茶园里或卡哈乎的除虫菊地里工作,挣的钱也仅仅能够维持家用。

现在她用她所有的积蓄为我买了一双鞋和一双长袜。我对此十分感动。我并没有只是简单地对她说声谢谢。我对她说我很抱歉曾经拿着一根爬着变色龙的棍子追着她在除虫菊地里跑。她和当地的许多人一样都非常害怕变色龙。我对这件事一直感到愧疚,但是她显然早已不记得了,过了几秒钟才反应过来我在说什么。然后,她爆发出一阵大笑,爽朗、真实的大笑。看见她露出笑容,看见她脸上的阴霾散去,看见她真实的美貌让我心中顿时舒畅了许多。之后,每当我穿着鞋子的时候,我都会想起她的笑容和笑声。

我将所有的东西都装进木制箱子里。联合高中是一所寄宿学校,所以我只会在假期的时候回家。我一切都准备好了。我真希望能和华莱士·姆万吉道别,但是他仍旧在寒冷的山里。但我相信他一定会听说我要去联合高中上学的消息,就像他当年知道我要去洛雷特考试一样。

在我出发之前,还有两个人我一定要道别。一个是我的外公。无论我们之间发生了什么,他始终是我唯一在世的外公,我的名字来源于他。他的女儿是我的母亲,但她同样是他名义上的女儿。我去拜访他的时候是一个下午,他正坐在外廊里的扶手椅上。他让姆卡密为我搬来一张椅子。她为我搬来了椅子,还端来一杯热牛奶。我告诉他我即将去外地求学的消息,但是我知道他早就知道了,因为在过去的几个星期里我是当地最火热的话题。我感到我的来访似乎减轻了他心中的负担。

"但是你在假期里会来看我们吧?"他说。然后他再也掩藏不住心中的喜悦了,露出一个大大的笑容,对他的妻子大声喊道:"我就知道他是块读书的料!他能将我心中想的原封不动地写下来。他能将我的想法漂漂亮亮地写在纸上。祝你一帆风顺。记住要牢牢地握住你的笔。"他做了一个朝胸膛吐口水的动作,意思是他的祝福将时刻笼罩我。然后他让姆卡密将"包裹"拿来,那包裹其实是他的钱包。他给了我一些钱,让我在去新学校的路上给自己买些东西。我心里感到十分舒畅。他曾经如此信任我和我的能力,让我有幸成为他的书记员和吉兆的使者。

还有一个人是谁?我的父亲!虽然我从来不愿对自己承认,但是我一直被一种冰冷的疏离感折磨,在我心中我始终牢记着我和父亲的最后一次见面场景。我必须去见他。我不知道我们到时候会说什么,但是这个一瞬间的念头突然变成了不可抵抗的渴望。当我踏进他的家宅地,这片我前半个童年阶段里每天在此玩耍的家宅地,我感到我的心脏停顿了一拍。这是我在遭到驱逐后的这么多年里第一次踏进这个曾经的家园。我母亲以前住的小屋仍旧矗立在土地上,但现在绿色的杂草覆盖了整个屋顶和围墙,让人一眼就看出这间小屋被遗弃已久。儿时的记忆迅速涌上心头,我想起童年时的游戏。那是一个晴朗的日子,但是我却不知为何想起了一首我们迎接雨水时唱的歌。当雨滴扑通扑通地落在茅草顶上时,我们欢快地冲到院子里。

> 雨水请你落下来
> 我愿意为你供奉
> 一头戴着铃铛的小牛
> 叮叮咚咚真好听

一幅又一幅曾经的画面在我眼前掠过。既有泪水也有欢笑。所有在家的兄弟姐妹们都走出来欢迎我的到来,他们聚集在我身旁嘘寒问暖。首先,我走进万格里的小屋,那是长妻的住宅。我还没开口说话,我那眼盲的同父异母姐姐瓦比亚就说道:"是恩古吉吗?"是的,是我。我说道。一边微笑着,可惜她看不见,不过她也朝我回应了一个温暖的微笑。就是在这所小屋里,我们曾经在夜里一起讲故事,一起猜谜,一起说谚语,一起讨论国家和国际大事。万格里说她实在没有什么东西可以拿给我吃,但是她能给我做一碗她以前一直给我做的燕麦粥。不用,不用,没有关系。我对她和瓦比亚道别。然后我去了第二位妻子、我的第二位母亲佳克吉的家。她向来是个少言寡语的女人,如今仍旧十分羞涩。但是她还是问了一句,这所联合高中是在国外吗?她或许并不真的想要打听这所学校,她只是为我的来访感到高兴。最后,我到了恩吉瑞的家。她一点都没变。仍旧身强体壮、能说会道,责怪我没有提前告诉她我要来,现在弄得她没有为我准备食物。但她拿出一些鸡蛋要我带到学校去。不用的,不用的,我说,一边想起了"波诺玛雅伊"们。

　　终于,我转向我的父亲。他坐在恩吉瑞家中的一张小板凳上。我父亲说,你做得很好,我祝你一切顺利。除此之外,并无他言。我知道其他年长的人都纷纷向他祝贺我的成就,但是出于尴尬,他并没有说什么。我知道他不能在物质上为我提供什么,但他甚至没有像外公那样做出祝福的手势。看来他真的是被生活击垮了。但是我并非来这里向他要钱或礼物。我只是想给自己一份礼物。我不想带着遗憾和怨恨开始新生活。我的来访是告诉他,虽然他没有请求我的宽恕,我仍旧原谅他。和母亲一样,我相信怒气和仇恨能腐蚀心灵。我想以行动说话,以德报怨。我们没有再说什么。但是当我要离开时,他站起身来,和我一起走出去。这时他做了一件我从来见他做过的事。他将我带到庭院的垃圾堆顶端,告诫我要小心被我们称作"萨巴伊"的带刺的植物。我们站在那里朝着斜坡下的土地望去。我对这道斜坡了如指掌,我以前常常在此看着我的母亲和兄弟姐妹们一同走去白人茶园里干活,然后慢慢散开、各自到不同的地块摘茶。在这里,我还可以听到一九三八年成立的利穆鲁巴塔鞋厂的警铃声。这么多年里,这个警铃变成了闹铃,在一天的不同时间里提醒人们注意时辰。早上的铃声表明一天作业的开始,中午的铃声预示着午餐休息时间,最后的那次铃响则出现在傍晚时分。我们谈起与警铃有关的种种故事。也就是在这个小土堆上,我母亲声称看见了印度孤魂举着火把在黑夜里四处游荡。是的,这么多的回忆。被带刺的荨麻划伤,将小狗藏在垃圾堆附近的荆棘丛中,却还是被母亲赶回到了印度商店!就连我的父亲也似乎沉浸在自己的思绪中,眺望着这片曾经属于他的土地,回想着他曾经从木兰格逃出后奔波的路程。又或许在想肯尼亚诞生之前、内罗毕诞生之前、利穆鲁或其他内陆城镇诞生之前的日子。他经历一战、二战和如今的茅茅党斗争,他的几个儿子分别在为不同派别效力。我希望我能够问他他对此事作何想法,但是我并没有。他最终打破了沉默,但是却并没有提起过去。"你做得很好,"他终于说道,"前方的路还很长。路上坑坑洼洼。有时候你会跌倒。但你必须站起来继续前行。"他说话的语气很平淡,好像在陈述一个事实。但是我感觉到他似乎也是在对自己说话。我在心里默默地说谢谢。我终于自由了!我不再是怨恨或怒气的囚徒!

一切都准备就绪了。我见过了我的朋友肯尼斯,他被堪布依师范学院录取。同样被录取的还有木拉格·彻格、穆图利·恩迪巴和卡密里·恩德同诺,他们都是我的同学。堪布依是哈里·图库的家乡,同时也是福音会传教协会的旧址,后来在一九四六年它和苏格兰福音会教堂合并成基督教长老会。肯尼斯对自己没有被高中录取而感到失望,但是他仍不忘记继续我们关于写作和坐牢的争论。我会继续写那本书的,他说,就为了证明你说的写作证书是不存在的。

母亲说她不会来火车站送我。"一路小心,一定要尽你所能好好学习,这样你肯定会没事的。"我发现一位叫莉兹·尼亚穆布拉的联合女子高中学生(当我还在卡曼多拉时她曾是当地有名的数学奇才)和一位叫肯尼斯·万佳伊·瓦·杰瑞米亚的联合高中高二学生正好与我同一天去学校。于是我在火车站与他们见面。我的姐妹们、嫂子和弟弟都一起送我到车站。

站台看上去很繁忙,但是跟当年利穆鲁站台是全镇的社交中心时期相比，或许并没有那么繁忙。我记得当年我的哥哥姐姐们从父亲家里冲下山坡，就为了去看一眼正午那班从坎帕拉或基苏木开来的火车。哦，我当时是多么羡慕他们！一直期盼着我能快快成年，那样我就能和其他的年轻男女一起赛跑去车站了！现在我来到了这里，却不是仅仅看火车来去，而是乘着它离家。

在场的人都以为我因为要去新学校而如此兴奋，只有我的弟弟知道我的真实感受。这将是我人生中第一次乘火车。我想起那次我放弃乘火车去埃尔伯贡的机会。我想起弟弟在乘火车回来后不停地跟我描述一路上发生的奇事，故意向我炫耀卖弄。他知道我对他的经历十分嫉妒。但他不知道我对约翰和乔安也同样充满嫉妒，他们是英语课本里的虚构人物，住在牛津却每天搭乘火车去雷丁上学。现在，我的机会终于到了。现在，我和约翰和乔安一样搭乘火车去上学——而且还是一所寄宿学校，是鼎鼎有名的吉库尤联合高中。学校离家只有十二英里远，但我却感觉自己马上要登上一辆开往仙境的火车。这辆火车尤其特殊，因为它即将承载我在战火时期的梦想。

终于，火车靠站了。我们走到没有写"欧洲人专用"或"亚洲人专用"的车厢，也就是三等车厢，不过他们甚至没有费心写上"非洲人专用"。万佳伊和莉兹还有其他的乘客相继登上火车，他们都将一张小纸片递给一位欧洲铁路官员。很快便轮到我了。欧洲官员拦下了我。"通行证呢？"什么通行证？他要我出示允许我从利穆鲁到吉库尤的通行证，尽管吉库尤离这里只有十二英里。这是国家处于紧急状态下的新法规。吉库尤、恩布和梅鲁来的人若没有由政府签发的通行证的话是不能登上火车的。但是学校给我的新生入学须知中丝毫没有提到这条法律规定。尽管万佳伊和莉兹·尼亚穆布拉尽力向检票官解释，但是并没有起到什么作用。

万佳伊唯一能做出的保证是他一到学校就会向学校解释这起不幸的意外。但是他的话语并没能安慰我，没有什么能够愈合我内心的伤口。我身边的人们顿时乱作一团，众说纷纭。

我带着我的行李站在站台上，看着这辆承载着我的梦想却没有我的火车缓缓从我眼前离去，直到消失在视野中。我的眼泪夺眶而出。我想拼命止住泪水，我是一个男人，男儿有泪不轻弹，但是我却如何也控制不住自己。那个将我打倒在地的白人军官不能让我流泪，但是这位白人官员，这位火车检票官，这位拒绝让我登上火车的人却让我泪流满面。那些原本能向我施舍同情心的人现在却自己都垂头丧气。我不知道我的母亲会怎样接受这个现实，因为我的梦想就是她的梦想。

就在这时，不知从哪里走出来一位非洲火车站站长助手。一定是有谁向他求救了。我很快就会得知他的名字叫克里斯·卡哈拉。几年后，当肯尼亚赢得独立后，他将会成为内罗毕市长。但此时，他还只是个穿着白色工作服、套着一件开衫的站长助手。他安慰我不要再哭了，他说他会尽力让我到达吉库尤的。最坏的结果就是我会错过从火车站到学校的大巴。若是为了追逐我的梦想，要我跑过昂迪里沼泽地我都愿意。他还没说完，一辆货运列车就来了。它跟光鲜的乘客列车不能比，但是我还是跟着克里斯走到最后一节车厢。他向同事们说了几句话后，便让我登上列车。我周围都是工人们的工具和工作服。我能闻到它们散发出来的汗臭味，但是我一点都不在乎。车厢里没有窗户，所以我看不到一路上的风景。整个行程让我感到似乎有上千英里。一路上，我一直在担心会有什么事情突然发生，阻止我追逐我的梦想。

终于我来到了吉库尤火车站。和利穆鲁车站一样，它是在一八九九年建成的。有个人为我打开车门，装作检查货物的样子，然后嘟囔了一句"到站了"。于是,我带着行李跳下了车。这个人朝我笑了笑,将门关上,转身走开了。

我站在站台上,目送货运列车驶向远方,这一次,心中充满了感激和劫后余生般的庆幸感。我朝四周看了看,发现了几家商店。我拖着我的箱子朝它们走去。我简直不敢相信这是吉库尤的镇中心。这里有两排印度商店,就和利穆鲁的差不多,但是规模小了些。但是我对货柜后面的印度商人或店里的非洲顾客并不感兴趣。我或许顺利渡过了一个难关,但是我还有一个要克服。

我收到的入学须知上写着一辆校车会在火车站接学生去学校。但是我迟到了,校车一定是来了又走了。我对火车站离学校的距离和学校的方位都一无所知。我向一位陌生人问路,他带着怀疑的眼光看着我,然后指了指一条路,含糊不清地说什么穿过昂迪里沼泽地,然后便离开了。难道我要像以前穿过曼果沼泽那样小心翼翼、蹑手蹑脚地穿过昂迪里沼泽吗?而那时候我身上带的不过是只鸟蛋或一捆湿衣服。这次,我有一个装满我全部家当的旅行箱。然后我记起了曾经在《观察家周报》上读到的关于昂迪里的故事,以及尼干迪说的有人在沼泽地里失踪的故事。这就是他们说的昂迪里吗?不,我绝不会冒险穿过这片沼泽的,绝不会。我决定沿着大路走。

正当我要朝着那条陌生人为我指出的道路行进时,一辆校车开了过来。它是来接那些从蒙巴萨过来的学生的,这些学生也恰巧在这个时候到站了。于是我向校车走去。负责接送学生的老师(我后来知道他是学校的执行校长詹姆士·斯蒂芬·史密斯先生)在他的名单上找到了我的名字,让我坐上校车,其他的学生也跟着来了。

当我走进巴士,在座位上坐下后,我才松了一口气,才敢想象未来的生活。一个新世界。另一段旅程。几分钟后,校车离开了吉库尤的主干道,我看见一块巨大的招牌上挂着一条横幅,上面写的话在我看来是那么亲切,我甚至相信它是专门为我而存在的。"欢迎来到联合高中"。我听到母亲的声音:"你真的尽你所能了吗?"我真心全意地回答她,是的,母亲。因为我知道她真正想要我做到的是延续我对她当年的承诺,即使在战火时期也心怀梦想。

加利福尼亚尔湾市
2009 年 2 月 12 日

致　谢

感谢恩吉莉·瓦·恩古吉,是她向我提出写作这本回忆录的建议。感谢歌莉亚·卢米斯,是她告诉我不能一拖再拖了。感谢琪姆恩雅,她是我在肯尼亚的助手。感谢肯尼斯·穆布瓜,他为我提供了大量我们学生时代的照片和信息。感谢查丽提·W.姆万吉,她向我提供了关于柯安巴和香蕉山的信息。最后,感谢我的助手芭芭拉·考德威尔,她在图书馆和互联网上为我做了许多研究调查,并且参与了此书的编辑。